Andrea Willig

DIE
EULE

Andrea Willig, 1954 in Bad Kreuznach geboren, Studium der Literatur, Linguistik & Philosophie in Heidelberg, Abschluss M. A., längere Aufenthalte in Spanien und den USA, Mutter einer Tochter, seit 1987 Radioredakteurin, lebt in Heidelberg.

November 2018

© 2018 Edition Essentials GmbH & Co. KG, Heidelberg
info@edition-essentials.com

Dieses Werk einschließlich aller seiner Teile ist urheberrechtlich geschützt. Jede Verwertung außerhalb der engen Grenzen des Urheberrechtsgesetzes ist ohne Zustimmung des Verlags unzulässig. Dies gilt insbesondere für Vervielfältigungen, Übersetzungen, Mikroverfilmungen und die Einspeicherung und Verarbeitung in elektronischen Systemen und Datenbanken.

Gedruckt in Deutschland.

ISBN: 978-3-947670-02-4

Teil 1

Das rote Buch

Mai 2016, Heidelberg, Marktplatz
Es hat mich gerührt und mir ein bisschen geschmeichelt, als Clea am letzten Tag vor ihrer Abreise nach Barcelona das rote Buch ›Mama, erzähl mal‹ hinter dem Rücken hervorzauberte. Eine Fragensammlung mit freien Zeilen für Antworten. ›Was war der schönste Tag deiner Kindheit?‹ ›Wie hast du dich in Papa verliebt?‹ ›Wovon hast du immer geträumt?‹ Solche Sachen, eine Art Erinnerungsbuch. Meine Tochter küsste mir die Stirn, sie ist ein gutes Stück größer als ich. »Und wenn ich in einem Jahr zurück bin, hast du das alles schön für mich ausgefüllt, Mama, okay?«

    Gerne hätte ich etwas Tiefes, Bedeutungsvolles getan oder wenigstens gesagt. Dabei wusste ich es besser. Meine Tochter ging nicht für den Rest ihres Lebens nach Timbuktu oder Sibirien, sondern für zwei Semester nach Barcelona. Und das Buch mit den freien Zeilen war nicht die ›Heilige Schrift‹, schon gar nicht ›Das Kapital‹, rot hin oder her. Kein Grund also, gefühlig oder pathetisch zu werden! Trotzdem. Es stand nicht gut um meine Gelassenheit. Und ich spürte, dass Clea das spürte. Ihre Zuwendung hatte fast etwas Mütterliches. Verkehrte Welt.

Später kamen mir Zweifel. Als Cleas Vater vor vier Jahren starb, gab es für mich nichts außer Gegenwart. Ich brauchte meine ganze Kraft, um von Moment zu Moment standzuhalten über dem Abgrund äußerer Anforderungen und innerer Verzweiflung. Irgendwann wurden die Zeiträume länger, heute Abend, morgen, in einer Woche. Doch immer mit Blick nach vorne, immer in Richtung des Kommenden. Ich schwor der Vergangenheit ab, ließ sie hinter mir, die Zeit mit ihm, ohne ihn, mit ihm. Von Knoten zu Knoten, wie an einem Rettungsseil, zog ich mich vorwärts. Hinaus und weiter, bis heute. Und jetzt ein Erinnerungsbuch? Das Seil loslassen, mich umdrehen und zurück in bedrohliche Stromschnellen? Mein Gleichgewicht schien mir noch immer fragil. Noch immer fühlte ich das Nachbeben einer schweren Erschütterung. War es nicht genug, von morgen an und wahrscheinlich den Rest meines Lebens wieder allein zu leben, Single zu sein, nur für mich, nach der sogenannten Familienphase?

Ich öffnete das Fenster. Auf dem Dach gegenüber versuchte eine Krähe der anderen einen Wurm aus dem Schnabel zu zupfen, die Vögel hüpften umeinander. Harmlose Huckebeins. Der Himmel war grau verhangen wie fast schon den ganzen Sommer. In der Dämmerung verschwamm ein trüber Tag in einem trüben Abend. Mit einem Mal flogen die Vögel auf und verschwanden.

Andererseits: Vielleicht passte beides zusammen? Vielleicht könnte aus diesem Leben, das Punkt für Punkt, eins nach dem anderen immer nur vorwärtsging, eine Linie werden, die in beide Richtungen wüchse, in die Zukunft UND in die Vergangenheit? Die Abenteuer von damals aus der Versenkung holen und aufschreiben für Clea – wieso nicht? Vielleicht schaffen die alten Geschichten ein neues Klima für die Lebensphase als Alte? Angeblich entwickelt man sich ab 50 doch sowieso wieder Richtung Kindheit, mental jedenfalls. Die sogenannte ›Arbeit mit dem inneren Kind‹ fand ich immer etwas befremdlich, es muss ja auch nicht in Arbeit ausarten. Aber vielleicht inspiriert und stärkt mich der ein oder andere Ausflug in die frühen Jahre? Und selbst wenn es nur eine Ablenkung wäre, kein schlechtes Projekt! Ja, ich würde es wagen. Plötzlich stand der Entschluss. Ich schob die Papiere auf dem Schreibtisch zur Seite und legte das Buch ›Mama, erzähl mal‹ genau in die Mitte zwischen die Eulenskulptur und den blauen Pappmaché-Stier. Ich würde loslegen, sobald Clea abgereist war. Ich würde den Abschied am Flughafen überstehen und zu Hause sofort mit dem Schreiben beginnen!

Passiert ist dann allerdings nichts. Fünf Wochen ist sie nun fort, die Wohnung still. Nach fast fünfundzwanzig Jahren bin ich zum ersten Mal wieder allein – und kann mich zu nichts aufraffen, nichts, was über die Arbeit und das Notwendigste hinausgeht. Dabei kommen die Erinnerungen an früher ganz spontan. Wann immer mir das rote Buch ins Auge fällt, blitzt etwas auf aus meiner Zeit als kleine Ausreißerin. Bilder, die stark und unmittelbar sind, gleichzeitig fern, fast als seien es nicht meine eigenen, sondern die eines anderen Kindes, eines mutigen, eigensinnigen, das ich gut kannte, doch im Lauf der Jahre vergessen habe. Wenn Clea nun mehr über dieses Kind erfahren will, über das Mädchen, die junge Frau, die ich vor ihrer Geburt war, und wenn dieser Wunsch dazu führt, dass das Mädchen selbst fast wie ein Jack in the Box aus der

Schachtel herausspringen will, dann sollte es doch möglich sein, die Lethargie abzuschütteln und endlich anzufangen!

Ich gehe es so an: Bevor ich handschriftlich Frage für Frage in ›Mama, erzähl mal‹ beantworte, mache ich mir erst mal Notizen, und zwar ganz normal am Computer. Als Vorbereitung und ersten Schritt. Ich knipse die Stehlampe an und öffne den Laptop.

Stark zu meiner Zeit

Juli 1972, Heidelberg, Schloss & Altstadt
Ich bin stark, ich bin müde, ich schaffe das. Zum Glück ist heute auch keiner da, der ganze Schlossgarten still, der Mauerbogen frei nur für mich. Heute stinkt es auch kaum nach Pisse und so, trotz der Klopapierknäuel im Gebüsch und der schlappen Dinger, die mein Bruder Elvis mal Pariser genannt und dreckig gelacht hat, ohne sagen zu wollen, was es ist. Gestern Abend musste ich ewig hinter einem Baum lauern. Jugendliche mit Bierflaschen haben rumgelungert und eine Riesenzigarette von einem zum anderen gereicht wie die Friedenspfeife von Bao, dem Fuchs, zu Sam Hawkins, wenn ich mich nicht irre, zu Old Shatterhand. Sie haben Gruselgesichter gemacht, die Backen von innen beleuchtet mit einer Taschenlampe im Mund, haben rumgelacht, bis plötzlich die Batterie leer war und nur noch die Schlossbeleuchtung an.

In der Nacht bin ich aufgewacht, es war stockfinster, alles feucht und kalt, komische Geräusche. Aber ich war stark, habe nur an später gedacht, wenn ich Arzt bin und Kinder wie Romy gesund mache. Ich habe die erste Nacht rumgekriegt, und jetzt schaffe ich die zweite. Die muffige Häkeldecke so um den Bauch wickeln, dass ich die Arme noch reinschieben kann, den Kopf auf den Beutel mit meinen Sachen – autsch, mein Ohr? Ich springe auf. Klar, die Küchenmesserspitze. Hat sich durch den Stoff gebohrt. Elvis ist der Einzige mit einem richtigen Taschenmesser, genau wie mit dem Pelikanfüller, wir Mädchen haben nur Gehas. Wenigstens blutet es nicht, fühlt sich jedenfalls trocken an. Ich schiebe das Messer unter das Heft, drücke den Beutel zurecht, wickele mich wieder ein und lege mich aufs andere Ohr. Ganz schön hart, muss die Blechflasche sein. An die habe ich beim Packen als Erstes gedacht, wegen dem Durst, dann an die Zahnbürste aus dem Becher mit meinem Namen. Sie sollten gleich sehen, dass mir nichts passiert ist, sondern dass ich – auf Achse bin, so wie der Alte, der plötzlich weg war, vor zwei Jahren, abgehauen, und wir nur noch zu siebt waren, ich und Mama und meine Geschwister. Die Strickliesl habe ich gern dagelassen und natürlich das Sonntags-Kirchen-Kleid mit der Schleife.

Morgens liegt ein Mann an der Mauer. Er guckt komisch, nicht wie ein Besoffener oder wie der zurückgebliebene Rudi, den Elvis immer Inzuchti nennt, mehr so wie – keine Ahnung, besser ich packe meinen Krempel und verschwinde, renne durch den Schlosspark, bergab in die Stadt.

Die Türen zum Bergbahnwartesaal sind noch geschlossen, nur Straßenkehrer und Müllwagen unterwegs. Vor einem Polizeiauto verstecke ich mich in einem Hauseingang. In der Hauptstraße waren wir mal mit Mama zum Stadtbummel, auf dem großen Platz vor der Kirche haben wir Eis bekommen. Nicht dran denken jetzt. Ich bewege mich immer so, als wäre ich irgendwohin unterwegs, als würde ich einkaufen gehen oder zum Turnen. Wenn man das lange macht, in der Sonne durch das Gewühl, kann sogar eine Kirche gut sein. Die Kühle, das Dämmerlicht. Auf der hintersten Bank in der Ecke lasse ich die Beine baumeln. Der Raum ist riesig, der Altar kilometerweit weg. Es riecht nach fast nichts, nicht nach Weihrauch, auch nicht nach Kerzenwachs, vielleicht ein bisschen nach Steinen. Die Orgeltöne fliegen ganz leise herum, stoßen nirgendwo an, wie diese weichen, haarigen Pflanzenschnüre im Bach. Nicht so wie bei uns im Dorf, da kracht die Musik schon beim Reinkommen mit voller Wucht gegen die Ohren, die Mauern und die Heiligenbilder. Jetzt bloß nicht an Mama denken, und nicht an meine Schwester Romy mit ihren verdammten Windeln. Am besten gar nichts denken. Vor der Maria auf der anderen Seite stehen zwei alte Frauen mit Kopftüchern und beten. In der ersten Reihe vorne am Gang sitzt ein Mann allein, sonst sehe ich niemanden, alles leer. Ich bete ein Vaterunser. Das geht ratzfatz. Eigentlich glaube ich nicht richtig an Gott. Wie sollen ›sein Stecken und Stab‹ mich trösten, die benutzt der Alte zu Hause für was ganz anderes als zum Trost. Gott ist kein alter Mann mit Bart, hat der Lehrer gesagt, er ist der allmächtige Vater, sein Wille geschehe, wie im Himmel, so auch auf Erden. Und mein Wille? Ich will ja gut sein! Aber die Guten sind eben nur die Erniedrigten. Immer nur: Demütigt euch, damit ER euch erhöhe zu seiner Zeit. Wann soll das sein, zu seiner Zeit? Wo ich doch jetzt ganz bald aufs Gymnasium muss, wenn das alles was werden soll. Ich will gut sein, und stark zu meiner Zeit!

Beim Hinausgehen werfe ich 15 Pfennig in den Kollektenkasten. Jetzt habe ich noch siebzig Pfennig, ich muss das nicht zählen, ich weiß es, ein Fünfziger und zwei Groschen in der linken Hosentasche, da habe ich immer das Wertvolle drin, nur meine Eule ist noch im Beutel. Siebzig Pfennig. Und

39 Tage, bis das neue Schuljahr anfängt. Ohne mich in der Erich-Kästner-Volksschule in Neckarellenbach. Mit mir im Gymnasium hier in Heidelberg! Ich krieg das hin. Für mich, für Mama und Romy und alle, die dasselbe haben wie sie.

Als die Sonne ganz oben steht, bei High Noon, kann ich nicht mehr widerstehen. Im selben Salon wie Mama kaufe ich mir ein großes Eis, drei Bollen, zwei Schoko, ein Zitrone, noch 40 Pfennig. »Na, Kleiner, was darf's denn sein«, hat die Frau hinterm Tresen gefragt, dabei bin ich schon im März elf geworden! Immerhin hat sie nicht ›Kleine‹ gesagt, das wäre ja noch kleiner. Die Meckifrisur, die ich gerne hätte, schneidet Mama mir nicht, aber doch ziemlich kurz, und ich habe auch noch ein bisschen nachgeschnitten. Mit Elvis' abgelegten Hosen und Shirts sieht es schon stark aus. Zum Glück finde ich den Trinkwasserbrunnen wieder und kann meine Blechflasche auffüllen. Neben dem Spielplatz wirft ein Kind einen angebissenen Apfel und ein ganz unausgepacktes Wurstbrot in den Abfalleimer, Teewurst, meine Lieblings. Es wird immer voller, ich falle gar nicht mehr auf, überall Leute, in den Gassen, auf der Hauptstraße, Leute, Leute, rein in die Geschäfte und wieder raus, rein in die Straßenbahn, wieder raus. Auf der schmalen ›Unteren Straße‹, komischer Name, ist noch mehr los. Vor den offenen Kneipentüren drängeln sie sich, jede Menge Studenten mit langen Haaren, Amerikaner und ein paar Landstreicher oder so. Als ich wieder zu meinem Schlafplatz hoch will, ist es plötzlich schon dunkel, richtige Nacht. Und das Schloss so weit weg. Dann lieber zurück in die Straße mit den Leuten, zu dem Eingang mit der Treppenstufe, wo mich keiner sieht. Nicht dran denken jetzt, stark sein. Mir fallen fast die Augen zu, da höre ich auf der anderen Seite ein Klirren und bin gleich hellwach.

Auf dem Boden ein Schlüssel. Ein langer junger Mann klopft seine Hosentaschen ab, vorne und hinten, guckt auf den Boden, sieht aber nichts. Dann hämmert er gegen die Tür, beim Reingehen muss er den Kopf einziehen, sonst würde der oben anstoßen, ein richtiger Riese. Er ist drin, die Tür zu. Jetzt! *Minimax trixitrax, ein Atemzug tief in den Bauch.* Die Formel wirkt, gleich fühle ich mich stark, sehe mich um, keiner achtet auf mich. Geschmeidig wie Sicherheitsoffizier Tamara Jagellovsk aus Raumschiff Orion gleite ich hinüber, bücke mich unauffällig. Zwei Schlüssel sind es und ein kleiner Notenschlüssel aus Blech. So leise wie möglich schließe ich auf. Drinnen fast dunkel. Am Ende des Flurs, unter der Treppe, ein großer Holzkasten. Eine Schatztruhe? Abgeschlossen, blöd. Die kriegt auch die Formel nicht auf. Aber wenn es brenzlig wird, so wie eben, dann funktioniert sie 1 a. Zweimal hintereinander bin ich mit der Formel dem Alten entkommen, und als Bingo, der Riesenschnauzer vom Sägewerk, sich wieder um mich klammern und rammeln wollte, *Minimax trixitrax, Luft in den Bauch,* dazu eine Kopfnuss und zack, weg ist er! Hat mir auch leidgetan, weil ich ihn eigentlich mag, den wolligen Bingo. Aber es hat die Kraft der Formel bewiesen, die magische Kraft. Nur bei der Geheimtruhe, na ja. Immerhin, sie ist fast so groß wie mein Bett. Ich schlafe sofort darauf ein.

Fatigue

Mai 2016, Heidelberg, Marktplatz
Das Blut bemerke ich erst, als ich mit dem Finger hineintippe. Ich drücke Daumen und Zeigefinger gegen die Nasenflügel

und versuche den Fleck von der Tastatur zu wischen, ohne dass Blut in die Technik eindringt.

Kürzlich hatte ich das Nasenbluten ausgerechnet bei der Arbeit, direkt vor einer OP. Alles war vorbereitet, der Patient wurde hereingerollt, ich stand schon an meinem Platz am Kopfende, wollte den Tubus legen, die Infusionsparameter prüfen, da tropfte es in meinen Mundschutz. Ich konnte mir gerade noch einen Tampon in jedes Nasenloch stecken. Damit konnte ich dann aber nicht richtig atmen und musste abgelöst werden.

Es ist nicht das Nasenbluten, das mir am meisten zusetzt, es ist die Mattigkeit, dieses Antriebslose. Schon morgens der Kampf aufzustehen, das Nicht-richtig-wach-Werden. Sind das die Wechseljahre? Ein Eisen- oder Vitamin-D-Mangel? Bestimmt nichts Ernstes. Oder könnte es eine neue, heimtückische Trauerphase sein? Ein Rückfall sozusagen?

Der ersten akuten Schockreaktion vor vier Jahren waren quälende Monate des Schmerzes und der inneren Leere gefolgt, Arbeitstage, die ich gewissenhaft, aber teilnahmslos hinter mich brachte. Nächte im Halbschlaf voller Gespenster, Verlassenheit, Sehnsucht und Angst. Das Hadern mit dem Schicksal, das Gefühl, mit schuld zu sein, zu wenig geliebt zu haben. Irgendwann habe ich eingewilligt, ein mildes Psychopharmakon zu nehmen. Nach und nach ging es auch ohne besser. Ich konnte wieder ein bisschen mitspielen, mitfühlen, Anteil nehmen. Ohne Erik, meinen Hausarzt und Freund, aber vor allem ohne Clea hätte ich das nicht geschafft. Clea, unsere Wunderbare. Ein Jahr ist schnell um. Bis dahin muss das Buch ›Mama, erzähl mal‹ fertig ausgefüllt sein. Mit der einen Hand drücke ich die Nase zusammen und mit der anderen tippe ich weiter.

Wer zweimal mit derselben pennt

Juli 1972, Heidelberg, Untere Straße
Ein Poltern über mir, dann schabt eine Tür irgendwo oben, ich schrecke hoch und weiß sofort, wo ich bin und dass ich hier nicht hingehöre. Jemand poltert die Treppe runter. Jetzt müsste er an der Haustür sein, aber ich höre nichts. Dann aber Schritte. Sie kommen in meine Richtung! Es ist der Riese von gestern, dem der Schlüssel gehört! Er bleibt vor mir stehen, beugt sich über mich. Ich rutsche noch weiter zurück, stoße mir den Kopf. Seine Augen sind dunkel, das feuchte Haar bis auf die Schultern, Vollbart. »Was machst du denn hier?« *Minimax trixitrax, ein Atemzug tief in den Bauch.* Es geht wie von selbst, die Kraft ist da, schon schiebe ich mich mutig nach vorne, lasse die Beine an der Kiste herunter, verheddere mich zwar ein bisschen in der Häkeldecke, bleibe aber ganz ruhig, komme wieder frei, stütze die Hände neben mich auf die Kante, der Riese steht vor mir, ich sehe ihm fest ins Gesicht.

»Ich …« Dann weiß ich nicht weiter. »Na ja, du hast hier geschlafen, blöde Frage auch.« Ich sag's doch, die Formel ist stark! Er trippelt ein bisschen, steckt die Finger in die Bluejeanstaschen. »Tja, ich wollte gerade Brötchen holen, hast du auch Hunger? Willst du mitkommen?« »Klar!«

Ich will nicht rennen, deshalb mache ich so große Schritte wie möglich, um mit dem Riesen mitzuhalten. Die Kinder, die vor dem ›Kleinen Mohren‹ mit Klickern spielen und streiten, würdige ich keines Blickes. Die Straße ist noch schattig, trotzdem ist es schon warm, zwischen den Häusern wirft die Sonne helle Streifen auf das Kopfsteinpflaster. Die Nachtleute sind verschwunden, die Kneipentüren zu. Dafür Hausfrauen und Studenten, zwei Tippelbrüder hocken auf einer Fensterbank, stieren vor sich hin. Eine Gruppe kräftiger Typen in Shorts und mit Schirmmützen folgt einem Herrn im Anzug, der in der Heiße-Kartoffel-Sprache, amerikanisch, kommandiert und mit einem Spazierstock hierhin und dahin zeigt. Auf einmal müssen sich alle an die Häuserwände drücken, wir auch. Ein Lieferwagen rumpelt heran. Aus dem offenen Fenster schimpft der Fahrer, hupt aber nicht und steuert vorsichtig zickzack bis zur Eisdiele, wo er rausspringt, den hinteren Ladeschlag aufreißt und erst mal eine raucht.

Die Wolljacke kratzt, ist zu dick, aber egal, ich bin trotzdem federleicht. Vielleicht so leicht wie noch nie. Selbst als ich merke, dass ich den Beutel mit allem und die Häkeldecke vergessen habe, beruhige ich mich gleich, wir gehen ja wieder zurück! Dann steigt mir ein heißer Schwall ins Gesicht, ich bin in der Hosentasche auf den Schlüssel gestoßen. Schnell ziehe ich die Hand raus, konzentriere mich auf das Brötchen, das ich hoffentlich gleich bekomme. Ich gebe den Schlüssel zurück, nachher, ich entschuldige mich und erkläre dem Riesen alles, so mache ich das. Als die Brötchen tatsächlich ganz nah vor mir sind, in ihren Holzkästen hinter der Thekenscheibe, der Geruch, die Wärme im Laden, da wird mir so übel, dass ich blinzeln und die Füße gegen den Boden stemmen muss. *Minimax trixitrax, Bauchatmen.* Alles schwankt, die Brötchen verschwimmen. Immer noch zwei Leute vor uns. »Von jeder Sorte zwei«, bestellt der Riese, als er dran ist. »Willst du eine Schneckennudel oder ein Stück Streusel?« Ich nicke und drücke einen dicken Klumpen Spucke den Hals hinunter. »Man kann auf eine Oder-Frage nicht mit Ja oder Nein antworten.« Ich verstehe nicht. »Was jetzt, Schneckennudel oder …? Na, geben Sie mir mal ein Stück von beiden. Und hier so einen Kakao.« Er gibt mir die Kuchentüte und das Getränkekistchen mit dem angeklebten Knickstrohhalm. Ich traue mich nicht, gleich loszuessen, ich muss erst mit dem Riesen zurückgehen. Vor dem Laden reckt er sich plötzlich noch mehr in die Länge, sein Hemd rutscht hoch, er hat schwarze Haare um den Bauchnabel, die Brötchentüte raschelt in der Luft über seinem Kopf. »He, machen Sie mal Platz da«, schimpft eine Frau mit Kopftuch über den Lockenwicklern und drückt sich an ihm vorbei. »Was diese Gammler sich leisten! Als wären sie allein auf der Welt!« Der Riese macht einen Satz zur Seite. »Wie heißt du eigentlich?« »Toni.« Mein Kopf fühlt sich seltsam an, in meiner Faust ist die Papiertüte schon ganz feucht. Da macht der Riese mitten im Gehen seine Tüte auf und steckt sich ein Brötchen in den Mund! Wenn das so ist! Ich zerre meine klebrige Schnecke heraus – und im Nullkommanix ist sie weggemampft. Ein Glücksgefühl bis zur Haustür, bis der Riese dagegenhämmert. Da fällt es mir wieder ein. Jetzt musst du es ihm sagen, jetzt ist der Moment, *Minimax trixi...*, da geht sie schon auf. Ein anderer Langhaariger, barfuß, mickrige, weiße Brust, gähnt uns entgegen, glotzt mich an, ruckt mit dem Kopf, als wollte er sagen, was will der hier, dreht sich dann aber gleich wieder um. Ich husche nach hinten, um meine Sachen zu holen. Aber der Riese meint: »Komm ruhig mit hoch, frühstücken.« Schnell die Decke in den Beutel stopfen und umhängen. Ich sag es ihm später. Wenn wir oben sind, sag ich es ihm und gebe ihm den Schlüssel zurück. Erst mal die Holztreppe hoch, er poltert und bemüht sich kein bisschen, leiser zu treten, er poltert bis oben. An der Tür zupfe ich ihn am Ärmel. »Aber bitte niemanden etwas verraten, wegen dem Schlafen da unten, versprochen?« Er grinst. »Versprochen!«

In der Diele schläft ein Pärchen auf einer Matratze neben einem Klavier. Es riecht nach Kaffee. In der Küche sitzen zwei

Typen am Tisch und reden gleichzeitig, der Türaufmacher, der jetzt ein Hemd anhat und eine Nickelbrille auf, und einer mit hellroten Haaren, an dem alles irgendwie hell ist, die Augen, die Wimpern, die Augenbrauen. Der eine kneift die Augen zusammen, als er mich sieht, der andere grinst freundlich, dann reden sie weiter. Zwei Mädchen kommen dazu. »Hey, kleiner Mann! Wen hast du denn da mitgebracht, Pablo?« Der Riese strahlt das Mädchen an. »Toni, ein alter Kumpel von mir«, er zwinkert mir zu. Das Mädchen hat ein Stirnband an, zieht schmutzige Tassen und Teller aus einem Berg und hält sie unter den Hahn. Der Helle schaut auf den großen, wippenden Busen der anderen, die jetzt Eier schlägt. Er grinst wie Don Camillo nach einer saftigen Prügelei. Dann lässt sich noch einer auf die Eckbank plumpsen, lange Haare, Unterhemd, bisschen verquollen. Er grüßt mich kurz mit zwei Fingern. Der Helle knufft ihn in die Seite. »Moin, Rollo. Kaffee oder lieber ein Stützbier?« Über dem Herd hängt ein Schild: ›Nur tote Fische schwimmen mit dem Strom!‹ Ich kriege Rührei zum Streuselkuchen. Das Stirnbandmädchen macht mir noch einen Kakao. Sie reden, viel verstehe ich nicht: Sie sind anders als die Leute bei uns, sie lachen und reden mehr. Außer einem haben alle ziemlich lange Haare. Der Riese heißt also Pablo, und ich habe ihm immer noch nichts gesagt.

Ich muss mal. Das Klo ist ganz am Ende von einem langen Schlauch, die Wand auf der einen Seite mit Sprüchen vollgekritzelt. ›Unter dem Pflaster liegt der Strand.‹ Hier am Neckar? Ich dachte, Strand gibt's nur am Meer. ›Petting statt Pershing‹. Hm, keine Ahnung. ›Lieber Gras rauchen als Heuschnupfen! Lieber niederträchtig als hochschwanger‹. Verstehe ich auch nicht so richtig. ›Wer zweimal mit derselben pennt, gehört schon zum Establishment‹. Hände waschen und Gesicht, mit

Seife! Blöd, dass ich den Beutel in der Küche habe, sonst könnte ich mir die Zähne putzen. ›Die Scheibe klirrt, der Sponti kichert, hoffentlich Allianz versichert‹. Mit nassen Händen die Haare nach hinten. ›Nieder mit der Schwerkraft, es lebe der Leichtsinn!‹ Kein Handtuch da, egal. ›Wissen ist Macht, ich weiß nichts, macht nichts.‹ Juhu, ein Spruch für mich!

Als Erstes steht das Stirnbandmädchen, Lilli, auf. »Bis nächste Woche. Oder ihr schaut mal im Laden vorbei.« Wieso das denn, ich dachte, die wohnen alle hier? »Und du kannst mich auch mal besuchen, okay?« Sie wühlt in ihrer Tasche, schenkt mir ein Kaugummi und geht. Dann verabschieden sich der Helle, den sie Heinzi nennen, und der Verquollene, Rollo. Dafür kommen zwei andere und dann noch einer, ist wie in der Kneipe hier, nur dass sie nichts bezahlen. »Ich bin Pablos Kumpel.« »Aha.« Biere werden geköpft, Zigaretten gedreht und viel geredet. Der mit der Nickelbrille steht auf und fängt im anderen Zimmer an, Geige zu üben. Klingt schlimmer als meine Schwester Gitte auf der Blockflöte, wenn sie x-mal dieselbe Stelle spielt. »Nickel quält wieder Amadeus«, meint Pablo und geht an das Klavier nebenan. Sein Gegenangriff, grummelnde tiefe Töne, dann Sprünge rauf und runter, dunkel und hell, ein Donnerton am Ende. Und schon steht er wieder mit eingezogenem Kopf in der Küchentür. Das Geigen von hinten hat aufgehört, der Brillenmann Nickel kommt zurück an den Tisch. Da läuten die Kirchenglocken, Pablo springt auf. »Was, schon zwölf? Ich muss los, die Bahn um 12.03 Uhr erwischen.« Er wirft mir einen Blick zu. »Äh, also, ich gehe dann auch mal, vielen Dank für das Frühstück.« Die Matratze lehnt jetzt an der Wand, das Pärchen ist weg. Pablo sprintet die Treppe hinunter, ich hinterher. An der Haustür klopft er sich ab. »Verdammt, wo ist bloß der Schlüssel? Egal,

suche ich später. Bis bald, komm mal wieder vorbei, Kleiner!«
Und schon rennt er los mit seinen Riesenschritten. Verdammt, jetzt habe ich es ihm doch nicht gesagt. Das ist blöd. Ich gehe in die andere Richtung. Das schlechte Gewissen. Aber auch so ein Gefühl, als gehörte ich hierher, als wäre ich schon Heidelberger. Ich kenne ja schon Leute hier! Und das Viertel. Haspelgasse, Neckarstaden, Dreikönigstraße, der Platz an der Kirche mit dem Muskelmann auf dem Brunnen, die Untere Straße, wo ich geschlafen habe, am Ende der Heumarkt. Aber dann fängt es wieder an, ich muss an Mama denken und an meine Geschwister Romy, Gina, Gitte und Freddy. Aber ich lasse das nicht zu. Das würde mich schwach machen. Und wenn ich an Elvis denke, das würde mich wütend machen. Die anderen Gedanken sind schlimm genug. Pablo den Schlüssel nicht wiederzugeben, war feige. Und wenn ich ihn einfach irgendwo in der Wohnung hingelegt hätte? Noch feiger!

Differentialblutbild

Mai 2016, Heidelberg, Marktplatz
Ich glaube, Clea hat sich verliebt. Er sieht aus wie der Junge in ›Slumdog Millionär‹ und ›Budapest Hotel‹, Engländer mit indischen Wurzeln. Strahlend und verlegen haben sie mir zugewinkt, per Skype, aus Barcelona.

Ich habe mich entschlossen, meinen Hausarzt zurate zu ziehen, einfach um abzuklären, warum ich so schlapp bin, was fehlt. Wechseljahre, Mangelerscheinung, Trauerphase, bestimmt nichts Ernstes. Seit dem Studium ist Erik mein Vertrauter, in der schweren Zeit war er der Einzige außer Clea, den ich ertragen konnte. Fast jeden freien Abend bin ich neben ihm hergegangen am Neckar entlang zum Wehr. Das schäumende, rauschende Wasser unter dem Steg hat mich beruhigt, für den Moment jedenfalls. Inzwischen treffen wir uns nur noch ab und zu.

Er nimmt die übliche Anamnese vor. Wann hat es angefangen mit der Müdigkeit? Ging ein Infekt voraus? Schlafstörungen? Und so weiter. Immer eigenartig dieser Rollentausch, nicht zu fragen, sondern gefragt zu werden, abgehört, untersucht. Erik ist ganz der Alte. »Jetzt wollen sie doch tatsächlich das Stethoskop abschaffen! Nur noch Ultraschall. Sprechstunde via Video, Telefon, Fragebogen! Diagnose im Online-Portal, bei Doktor Ed! Als wären Zuwendung, Zuhören und Berührung nicht – na ja, nicht dein Thema, deine Patienten sind ja schon schön sediert, du musst nur noch schauen, dass die Mixtur stimmt.« »Höre ich da eine leise Kritik an meiner Berufswahl heraus?« Er lächelt mich im Spiegel an, während er sich die Hände wäscht. »Du kannst dich wieder anziehen. Wir lassen auf jeden Fall ein Differentialblutbild machen und eine Senkung. Ich rufe dich übermorgen an.«

Meine Notizen sind schon mehrere Seiten lang. An ein Ins-Reine-Schreiben ist nicht zu denken. Zwar sehe ich die Bilder klar vor mir, aber die passenden Worte – schwierig. Besonders die Atmosphäre ist kaum zu vermitteln, die Siebziger bei den Studenten, wie ich sie erlebt habe mit elf. Der spontane Umgang, auch unter Wildfremden, das Wir-Gefühl, trotz der vielen unterschiedlichen Gruppen. Erst viel später habe ich das alles zu unterscheiden gelernt, die Friedensbewegung, die Anti-Atomkraft-Bewegung, die Frauenbewegung, die Kommunisten in ihren verfeindeten K-Gruppen, die Gammler, die Spontis und

Hippies. Das alles war damals unbegreiflich und faszinierend für mich. Dumpf und dunkel erschien mir mit einem Mal das Dorf, ein Leben hinter Gardinen und Türen. Hier in der Stadt war alles öffentlich, die Kundgebungen, die Diskussionen, die Zärtlichkeiten, das Leben. Ich sehe noch den Samstag vor mir, als die ganze Untere Straße zum Frühstückshappening wurde, mit Tischen, Stühlen und Sofas vor jedem Haus. Keine gepflegte Touristenmeile für den Konsum an Cafétischen. Hier fläzten Langhaarige in Unterhosen und barfüßige Mädchen im Sommerfähnchen in der Sonne zur aufsässigen Musik von Zappa, den Rolling Stones und Jimi Hendrix aus enormen Boxen, die sie in die Fenster gestellt hatten. Eine friedliche Demonstration genussvoller Gegenkultur. Sozialromantik wurde das später, zu angepassteren Zeiten, genannt. Umso mehr liegt mir daran, es Clea in seiner ganzen lebendigen Gegenwärtigkeit zu vermitteln, mit allen Facetten des Erstaunens, die es in mir auslöste. Aber wie formulieren für jemanden, der im selben Alter, mit elf, sein erstes Handy bekommen hat, der mit Google, YouTube und Wikipedia aufgewachsen ist, für den Polizei und Staat nicht der natürliche Feind sind, der seine wahre Bestimmung nicht darin sieht, die Gesellschaft neu zu erfinden? Kein einziger Satz drückt annähernd aus, was ich wirklich erlebt habe in den fünf Wochen vor vierundvierzig Jahren. Alles bleibt irgendwie – blutleer.

Pasta & Politik

Juli 1972, Heidelberg, Untere Straße
Pablo poltert die Treppe hinauf, ich hinterher. Mein Herz klopft wie verrückt. Was soll ich nur sagen. Gerade hat er

mich erwischt, als ich wieder reinschleichen wollte in das Haus mit der gemütlichen Truhe unter der Treppe. Die Tür war nicht abgeschlossen, es war auch noch hell, plötzlich stieß eine Hand über mir sie weit auf und Pablo stand hinter mir. »Hey, Kleiner, willst du mit hoch?« Es hat nicht böse geklungen, trotzdem, wer weiß, was jetzt kommt. Das mit dem Essen habe ich seit unserem Frühstück vor zwei Tagen einigermaßen hingekriegt. Auf dem Wochenmarkt gab es Äpfel mit braunen Stellen, Gurken, Orangen und so. Im Mülleimer neben dem Spielplatz und an der Imbissbude habe ich Brötchen- und Wurstreste gefunden. Im Marstallhof bei der Mensa hat mir einer über die Hälfte seiner Portion überlassen und sogar noch eine Essensmarke geschenkt. Aber das mit dem Schlafen, das hat nicht geklappt. An beiden Abenden Gewitter. Angst macht mir das nicht, aber unter der Brücke hat schon eine Schnapsleiche gelegen, und zum Schloss hoch und draußen schlafen, das wollte ich auch nicht mehr. Natürlich alles keine Entschuldigung, ich weiß, die Truhe steht bestimmt nicht für mich da, aber was hätte ich machen sollen? Noch dazu, wo die Haustür nur angelehnt war, den Schlüssel habe ich nicht mal gebraucht! Was sage ich jetzt nur, wenn wir oben sind, Pablo klopft schon. »Hallo, da bist du ja wieder.« Lilli, die Stirnbandfrau, lächelt mich an und geht in die Küche. Der Helle und dieser Nickel vom Frühstück sitzen in der Klavierdiele, trinken Bier und rauchen. Auf der Matratze zupft der Verquollene, Rollo, an einer Gitarre. Pablo stößt fast mit Uschi, dem Busenmädchen zusammen, die das Fenster aufreißt und mir die Haare wuschelt. Es brennt mir in der Hosentasche. Ich sehe zu Pablo hoch. *Minimax trixitrax, ein Atemzug tief in den Bauch.* Ich zerre den Ring mit den Schlüsseln heraus und strecke ihn ihm auf der offenen Hand unter die Nase, wie dem

Pferd die Karotte. Eine Ohrfeige habe ich einkalkuliert. Oder auch Schlimmeres, falls er so richtig ausrastet. »Mein Schlüssel!« Er freut sich! Wie Freddy, wenn Mama den Schnuller versteckt und dann wieder rausholt. »Wo hast du DEN denn her?« Alle schauen zu mir. Lilli ruft. »Die Nudeln sind fertig, los, los, Tisch decken. Ihr könnt auch mal was machen!« Pablo schnappt sich den Schlüssel, schiebt mich am Kopf in die Küche, wo die beiden Mädchen an Herd und Spüle rumwerkeln. »Ich habe ihn gefunden, er ist dir heruntergefallen direkt vor der Tür.« In einem Durcheinander von Armen, Schranktüren und Schubladen werden Geschirr und Bestecke herausgenommen, weitergereicht und gedeckt. Lilli hat heute ein anderes Stirnband an, fast einen Turban, sie häuft Nudeln und dicke Tomatenfleischsoße auf den ersten Teller und stellt ihn direkt vor mich, als wäre ich der Chef. Eine Zweiliter-Rotweinflasche geht rum, nur der Helle trinkt Bier. Pablo neben mir fragt. »Und wann war das? Ich suche den Schlüssel doch mindestens schon – drei Tage?«

Ich verbrenne mir die Zunge. Er dreht die Gabel, das Nudelnest wird immer dicker. »Ich wollte ihn dir nach dem Frühstück geben, hätte ich bestimmt gemacht, aber du warst so schnell weg.« Er sieht mir direkt ins Gesicht. »Du bist ausgerissen, stimmt's?« In meinem Kopf geht die Hölle los, Polizisten mit Hunden, die mich suchen, Mama, die heult, die Mistheinis vom Jugendamt, sogar der Alte taucht auf mit verzerrtem Gesicht, obwohl der doch schon längst weg ist und mich bestimmt nicht vermisst. Ich kriege kein Wort heraus. »Jetzt lass ihn doch erst mal essen.« Lilli schaufelt noch einen Löffel Soße auf meine Nudeln, aber mein Hals ist zu, ich kann nicht mehr schlucken. Ich tue trotzdem so, als würde ich reinhauen, um ihr den Gefallen zu tun. Mir ist heiß. Als die ersten sich zurücklehnen, fragt sie ganz freundlich. »Wie lange bist du denn schon von zu Hause weg?« »Fünf Tage«, sage ich mit vollem Mund, weil ich alles in den Backen gesammelt habe, damit der Teller leer wird. »Fünf Tage!« Ich würge den Brei herunter. Jawohl, fünf Tage und Nächte habe ich ganz allein geschafft, und ich werde Arzt, das steht fest. Mit einem Mal fühle ich mich stark und kann wieder essen. Da bombardieren sie mich: »Wieso bist du weggelaufen? Wo gehörst du denn hin, deine Eltern? Was hast du die ganze Zeit gemacht? Wo hast du übernachtet?« Beim Wort ›übernachtet‹ steht Pablo auf, er will sein Versprechen nicht brechen und fängt an, Klavier zu spielen. »Die letzten dreimal habe ich hier geschlafen.« Ich sage das, als wäre es ganz normal. Nur nicht kleinmachen! »Was, hier? Wo denn? Bei Pablo?« Der Riese streckt eine Hand in die Tür und zeigt mit dem Finger nach unten, mit der anderen klimpert er weiter. »Hier auf dem Boden? Das hätten wir doch gemerkt!« Der mit der Nickelbrille blinzelt mich misstrauisch an, ich bleibe ganz locker. »Nein, unten im Hausflur vor der Kellertür, unter der Treppe.« Die Mädchen fangen an abzudecken. »Ganz schön dreist«, brummt der Nickelbrillenmann. »Das ist aber keine Dauerlösung, schon klar, oder?« Er pafft, hebt den Kopf, glubscht durch die Flaschenböden über den Tisch zu mir rüber. Lilli braust auf. »Also, jetzt halt mal die Luft an, Nickel. Wenigstens ist er in Sicherheit hier. So ganz alleine in der Nacht, wo sollte er denn hin?« Sie schüttelt den Kopf. Sie ist die wunderbarste Frau, der ich je begegnet bin, obwohl Mama auch wunderbar ist. Aber jetzt nicht dran denken. Und dann legt sie mir einen Raider-Schokoriegel hin. »Gut, dass dir nichts passiert ist. Und jetzt schauen wir mal, wie es weitergeht.« In Zeitlupe bläst dieser Nickel eine Rauchsäule in die Schirmlampe. »Da gibt's nicht viel zu schauen, wir müssen ihn auf jeden Fall zurückbringen.« Die Wunderbare knallt einen Teller auf den Stapel und fährt herum. »Wieso das denn?« Blauer Nebel verteilt sich im Raum. »Was sonst? Was stellst du dir denn vor?« Der Brillenmann kickt einen Krümel vom Tisch und schiebt seinen Kopf unter die Lampe wie eine Schildkröte. »Nimm du ihn doch mit nach Hause zu dir! Ich nehme ihn jedenfalls nicht. Aber ich würde jetzt gern einen Kaffee nehmen.« Lilli peitscht mit dem Geschirrtuch. »Dann mach dir gefälligst selbst einen! Was glaubst du eigentlich, wer du bist?« Uschi rührt im Spülwasser rum, es schwappt über den Rand. Sie wirbelt herum: »Du kannst auch mal wieder putzen, du bist nämlich dran diese Woche, falls du es vergessen hast.« Der Helle, Heinzi, holt sich ein Bier aus dem Kühlschrank. Das Klavier klingt jetzt wie ein Fohlen, das über die Wiese springt. Ein einzelner Ton hüpft noch mal hoch, und Pablo steht wieder im Türrahmen, mit eingezogenem Kopf. »Wer spricht denn von zu sich nehmen?« Der Nickel steht umständlich auf, macht einen Bogen um Lilli, füllt den Wasserkessel, löffelt Pulver in eine Tasse und sagt. »Na, irgendwas muss ja passieren mit ihm. Der ist doch höchstens acht oder neun.« »Ich bin elf!« Er gießt auf, dann bohren seine Knopfaugen sich wieder in mich. »Du musst doch garantiert in die Schule, oder etwa nicht?« »Es sind Ferien!« »Sonst noch einer Kaffee? Auf jeden Fall muss sich jemand um ihn kümmern. Die Eltern, die Fürsorge, keine Ahnung.« Jetzt ist das starke Gefühl wieder weg. Pablo setzt sich zu mir auf die Eckbank, winkt Lilli zu sich, sie bleibt aber stehen und legt los: »Das soll sie also jetzt sein, eure Selbstbestimmung, für die ihr auf die Straße geht, ja? Der Kampf gegen das Establishment, eure sogenannte Gegenkultur, he! Ist alles nur für euch selbst oder was? Taucht ein kleiner Junge auf und gleich wird die Obrigkeit eingeschaltet, saumäßig autoritär nenne ich das, lieber Nickel.«»Für dich, liebe Lillien, immer noch Nikolaus von Alvensbach oder Onkel Nick.«»Gott, wie witzig!« Der Verquollene taucht auf, jetzt frisch geduscht, er hebt die Hände: »Frieden hienieden! Ich, Graf der bretonischen Mark unter Karl dem Großen, Ritter mit bloßem Schwert, ich frühstücke jetzt.« Heinzi rülpst. Lilli guckt böse zu Nickel. »Fällt dir wirklich nichts Besseres ein! Wie wäre es zum Beispiel mit ein bisschen von der viel beschworenen Solidarität mit den Schwächsten. Wir könnten den Jungen unterstützen auf seinem Weg, bei seiner Selbstverwirklichung. Die Idee kommt dir wohl gar nicht?« Jetzt setzt sie sich doch neben Pablo, den Rücken kerzengerade. Nickel kratzt sich in Zeitlupe hinter dem Ohr und sagt langsam, ganz langsam, als wäre sie dumm. »Sag mal, spinnst du jetzt, Lilli, das ist ein Kind! Ein durchgebranntes Kind von wer weiß wo! Und wir sind hier kein Kindergarten und auch kein Kinderladen, kapierst du das nicht?« Und dann legt er los wie eine Maschine. »Wir werden diesem und allen anderen Kindern eine Zukunft erkämpfen, in der jeder nach seinen Fähigkeiten, jeder nach seinen Bedürfnissen leben kann. Eine Welt der sozialen Gerechtigkeit. Aber noch ist es nicht so weit. Wenn die Macht des Kapitals erst zerschlagen ist, werden die Menschen, auch die Kinder, aus ihrer ...«»Amen!«, brüllt Lilli und klatscht auf den Tisch. Schnell bekreuzigen, sicher ist sicher, auch wenn sich das nicht nach Gebet angehört hat. Vielleicht protestantisch. Die anderen gucken ganz komisch. Lilli geht aus der Küche, alle stehen auf. Neben mir murmelt der Helle. »In der Theorie ist er ein Walfisch, in der Praxis eine Sprotte.« Pablo grinst. Sie lassen sich in die Polster fallen. Ich hocke mich auf den Boden. Uschi quetscht sich an diesen Nickel heran und sagt leise: »Aber Lilli, weißt du, wir können ihn doch auch nicht einfach sich selbst überlassen.« Pablo streckt die Beine neben mir aus, gähnt und fragt laut: »Wieso nicht? Bei uns kann er auch nicht bleiben, oder doch?« »Das hatte ich auch gar nicht vor!« Der Nickelmann stößt Rauch aus wie Emma auf Lummerland. »Was du vorhast, Kleiner, ist hier ohne jeden Belang. Hier geht's erst mal um uns und was wir für richtig halten, verstanden?« Die anderen schütteln die Köpfe, Pablo klopft mir auf die Schulter, Lilli schnaubt. »Soziale Gerechtigkeit, Zerschlagung des Kapitals, hast du es immer noch nicht begriffen? Das ist nichts geworden, Mann! Deine Wortführer sitzen im Knast, Baader, Meinhof und Co. Wir können was ändern, aber bestimmt nicht so. Jeder muss bei sich selbst anfangen, bei sich und seinem direkten Umfeld. Aber du merkst ja nicht mal, was für ein reaktionärer Spießer du bist. Der nichts kann als Reden schwingen über angelesenes Zeug und ein bisschen die Geige kratzen, weil das in deinen privilegierten Kreisen so üblich ist. Du fragst dich nicht mal, warum er es zu Hause nicht mehr ausgehalten hat. Wahrscheinlich wegen genau so einem wie dir.« Diese Lilli! Nickel kann nur noch glotzen. Bei uns wird nie so geredet. Früher hat der Alte gesagt, was gemacht wird, und fertig. Bei Tisch Sprechverbot, ›nur Franzosen quatschen beim Essen‹, außer wenn er nach der Schule gefragt hat. Mama redet höchstens in der Küche mit sich selbst oder beim Gute-Nacht-Sagen, wenn sie uns von den Filmen von früher erzählt, als sie siebzehn war, bevor sie Gina gekriegt hat. Nickel drückt Uschi ein Stück von sich weg. »Pass mal auf, Lilli, wir müssen hier mal was ganz grundsätzlich klären. Dein Rückzug ins Private, dein Traum vom Landleben, das ist nichts weiter als der kleinbürgerliche Versuch, den Kopf in den Sand zu stecken und die herrschenden Verhältnisse für alle Ewigkeit zu zementieren. Die RAF ist noch lange nicht fertig. Militante Formen des

Klassenkampfes sind nach wie vor das Einzige ...« Jetzt knallt der Helle sein Bier auf den Tisch. »Du rechtfertigst die Bombenanschläge vom Mai? Du bist wirklich der Meinung, das soll so weitergehen? Allein hier im Headquarter gab es drei Tote! Das kann nicht dein Ernst sein. Der Kampf geht weiter, aber nicht über Leichen. Das Einzige, was uns wirklich voranbringt, ist der lange Marsch durch die Institutionen. Subversive Integration, schon mal gehört? Das System lässt sich nicht ...« Pablo springt auf. »Ich habe noch eine Probe. Ich muss los.« Lilli hält ihn am Arm fest: »Wir besprechen das morgen Abend alle zusammen, okay? Und heute darf der Junge hier unten im Haus schlafen. Er könnte ja bei mir, aber ...« Der Riese berührt ihre Hand. »Schon gut, Lilli, morgen Abend. Gib ihm deinen Schlüssel.« Er wirft einen kurzen Blick in die Runde. »Also, dann Tschüss, Genossen.« Ich laufe hinter ihm die Treppe hinunter. An der Haustür dreht er meinen Kopf Richtung Keller. »Na, dann schlaf mal gut, Kleiner.«

Ich muss meine Schwester Gina einweihen. Ich halte das nicht mehr aus, ich muss mit jemandem sprechen, es passiert so viel, ich platze fast. Ich muss erklären, warum ich das alles mache, dass es nicht anders geht, dass ich wegmusste, für Romy. Gina ist die Einzige, die dafür infrage kommt. Die stille, verängstigte, aber auch zähe Gina, die alles versteht und mich und die anderen beschützt, wenn es irgendwie geht. Außerdem muss ich wissen, was los ist zu Hause, wie Mama reagiert hat auf mein Verschwinden, ob sie mich suchen und schon irgendwer hinter mir her ist. Gina verrät mich bestimmt nicht, ganz bestimmt nicht.

»Jetzt erzählst du mir mal was von dir zu Hause, von deinem Vater, zum Beispiel. Oder traust du dich nicht?« Pablo und ich sitzen auf meiner Truhe, ich unter der niedrigen Seite der Treppe, er unter der hohen. Ich habe keine Lust, über den Alten zu reden, wozu? Außerdem kann jeden Moment dieser Nickel aufkreuzen. Der darf mich auf keinen Fall sehen. Der hat mich gestern vorm Haus erwischt, sich aufgeregt und mich verjagt. Davon muss Pablo aber nichts wissen. »Na ja«, sage ich und tue so, als würde ich nachdenken. Pablo zündet sich eine Selbstgedrehte an. Da geht die Haustür auf, ich ziehe die Beine an, Pablo schaut um die Ecke. »Hallo Heinzi.« Ein Glück! Der Helle poltert die Treppe hoch. Ich sage erst mal nichts mehr, gucke mir meine Schuhspitzen an. »Wir können ja ein Bier trinken gehen, ich spendiere dir eine Limo.«

Durchs Abendgedrängel ein paar Häuser weiter ins Pop. Es ist voll, alle reden, laute Musik. Pablo bestellt an der Theke, und schon werden zwei Plätze frei. Was ist denn das da an der Wand? Marilyn Monroe! Mehrere nebeneinander sogar, nur das Gesicht, in verschiedenen knalligen Farben. Ich gucke weg. Aber da, da über dem langen Tisch, unter der Decke, da hängt ein Auto! Ein dunkelgrüner Sportwagen! Hängt da einfach unter der Decke! Verkehrt herum, mit dem Dach nach unten! Wahrscheinlich damit kein Öl raustropft auf die Spagetti, die Haare oder so. Pablo prostet mir zu und sagt irgendwas. »Was? Wie bitte?« »Dein Vater!« »Ach so, ja.« Erst mal trinken. Pablo beugt sich weit runter mit seinem Ohr zu meinem Mund. »Er ist weg, vor zwei Jahren verschwunden, kurz nach Freddys Geburt.« »So, dann lebst du bei deiner Mutter. Und wie war es früher, als er noch da war?« »Ich musste ihn immer aus der Wirtschaft rausholen, wenn das Essen fertig war. Ohne ihn durften wir nicht anfangen. Zu Hause hat er Mama angebrüllt. Uns auch, außer Elvis. Wir hatten Angst, am meisten meine älteste Schwester Gina. Sie hat das Zimmer ganz allein am anderen Flurende. Als der Alte weg war, wollte Elvis das Zimmer für sich. Aber dann bin ich bei den Kleinen raus und bei ihr eingezogen, Elvis hat die Dachkammer gekriegt. Gina hat furchtbare Angst vor dem Alten gehabt. Er hat ... ich weiß auch nicht. Aber wie gesagt, der ist weg.« »Wie viele Geschwister hast du denn?« »Fünf.« »Und du.« »Klar, und ich.« »Bist du der älteste Junge?« »Nein.« »Wie alt sind denn deine Geschwister?« »Gina ist 15, Elvis 13, Gitte 7, Romy 6 und Freddy 2.« »Elvis wie Elvis the Pelvis?« »Ja. Na und?« »Und Gina?« Also, gut, wenn's sein muss. »Gina wie Gina Lollobrigida aus ›Fanfan der Husar‹, Gitte wie Brigitte Bardot aus ›Mit den Waffen einer Frau‹. Mama durfte nur Romy aussuchen, wie ›Sissi‹, du weißt schon. Und dann gibt's noch Freddy.« »Wie Quinn?« »Nö.« »Aber nicht wie Chopin, oder?« »Was? Ich geb dir einen Tipp: wie Alfred. Kennst du den etwa nicht? Alfred!« »Hitchcock?« »Treffer, versenkt! Mama hätte ihn lieber Cary genannt wie Cary Grant aus ›Über den Dächern von Nizza‹, aber ...« »Hast du die etwa alle gesehen?« Ich nicke. »Nein, war nur Spaß. Aber Mama hat uns erzählt, worum es geht in den Filmen. Nur ›Über den Dächern‹ habe ich gesehen und ›Sissi‹, viermal, im Fernsehen, alle drei Folgen. Mamas Lieblingsfilme. Sind aber uralt, wie die anderen.« »Und Toni?« Das musste ja kommen. »Tony Curtis, wenn du's genau wissen willst. Der mit der Schmalzlocke. Die ist nämlich gar nicht Elvis' Erfindung, der hat sie Tony nur nachgemacht.« Ich kippe den Rest der Limo in einem Zug runter. *Minimax trixitrax, Bauch.* »Und wenn wir jetzt schon dabei sind, ich heiße auch noch Mari. Marilyn Toni Hauser. Wie Monroe. Aber muss unter uns bleiben, klar?« Pablo kneift die Augen zusammen. »Marilyn? – das heißt die Haare, die Hosen ... du bist gar kein ...« »Nein, bin ich nicht.« Er grinst. »Nicht schlecht, okay, alles klar, bleibt unter uns.« Er steht auf, legt vier Mark auf die Theke. Beim Rausgehen trifft er Bekannte. Draußen ist es noch voller als vorhin. »Und deine Mutter?« »Zu Hause.« »Und wo ist das?« »In Neckarellenbach. Und wo kommst du her?« Zwei Schupos laufen direkt auf uns zu, mit Schlagstock, Walkie-Talkie und allem. Zu spät zum Abhauen. Pablo nimmt mich an der Hand. »Aus Salamanca, in Spanien.« »Da, wo Mallorca ist?« »Genau, ein bisschen nordwestlich davon, auf dem Festland.« Am liebsten würde ich den Schupos die Zunge rausstrecken, bisschen Schiss habe ich aber schon. Vorbei, juhu. Pablo schließt auf, lässt mich rein. »Und morgen erzählst du mir mal genau, warum du abgehauen bist.« Die Tür fällt ins Schloss. »Ich will Arzt werden!«

Bestimmt nichts Ernstes

Mai 2016, Heidelberg, Marktplatz
»Du solltest einen Fachkollegen konsultieren. Wenn du willst, maile ich dir einen Scan der Analyse, aber ich denke, du solltest das auf jeden Fall abklären lassen.« Das Telefonat mit Erik heute Vormittag war kurz, er rief aus der Praxis an, ich war in der Klinik. »Kennst du einen guten Hämatologen? Sonst würde ich dir einen Termin bei Haller machen. Halt mich auf jeden Fall auf dem Laufenden, du kannst mich jederzeit anrufen.« Ich vereinbare selbst einen Termin beim Spezialisten, in drei Wochen, wenn ich etwas Luft habe im Dienstplan. Bis dahin verbiete ich mir jede Spekulation über mögliche Diagnosen. Wechseljahre, Mangelerscheinung, Trauerphase, bestimmt nichts Ernstes.

Clea hat ein kleines Video gewhatsappt. Man sieht ihre glatte gebräunte Hand, die mit einem Stöckchen ein Smiley in den Sand malt und darunter »für Mama« schreibt. Ein Schwenk zu ihrem Gesicht, sie lacht, freundlich, frech, ein bisschen verlegen, ein bisschen ironisch, macht einen Kussmund, der sich nähert bis ihre Lippen die Kameralinse berühren und es dunkel wird.

Noch immer habe ich keine einzige leere Zeile in ›Mama, erzähl mal‹ ausgefüllt, dafür gibt es im Laptop schon einiges ›Erinnerungsmaterial‹.

Schlupfwinkel mit Schlüssel

Juli 1972, Heidelberg, Schloss & Altstadt
Der Neckar fließt ohne Schwung, es ist heiß, kein Lüftchen. Mein Kopf juckt, von wegen ›du salbest mein Haupt mit Öl‹. Der Hals ist klebrig, feuchte Krümel zwischen den Zehen, meine Hose hat Flecken, alles schmuddelig. Die kleine Fähre tuckert hin und her. Gerne würde ich mal mitfahren, wenn sie so schaukelt wie jetzt, wo ein Schrottfrachter ordentlich Wellen macht. Guter Platz, die Bank hier, sieht aus, als warte ich wie die Touristen auf mein Ausflugsschiff. Für eine Nacht war ich gestern kein Eindringling in meiner Ecke unter der Treppe. Heute Abend besprechen sie alles. Pablo, der Riese, mein Freund, Lilli, die Wunderbarste, Heinzi, der Helle, Rollo, der Verquollene, und bestimmt auch dieser bekloppte Nickel und seine Uschi. Wenn Nickel gewinnt, muss ich abhauen, irgendwo anders hin. Vielleicht nach Mannheim oder noch weiter, nur nicht zur Polizei. Wenn der Pabloriese und Lilli gewinnen, dann habe ich einen festen Schlafplatz. Der Helle hat nichts gegen mich, dem ist es egal. Wenn ich nur

wüsste, wer der Chef ist. Ein Mädchen bestimmt nicht, die sind nie Chef. Wenn es Pablo ist, sieht es gut für mich aus. Aber es kann genauso gut … ›heißes Gehirn‹ haben wir das genannt, Gina und ich, wenn sich immer dasselbe im Kreis dreht. Ich hab schon Kopfweh, der Neckar flimmert mir vor den Augen. Ich springe auf, renne durch die Stadt zur Bergbahn und hoch zum Schloss. Ich habe nicht mal meine Decke und den Beutel aus dem Haus geholt. Das Rennen hilft. Oben auf der Wiese neben dem Eingang klopft mir das Herz überall, aber der Kopf ist schön leer und tut nicht mehr weh. Mir kommt sogar eine Idee! Vielleicht kann ich hinten bei dem hässlichen Steinmann im Wasserbecken ein Bad nehmen? Ich renne in die Richtung, aber leider zu spät, zu viele Leute da. Und das Wasser ist eklig grün. Graue Schlieren obendrauf. An dem Mauerbogen muss ich wieder an meine Truhe denken, an meine Burg, wie viel besser es dort für die Nacht ist als hier mit der Kälte und den Geräuschen. Ich renne wieder los, zu dem Türmchen hinter dem Becken, die Wendeltreppe rauf und wieder runter, an der riesigen Mauer entlang, durch den ganzen Park. Ich schwitze. Es kommen immer mehr Leute. Ich muss aufpassen, sonst falle ich noch auf, vielleicht läuft ein Detektiv hier herum mit einem Foto von mir in der Jacketttasche, das er mit jedem Kind vergleicht, das allein unterwegs ist. Lautes Rauschen aus einem winzigen offenen Häuschen, da schleiche ich rein. Es ist schön kühl und wie eine Höhle. Unter dem Boden reißendes Wasser, ein unterirdischer Bach, darüber ein Gitter, das sich kein Stück anheben lässt. Blöd. Es riecht nach Keller und nassem Stein. Ich hocke mich gegen die Wand.

Wenn ich ins Gymnasium will, wo muss ich da überhaupt hin? Ich muss eins finden, wo man Latein lernen kann, das brauche ich für Medizin. Reinhard aus meiner Klasse geht nach den Sommerferien auf ein Helmklotz-Gymnasium oder so. Seine Zwillingsschwester Verena ist nur für die Realschule angemeldet, obwohl sie viel bessere Noten hat. Die meisten machen nur Hauptschule. Das einzige Mädchen, das aufs Gymnasium geht, ist Myriam, die Strebertochter vom Doktor. Wie viele Tage habe ich noch? Wie viele sind schon weg? Die beiden Nächte hier oben am Schloss, die erste heimliche Nacht im Haus unter der Treppe, dann noch zwei heimliche Nächte und gestern die eine erlaubte, macht sechs. Zweiundvierzig Sommerferientage weniger sechs, bleiben – sechsunddreißig Tage, das sind, äh, fünf Wochen und ein Tag. In der Zeit muss ich es schaffen. Ohne dass mich jemand erwischt. Und ich muss Gina treffen, ich fange sie ab, Dienstagabend nach dem Turnen. Ich fahre mit der Bahn vom Karlstor nach Eberbach, dann nehme ich den Schleichweg und dann ... »Was machst du denn hier, ganz allein im Dunkeln?«

Ein alter Mann am Eingang! Ich springe auf. Seine Brille blitzt in der Sonne, seine Augen dahinter glubschig verschwommen, könnte der Opa vom Nickel sein. *Minimax trixitrax, Bauch.* »Meine, also, meine Eltern sind da hinten. Ich ... auf Wiedersehen.« Tatsächlich, er tritt einen Schritt zurück. Ich renne los, nix wie weg, juhu, die Formel hat wieder gewirkt. Der Mann hat Angst gekriegt! Eigentlich kann mir mit Formel und Bauch gar nichts passieren.

In der Stadt haben es alle eilig, die Straßenbahn quietscht. Die Amis kartoffeln an den Andenkenbuden zwischen den Kirchenpfeilern herum. Die Studenten palavern und rauchen auf den Treppen an der Rückwand der Kirche. Die Sonne brennt immer noch von oben. Irgendwann muss es doch endlich mal Abend werden. Ich habe eine Blase am Fuß, sie brennt, trotzdem laufe ich die ganze Hauptstraße bis ans Ende, wo die Schienen sich kreuzen und die Busse stinken, dann im Zickzack wieder zurück. In der Plöck, komischer Straßenname, Märzgasse, gibt es auch eine Aprilgasse? Landfriedstraße und noch eine Kirche. Das Tor ist zu. Wahrscheinlich kapiert Gott sowieso nicht, dass ich das alles machen muss und dass ich deshalb die Truhe im Treppenhaus brauche und Lilli und Pablo. Und dass Mama sich bestimmt freut, wenn ich erst Ärztin bin und Romy gesund mache.

Ich lese noch mehr Straßennamen: Sandgasse, aber kein Sand da, Grabengasse, kein Graben. Bei uns im Dorf steht die alte Mühle an der Mühlstraße, die Schule an der Schulstraße und am Fliederweg ...

Die Zeit geht nicht rum. Das Grübeln, das Schwitzen, der Kohldampf. In einem Schaufenster sehe ich mein Spiegelbild, ein dünner Junge mit Strubbelhaaren und einer Narbe an der Stirn, wo Elvis mich mit dem Knüppel erwischt hat und ich sagen musste, ich wäre auf der Treppe gestolpert. Die Kirchturmuhr schlägt, erst fünf Uhr. Ich kaufe mir ein Brötchen, noch dreißig Pfennig. Dann ein kleines Wassereis, nur noch zehn. Am Kornmarkt spielen ein paar Jungen Fußball, in der einen Mannschaft fünf, in der anderen sechs, deshalb darf ich mitkicken, schieße sogar beinah ein Tor. Dann müssen sie heim. Ich schleiche ins Haus, unter die Treppe, in meine Burg. Ich muss unbedingt wach bleiben, bis die Besprechung losgeht. Ich wühle nach meiner Glaseule, die bringt Glück, das brauche ich jetzt. Der Beutel ist schon ganz grau und verkrumpelt. Ich hätte sowieso lieber den Rucksack mitgenommen. Elvis' Radtour war mir egal, aber nicht Ginas Schulausflug. In den Beutel hat nicht mal mein wichtigstes Buch reingepasst, ›Der Körper des Menschen‹, zu dick und zu schwer. Aber das meiste habe ich noch auswendig gelernt, die Organe und Knochen, die Krankheiten, Symptome und Therapien, und die Querschnitte habe ich auf Butterbrotpapier durchgepaust und in das Sammelheft mit den Volksschulzeugnissen gelegt. Das habe ich natürlich mitgenommen. Die ersten drei Zeugnisse mittelmäßig, im letzten, vom vierten Schuljahr, fast alles sehr gut. Ich bin die Zweitbeste in meiner Klasse, nach der Strebertochter vom Doktor. Oder besser gesagt, ich war die Zweitbeste, das habe ich geschafft. Sie müssen mich einfach aufnehmen. Es muss mich nur jemand anmelden!

Meine Schatzkiste musste ich auch dalassen, in die Puppendecke gewickelt, versteckt ganz hinten im Schuppen. Aber das alte Schulheft mit der Liste, das hat in den Beutel reingepasst. Mit sieben habe ich es angefangen, als ich noch gar nicht so richtig schreiben konnte. Jetzt ist die Liste zwei Seiten lang mit allem, was ich gesammelt habe und in der Kiste aufbewahre: Poesiealbum, Spanholzschächtelchen mit kaputtem Vogelei, sieben schöne Schneckenhäuser, ein Hufeisen von Flucka, dem alten Pferd von der Brauerei, das nicht mehr arbeiten muss und auf der Wiese nur noch sein ›Gnadenbrot‹ frisst, eigentlich ganz normales Gras wie die Kühe auch, aber da heißt es Frischfutter. Ein Büschel aus Fluckas Schweif, zwei Brokatstoffstückchen, eine kleine Muttergottes aus Metall, ein Einweckglas mit vier toten Hirschkäfern und eine Halskette aus Korallen oder Plastik oder so. Schade, dass ich die Kiste nicht hier in meiner Burg haben kann. Immerhin habe ich die Liste. Außerdem vier Buntstifte, leider keinen Bleistift, den könnte ich besser gebrauchen. Dann noch meine Wolljacke, mein Badeanzug und die gestreifte Decke, die Gina aus Wollresten im Handarbeitsunterricht gehäkelt hat. Elvis hat ›dämlicher Jammerlappen‹ dazu gesagt. Ich habe sie beim Gerümpel im Keller gefunden und als Letztes in den Beutel gestopft, Ginas Decke, die schön und wertvoll ist, mehr als sich Elvis, der Pisser, jemals vorstellen kann. Da ist sie ja, ganz nach unten gerutscht, meine liebe Eule mit dem glatten, durchsichtigen Bauch, den milchigen Flügeln, nur die runden Gesichtskränze sind honiggelb, die Augen wie Bernstein mit schwarzen Pupillen. Der einzige Schatz aus der Kiste, den ich als Glücksbringer mitgenommen habe. Ich küsse sie und lasse sie in die linke Hosentasche gleiten. Sie klickt an den Groschen. Alles andere zurück in den Beutel. Der ist gar nicht so schlecht, habe ich gesehen. Viele Studenten haben so ein Stoffding, mit Filzstift bemalt: Blumen, Flammen, Tauben, ein großes A im Kreis, auch Sprüche ›Mein Bauch gehört mir‹ und ›Euch die Macht – uns die Nacht‹ und so. Was würde ich auf meinen Beutel malen, wenn ich Filzstifte hätte? Ein Pferd wie Flucka oder Fury vielleicht? Oder ein großes T für Toni oder – oder so eine Schlange, die sich um einen Stab ringelt, wie in dem Buch ›Der Körper des Menschen‹, ja. Jetzt wird alles ganz langsam in meinem Kopf, und noch langsamer.

Ich wache auf, es ist Morgen, und ich weiß – nichts. Was, wenn sie beschlossen haben, mich zur Polizei zu bringen oder zum Jugendamt? Besser erst mal verschwinden. Irgendwie kriege ich schon raus, wer der Chef ist, ob ich bleiben darf oder nicht. Ich packe alles ein, kaufe mir schnell ein Brötchen. Jetzt habe ich nur noch die Eule und die Essensmarke. Am Heumarkt sehe ich sie plötzlich, Lilli und Pablo an der Ecke. Sie sitzen auf einer Schaufensterbank. Zwischen ihnen ein kleiner Junge. Sie winken mich zu sich. »Das ist Micha«, Lilli zeigt auf den Kleinen. »Und das ist Toni.« Der Junge ist ungefähr so alt wie Romy, vielleicht etwas jünger, fünf oder so, genauso dünn und blass, aber ohne Windeln natürlich. »Hallo Micha.« Noch nie habe ich Augen mit so viel – Kraft gesehen. Lilli streicht ihm über den Kopf, blitzschnell macht er sich los, lässt sich vom Sims runterrutschen, stellt sich neben mich und nimmt meine Hand. Pablo packt seine Mappe, steht auf. »Ich muss los, ich habe Unterricht. Und du«, er tippt mir auf die Brust, »kannst den Schlüssel erst mal behalten und im Haus übernachten. Von Nickel hältst du dich aber fern. Und du sagst zu niemandem etwas, hörst du, sonst kriegen wir Ärger. Und demnächst unterhalten wir uns, okay?« Ich nicke und würde ihn am liebsten umarmen. Aber er ist schon weg mit seinen Riesenschritten. Der Kleine drückt meine Hand. Ich drücke ein bisschen zurück. Lilli nimmt ihre Kaffeetasse vom Sims. »Ich muss den Laden aufmachen, komm rein, Micha, komm.« Der Kleine schüttelt den Kopf, er sieht herausfordernd zu mir hoch, will mich wegziehen mit seinem ganzen Gewicht. Ich bin aber stärker. Lilli will nach ihm greifen. »Micha bitte! Du weißt doch ...« Er stellt sich brav hin und sagt leise: »Ich will aber mit Toni spielen!« Lilli sieht mich an. »Micha darf sich auf keinen Fall anstrengen. Er darf nicht rennen und nicht toben. Er ist gestern erst aus dem Krankenhaus gekommen. Ich muss aufschließen, komm jetzt rein.« Das ist also Lillis Laden, ich dachte, die wäre auch Studentin. Der Kleine rührt sich nicht von der Stelle. Er gefällt mir, ich mache einen Vorschlag. »Wir könnten doch einen Rundgang machen? Ganz langsam, meine ich, wie Schildkröten.« Lilli zögert. Ich rudere in Zeitlupe mit den Armen, Micha macht es mir nach. Ein paar Leute spähen ins Schaufenster rein. Ich lege dem Kleinen den Arm um die Schulter. »Ich habe drei kleine Geschwister. Ich kenne mich aus!« Er macht einen Schritt nach vorne, legt seine Ärmchen um Lillis Hüfte, drückt den Kopf an ihren Bauch. »Bitte, Lilli!« »Aber nur in der Nähe und ohne Gerenne, versprichst du mir das?« Sie sieht mich mit Indianerblick an. »Versprochen!« »Willst du deinen Beutel nicht hierlassen?« Na klar!

Nabelschau für Senioren

Juni 2016, Heidelberg, Marktplatz
Von Clea ist eine Postkarte gekommen, ganz Old School, abgeschickt vor zwei Wochen, mit einer Zeichnung statt Text: Zwischen schiefen Häusern und Palmen zwei Strichmännchen Hand in Hand, jeweils ein Pfeil ›Rashid‹ und ›Ich‹.

Vielleicht ist ›Mama, erzähl mal‹ gar nicht mehr wichtig, wenn sie zurückkommt. Vielleicht war die Wahl des Abschiedsgeschenks nicht so sehr Ausdruck eines brennenden Interesses an Mamas Biografie, sondern eher ein Versuch, die alte Dame bei Laune zu halten, ein Lückenbuch, damit sie ein bisschen beschäftigt ist. Nabelschau für Senioren. Gut möglich, und wenn es so war, dann ist ihre Rechnung zumindest halb aufgegangen, denn das Kino im Kopf, das die Fragen bei mir auslösen, fesselt mich mehr als irgendein Buch. Umso schwieriger scheint mir das Aufschreiben, zumal in diese knapp bemessenen Zeilen. Nun gut, ich mache weiter Notizen.

Morgen ist der Termin beim Hämatologen. Wechseljahre, Mangelerscheinung, Trauerphase, bestimmt nichts Ernstes.

Keine Eselsohren, keine Flecken

August 1972, Heidelberg, Kurfürsten-Anlage
»Einen Ferienjob in den Semesterferien?« Pablo kratzt sich den Bart. Die Burg hat er mir besorgt, vielleicht hilft er mir auch beim Geld. Er boxt mir ein bisschen gegen die Brust. »Doch, warte, ich weiß was.« Heute Nachmittag nimmt er mich mit zu seinem ›Kollegen‹ Alfons.

Ein riesiges Zimmer am Berg auf der anderen Seite der großen Straße mit dem Tunnel. Die Vorhänge sind zugezogen. Nur ein Sonnenstrahl blitzt ins Zimmer, genau auf – das kann doch nicht wahr sein, genau auf – Marilyn Monroe! Mit einem tiefen Ausschnitt und einem bauschigen Rock. Darunter steht: ›Wer morgens betet, hat den Rest des Tages Zeit für Spaß und Sauereien‹. Das hätte ich ihr gar nicht zugetraut! Ansonsten überall Bücherstapel, Papiere und Zettel, auf den Möbeln, Tischen und an der Wand entlang. Es riecht nach Bohnerwachs, trotzdem liegt Staub auf allem. Alfons ist dick, aschblondes Haar, am Ohrläppchen glatt abgeschnitten, Kochtopffrisur wie Max von Moritz, auch sonst, Kugel mit Kugelkopf, nur hinter einem riesigen, vollgepackten Schreibtisch. Und dieser Alfons-Max soll nur fünf Jahre älter sein als Pablo? Das hat er mir auf dem Herweg erzählt, sie wären am gleichen Tag geboren, am 1. Mai, in der Hexennacht, nur in anderen Jahren, er, Pablo, 1950 und Alfons 45. Dann ist der Riese also, äh, 22 und der Dicke 27, sieht aber aus, als könnte es sein Vater sein. Und er redet auch so. »Ah, Senior Steiner-García in jugendlicher Begleitung, buenas tardes, wie schön, aber du siehst ...« Er zeigt auf die aufgeschlagenen, übereinandergestapelten Bücher vor sich. Vor lauter Marilyn sehe ich erst jetzt die Eule auf einem Brett an der Wand. Der hat auch eine! Allerdings eine echte, ausgestopft, riesengroß mit Teddyglasaugen. Von den Rückenfedern ein Spinnenweb bis in die Ecke. »Don Alfonso, wir nehmen dich nicht lange in Anspruch. Mein junger Freund hier will sich um einen Posten bewerben.« »Aha.« Alfons guckt nicht gerade interessiert, aber Pablo bleibt dran. »Er sucht einen Ferienjob, du hast doch sicher die eine oder andere Erledigung, für die dir die kostbare Zeit fehlt?« Sonst spricht er nie so geschwollen. Alfons mustert mich. »Ich? Für den Kleinen? Nein.« Es kommt knapp aus seinen fleischigen Lippen. Pablo sagt schnell. »Nur seriöse Tätigkeiten natürlich, keine Botendienste oder Ähnliches. Wir dachten an eine Beschäftigung als persönlicher Assistent, Adjutant, im privaten Bereich.« Ich merke es genau, Pablo sagt irgendwie mehr, als er sagt, er gibt dem Dicken etwas zu verstehen, was ich nicht mitkriegen soll. Alfons lehnt sich zurück. »Ach so, verstehe, als Adjutant.« Er sieht mir scharf in die Augen. »Du könntest mir Fotokopien machen, die ich dringend benötige.« Mit der offenen Patschhand zeigt er auf einen Stuhl, erst oben auf einen Bücherstapel, dann auf die Aktentasche darunter. »Hier ist die Liste, die abzuarbeiten ist.« Er reißt einen Bogen Papier von einem Block und reicht ihn mir. «Da steht exakt, von welchem Buch welche Seiten zu fotokopieren sind.« Das Blatt ist mit Füller sauber in Druckbuchstaben beschrieben. Pablo steckt die Bücher in die Tasche und nimmt sie unter den Arm. Mit einem Schwung wuchtet Alfons sich hoch, tänzelt erstaunlich beweglich zu einem schwarzen Lackschrank in der Ecke und zieht die Tür auf. Ein Bündel Kleider fällt ihm entgegen. Alle mehr oder weniger dunkel- bis hellviolett. Genau wie die Hose und das Hemd, die er anhat. Er bückt sich, sammelt die Sachen auf, schüttelt sie wie einen Hund, der ins Haus gekackt hat.

»Das war alles mal weiß. Bis diese Schwuchtel von nebenan ihre lila Socke in der Waschmaschine vergessen hat. Seitdem meide ich das Gerät.« Umständlich stopft er alles in eine Reisetasche, setzt sie neben mir ab. »Für die Wäscherei.« Er plumpst wieder auf seinen Stuhl und beugt sich über die Bücher, als wären wir Luft. Pablo räuspert sich. »Okay, Alfons, schön, die Aufgaben sind geklärt. Und was hast du dir so an Entlohnung gedacht?« Alfons schaut auf, kramt mit einer Hand in der Schreibtisch-Schublade, ohne hinzusehen. »Hier sind 20 Mark, den Rest kannst du behalten. Wir sehen uns morgen um 17.55 Uhr hier.« Ich nehme das Geld. Pablo weist mit dem Kopf zur Tür, aber Alfons hebt noch mal die Hand. »Ein Buch muss die Axt sein für das gefrorene Meer in uns, sagt Kafka.« Er macht eine Pause. Pablo verdreht die Augen, wird aber gleich wieder ernst. »Keine Eselsohren, keine Flecken. Lesen darfst du. Solltest du. Die Fotokopien ohne schwarze Streifen, sortiert exakt gemäß Liste. Die Hemden gebügelt, versteht sich.«

Die Tasche muss ich dauernd absetzen und verschnaufen. Die Wäsche ist bei Lilli im Laden. Die Heugasse hoch, hat Pablo gesagt, bis es nicht weitergeht, wenn du vor der Jesuitenkirche stehst, dann ist der Copyshop, so heißen die, links neben dir. Genau, hier ist es. Hoffentlich krieg ich das hin. Drinnen ist es noch wärmer als draußen, es riecht nach Chemie und Schweiß, massig tote Fliegen im Schaufenster. Auf der Stuhlreihe neben der Tür warten alle, keiner redet, sie lesen und fächeln sich Luft zu. Der Mann an der Theke guckt zu mir rüber und sagt ›Nummer zwei‹. Ich nicke mal besser und schaue genau zu, wie das geht. Also, sechs Kopierer sind es, jeder hat ein Nummernschildchen, meiner, Nummer zwei, steht hinten links. Klappe auf, Buch mit dem Gesicht nach unten auf die

Glasplatte, Knopf drücken, dann blitzt es und rumpelt, dann rutschen die Kopien in ein Fach an der Seite. Babyleicht. Jetzt lerne ich Alfons' Liste auswendig, dann geht das wie von selbst. Das Mädchen an Nummer zwei kopiert und kopiert, ich glaube, das ganze Buch! Unter dem Minirock gucken die Pobacken raus, wenn sie sich vorbeugt. Der Thekenmann geiert die ganze Zeit zu ihr rüber. Endlich bin ich dran. Ich staple die Bücher auf dem Boden. Aber wo ist jetzt das erste, das auf der Liste steht? Umschichten, Titel suchen. Da guckt schon einer böse. Da ist es. Also, Seite 276 bis 279, dann 283 bis … Es sind acht Bücher mit jeweils mindestens drei Stellen zu kopieren. Ich bekomme fast keine Luft mehr, der Geruch, die Hitze. Die letzte Kopie, Deckel zu, der nächste Kunde steht schon auf. Ich fächere den Papierpacken durch. Verflixt, schwarze Ränder an mehreren Stellen! Nicht hintereinander, sondern hier mal und da mal. »Ich bin doch noch nicht ganz so weit.« In Zeitlupe setzt sich der Typ wieder hin. Alles noch mal durchsuchen, die richtigen Bücher finden, die richtigen Stellen. Mein Mund ist ganz trocken, ich kann nicht mehr schlucken, die Zunge klebt mir am Gaumen. »Wir schließen in 10 Minuten, bitte kommen Sie zur Kasse.« Mir ist schwindelig, mein Körper will rausrennen, einfach raus an die Luft, ohne Bücher, ohne alles, nur weg hier. Aber ich mache es nicht. Gleich habe ich es geschafft. »Hallo du da, es ist halb sieben, Feierabend. Gilt auch für dich.« »Nur noch vier Seiten!« Von den 9,20 Mark, die es kostet, sind bestimmt 2 Mark für doppelte Kopien draufgegangen, bin gespannt, was die Wäscherei kostet und wie viel dann übrig bleibt.

Auf dem Heumarkt kommt Micha mir entgegen, will die Tasche mitanpacken, aber das darf er ja nicht, ist zu schwer. Zur Wäscherei geht er mit und singt mir sein Lieblingslied vor.

> Es ist am Morgen kalt
> Da kommt der Willibald
> und klettert in den Bagger
> und baggert auf dem Acker
> ein großes tiefes Loch. –
> Was noch?

Micha liebt Baggerführer Willibald, er kann alle neun Strophen auswendig. Wir schwenken die Wäschetasche wie eine Schiffschaukel, beim Überschlag flattert ein lila Hemd heraus direkt auf ein weißes Pudelchen. Es schnappt um sich, dreht sich im Kreis wie verrückt. Micha muss lachen. Das Pudelfrauchen greift mit spitzen Fingern nach dem Hemd und zieht es nach oben weg wie ein Zauberer vom Huhn. Sie schüttelt den Kopf, versucht streng zu gucken, ist aber zu nett dafür. Am Hemd ist ein bisschen Pudelsabber, macht nichts, wird ja gewaschen. Danach gibt's Eis, eine ganze Mark hat mir Lilli gegeben. Dafür gibt's sechs Bollen und es bleibt noch ein Groschen übrig.

> Und in das Haus hinein
> zieh'n feine Leute ein!
> Die Miete ist sehr teuer –
> kost' siebenhundert Eier!
> Wer kriegt die Miete bloß?
> Der Boss!

Micha will Mokka und Erdbeer im Becher. Ich dachte, Becher sind nur für Omas und Mokka auch. Aber gut, Mokka probiere ich mal, aber nicht im Becher. Echt stark! Mokka ist ab sofort mein neues Zweitlieblings nach Schoko.

Der Boss kommt groß heraus
dem Boss gehört das Haus
dem Boss gehört der Acker
der Kran und auch der Bagger
und alles was da ist. –
So'n Mist!

Der Boss steht meistens rum
und redet laut und dumm.
Sein Haus, das soll sich lohnen!
Wer Geld hat, kann drin wohnen. –
Wer arm ist, darf nicht rein!
Gemein!

Bald darf Micha in den Kindergarten, ich soll ihn dann immer abholen und zu Lilli in den Laden bringen. Dann habe ich vormittags endlich Zeit, nach dem Gymnasium zu gucken und jemanden zu suchen, der mich anmeldet. Lilli will ich nicht fragen, die soll ja denken, ich mache eine Art Ferien oder so. »Willst du mir nicht erzählen, warum du von zu Hause weggelaufen bist? Wissen deine Eltern, wo du bist?«, hat sie gestern gefragt. »Doch, doch, ich erzähle es dir, nur noch ein paar Tage, okay?«

Sechs Flaschen Sekt schaffe ich heute für Alfons die Treppe hoch, einen großen Karton. Für den Likör, Aquavit, Schokolade und Fischli muss ich noch mal extra gehen. Jeden Abend gehe ich zu Alfons, fragen, was ansteht, einkaufen, abholen, kopieren. Wenn nichts ansteht, zieht er die linke Schreibtischschublade raus, tastet darin herum, schnippst ein Ein- oder Zweimarkstück mit dem Daumennagel in die Luft und ich kann es mir schnappen. Dabei liest er die ganze Zeit weiter. »Mach dir nichts draus«, hat Pablo gesagt. Dabei mache ich mir sowieso nichts draus, ich krieg ja Geld! »Das hat nichts mit dir zu tun, bei Alfons verstopfen Philosophie und Physik das Gehirn. Am besten du störst ihn so wenig wie möglich, wenn du den Job behalten willst.« Ich soll die Finger vom Kühlschrank lassen, also stelle ich die Flaschen und die anderen Sachen einfach auf den Küchentisch. 4,80 Mark Restgeld! Da geht es leicht, der Versuchung zu widerstehen, da kann ich mir selbst Schokolade und Fischli kaufen! »Auf Wiedersehen, Chef, bis morgen.« Doch statt wie sonst »Toni bleib wachsam« zu antworten, winkt er mich zu sich heran, lehnt sich zurück. »Wenn du an einem Felsen hängen würdest und jemand klammert sich an deinen Fuß, und du musst entscheiden, entweder du schüttelst ihn ab und rettest dein Leben oder ihr stürzt beide in den Tod. Was würdest du tun?« Ich überlege. »Du hast 5 Sekunden, der Typ ist schwer, die Felskante scharf.« »Ich weiß nicht.« »Sag das nie!« Er klatscht mit der flachen Hand auf den Tisch. Ich kriege einen Schreck. »Also, pass auf, das sagst du nie, niemals! Du sagst in so einem Fall, ich werde darüber nachdenken. Verstanden?« Ich nicke, vielleicht kann ich von Alfons noch was lernen, so dumm finde ich ihn gar nicht.

4,80 Mark, die Bäckerin will grade zumachen, die Körbe sind schon leer. Bienenstich gibt es nicht mehr. »Wie wäre es denn mit einer Schneckennudel? Zum halben Preis?« Nehme ich natürlich. Und dann schenkt sie mir noch ein Stück Himbeerkuchen mit Banane, zwei Brötchen und eine Laugenstange mit Butter! Ob ich Lilli und Pablo fragen soll? Die waren selbst auch auf dem Gymnasium. Aber zum Anmelden sind sie irgendwie nicht die Richtigen, zu jung, zu – nicht die Richtigen eben. Mit dem Fresspaket setze ich mich ganz gemütlich auf meine Bank am Neckar, ist ja noch hell, findet niemand etwas dabei, wenn da ein Kind alleine wartet und isst. Also, ich habe einen Platz zum Schlafen, meine Truhe unter der Treppe, meine Burg, sogar mit Hausschlüssel! Den Nickel habe ich nur einmal wiedergesehen und bin gleich in Deckung gegangen. Ich habe eine Arbeit als Alfons' Adjutant, auch wenn der ein bisschen komisch ist. Fehlt nur noch das Gymnasium. Und da finde ich schon jemand. Zwei von drei Punkten und noch nicht einmal Halbzeit! Hoffentlich macht Mama nichts Dummes!

Wie lange noch?

Juni 2016, Heidelberg, Marktplatz
Mit einem Brausen kündigt es sich an. Starke Böen reißen an den Baumkronen, Blätter, Papierchen und Kippen wirbeln umher, Licht und Schatten lösen sich auf in ein gelbliches Grau, kein Vogel zu hören, nur die kurzen Wortwechsel der Kellner, die eilig Stühle und Tische stapeln und die Markisen hereindrehen. Erste vereinzelte Tropfen wie Kleckse, sie setzen ein Duftgemisch frei aus Stein, Kalk, Blüten und Kraut, dann platscht es überall. Am Himmel Blitze wie giftige Arterien. Der Knall und sein Echo, ein tiefes Grollen.

Es gibt keinen Zweifel, die Diagnose steht fest: CML, chronische myeloische Leukämie. Sicher hätte man die Krankheit schon auf dem ersten Blutbild erkennen können. Wahrscheinlich hat Erik sie auch erkannt, wollte aber nicht der Überbringer der schlechten Nachricht sein. Diese Aufgabe ist jetzt dem Hämatologen zugefallen, einem jungen, athletischen Mann, der es gut gemacht hat, schnörkellos, abwartend. Als ich ihm sagte, ich sei Anästhesistin, schien er kurz verunsichert. Gemeinsam sind wir die Eckdaten durchgegangen. Starke Vermehrung der weißen Blutzellen im Blut, und zwar sowohl reife Blutzellen wie alle unreifen Vorstufen der weißen Blutzellreihe, die bei Gesunden nur im Knochenmark vorkommen. Auch die Zahl der Blutplättchen ist erhöht. Soweit bekannt. Was noch? Bevorzugt tritt CML bei Menschen um das 55. bis 65. Lebensjahr auf. Da bin ich mit 55 früh dran. Bei etwa der Hälfte der Patienten ist die Milz vergrößert. Bei mir nicht. Typischerweise verläuft die Krankheit in drei Phasen: die chronische Phase, die Akzelerationsphase und die Blastenkrise.

Es fühlt sich an, als hätte das alles nichts mit mir zu tun, als ginge es nur um Statistiken und Theorien. Mit den neuen Medikamenten lässt sich die CML bei vielen Patienten sehr gut und anhaltend kontrollieren. Es sind Einzelfälle von CML-Patienten bekannt, die mehr als zwanzig Jahre in der chronischen Phase gelebt haben. Wie lange befinde ich mich schon in der chronischen Phase? Wann hat es angefangen bei mir, das Außer-Kontrolle-Geraten der Zellen? Es gibt auch Patienten, bei denen die akzelerierte, also beschleunigte Phase und die Blastenkrise schon kurz nach Diagnosestellung auftreten. Ja, natürlich, alles ist möglich, der Körper ist ein Mysterium geblieben, unberechenbar, eigenwillig, jeder anders. Welche Faktoren entscheiden darüber, ob jemand gesund wird oder nicht. Wir Ärzte studieren Zellen, differenzieren, analysieren, wir greifen ein, blockieren und manipulieren. Was letztlich passiert, ist offen.

»Bei mehr als 95 Prozent der CML-Patienten ist das Philadelphia-Chromosom nachweisbar«, erklärt der Hämatologe. Da mir das nichts sagt, fährt er fort: »Es handelt sich dabei um ein verkürztes Chromosom 22. Es entsteht, wenn im Verlauf einer Zellteilung Chromosom 9 und 22 jeweils in zwei Stücke ›brechen‹ und vertauscht wieder ›zusammengebaut‹ werden. Das neu gebildete Gen verursacht dann die unkontrollierte Vermehrung der weißen Blutkörperchen.« »Verstehe.« Er strafft die Schultern. »Und genau diesen Vorgang blockieren die sogenannten Tyrosinkinase-Inhibitoren, kurz TKI. Sie haben zu dramatischen Verbesserungen der Behandlungsergebnisse geführt.« Wie heißt er noch, Papenberg, Patenberg? »Blastenkrisen sind seither sehr viel seltener geworden«, sagt er nach einer Pause. »Es steht bereits eine dritte Generation von TKI zur Verfügung. Ich schlage vor, wir beginnen erst einmal mit Glivic, damit haben wir die längste Erfahrung. 400-mg-Tabletten, einmal täglich zu einer Mahlzeit mit einem Glas Wasser.«

Wie bin ich nach Hause gekommen? Habe ich etwas gegessen? Wie spät ist es jetzt? Gleich sieben, Nachrichten. Ich drücke auf die Fernbedienung. Bombenattentat des Islamischen Staates im Flughafen Istanbul, 44 Tote. Die Fußballnationalmannschaft tritt im Halbfinale der Europameisterschaft gegen Gastgeber Frankreich an, Bundespräsident Gauck ... Ich schalte aus.

Ich selbst habe mich in meinem Beruf nie solchen Diagnosegesprächen stellen müssen. Als Romy starb, nicht an ihrem Gendefekt, sondern an der Verzweiflung, gab ich den Plan, in der Forschung zu arbeiten, auf und wollte eine Zeit lang Kinderärztin, dann Chirurgin werden, bis mich das Thema Schmerz packte. Sicher spielten die starken Kopfschmerzen eine Rolle, an denen ich während des Studiums litt, nicht selten mit Übelkeit und Erbrechen. Schmerz und Betäubung,

Bewusstsein und Bewusstlosigkeit, das interessierte mich mehr als alles andere. Das Extreme zog mich an. Ich entschied mich für Anästhesiologie, für den Platz zwischen Leben und Tod. Und damit, nolens volens, gegen den persönlichen Umgang und gegen ›das Messer‹. Ich entschied mich für Hypnotika und Sedativa, für Opioide und Ketamin, um das Bewusstsein des Patienten auszuschalten, sein Denken, sein Fühlen und vor allem den Schmerz. Ein Patientengespräch ist in meinem Fach nur zur Aufklärung vor der Operation verpflichtend. Wenn er oder sie weiter weg wohnt, kann das sogar telefonisch geschehen. Auch dabei ist man mit Ängsten konfrontiert, muss sie aufnehmen und darauf eingehen. Aber den Informationen über die Narkoserisiken kann man doch immer die feste und durch Erfahrung gestärkte Überzeugung gegenüberstellen, dass ein negativer Verlauf nur in ganz seltenen Ausnahmefällen eintritt, dass die Gefahren bleibender Schäden, gar die Möglichkeit, nicht mehr aufzuwachen, eigentlich nur theoretisch bestehen.

Meist ist es ein hoffnungsvolles Gespräch. Ganz anders, als ›die Nachricht‹ zu überbringen. Für die meisten Patienten ist die Diagnose ein Schock. Wenn aus Verdacht Gewissheit geworden ist. Wenn die Hoffnung, es möge ›nichts Schlimmes‹ sein, unmissverständlich enttäuscht werden muss. Im Studium lernt man wenig darüber, wie man unterschiedliche Charaktere erkennt und sich auf sie einstellt. Über die jeweils angemessene Art, die Wahrheit zu sagen und danach die richtige Antwort zu finden auf die Frage ›Wie stehen meine Chancen?‹ oder: ›Wie lange noch?‹.

Wechseljahre, Mangelerscheinung, Trauerphase, bestimmt nichts Ernstes. Der Zauberspruch hat versagt, eigentlich brauchte ich einen neuen, stärkeren.

Spezialauftrag

August 1972, Heidelberg, Altstadt
Micha freut sich wie verrückt auf den Kindergarten. Deshalb sage ich ihm lieber nicht, wie es da ist, sonst verderbe ich ihm noch den Spaß. Wir haben ihn in die Mitte genommen, Lilli und ich. Mein Arm tut schon weh vom vielen ›Engelchen flieg‹. Mir hat es im Kindergarten nie so richtig gefallen. Immer Perlen aufziehen oder kneten, die Bilderbücher kannte ich alle auswendig, Tante Sigrid hat schlecht gerochen. Nur das Singen war schön und die Jesusgeschichten, die sie uns vorgelesen hat, wie der Gottessohn den Aussätzigen heilt, die Fische vermehrt, die Zeichen und Wunder und so. Draußen habe ich mich oft gelangweilt, am Klettergerüst waren meistens die Jungen, rennen verboten. Wenn man sich schmutzig gemacht hat, gab es Schimpfe. Ich wäre lieber zu Hause geblieben im Garten bei Mama, wenn Elvis weg war in der Schule. Doch das behalte ich alles für mich, sage an der Ampel lieber was anderes:

»Kennst du denn schon jemanden im Kindergarten?« Micha sieht mich unsicher an. Lilli sagt schnell: »Es ist kein Kindergarten, sondern ein Kinderladen. Die Eltern machen ihn, nicht die Kirche oder die Stadt. Wir möchten, dass die Kinder selbst bestimmen, sie können machen, was sie wollen, was sie interessiert. Es sind immer auch Mamas oder Papas da, nicht nur die Kindergärtnerin.« »Alles, was sie wollen, ehrlich? Auch das Haus anzünden oder so.« »Das natürlich nicht!« »Und wieso Kinderladen und nicht Kindergarten?« »Die Eltern haben einen kleinen Tante-Emma-Laden gemietet, der wegen der Supermärkte schließen musste.«

Da ist es, mit großen Buchstaben steht es oben dran und drumrum strahlt eine dicke Sonne über die ganze Schaufensterscheibe. Die Türglöckchen sind kaum zu hören bei dem Krach. Die Kinder sitzen nicht auf Stühlchen, sie sind überall. Zwei Jungen stehen ganz nackt in der Mitte und schmieren sich gegenseitig mit Farbe ein, einer zieht seinen Pimmel wie ein Gummiband in die Länge. Ein Mädchen mit Brille haut eine Puppe gegen die Tischkante und noch mal und noch mal, sie hat einen Holzkopf, die Puppe. Unter dem Tisch fahren zwei Kinder Eisenbahn. Zwei andere mit Strumpfhosen auf dem Kopf sitzen mit einem Topf auf dem Boden und stopfen sich mit der Hand Haferbrei in den Mund, gegenseitig! An der Wand liegt ein Mädchen mit roten Haaren ganz still auf dem Bauch und betrachtet ein Bilderbuch. In der Ecke kauert ein Kleiner mit Daumen im Mund und weint, ein Erwachsener mit einem Baby hockt vor ihm und spricht lieb auf ihn ein. Als er seine Hand nehmen will, tritt der Kleine nach ihm und brüllt »Scheißkloß, Scheißkloß, hau ab«. Im Hinterhof sieht man zwei Mädchen in Tüllröckchen. Sie schöpfen mit hochhackigen, roten Schuhen Wasser aus einem Babypool heraus und Matsche hinein. Davor zieht gerade ein Junge die Hose runter, hockt sich hin und drückt eine Wurst raus. Da kommt eine Frau. »Schön hast du das gemacht, Felix, aber du weißt doch, zum Kacken gehen wir aufs Klo.« Sie nimmt seine Hand, gemeinsam gucken sie sich den Scheißhaufen noch mal in Ruhe an. So was habe ich noch nie erlebt, aber für Lilli scheint das normal zu sein. »Gaby, kannst du Papier holen, bitte?« Die Tüllröckchen-Mädchen kommen heran und halten sich die Nase zu. Die andere Frau bringt eine Rolle. Die erste wickelt den Haufen ein und versucht den Kleinen mit runtergelassener Hose hinter sich her zu ziehen. Der will aber nicht. Micha hält meine Hand ganz fest, er atmet schwer, verzieht keine Miene. Die Frau von eben kommt rein und begrüßt uns. »Hört mal alle her, das ist Micha, sagt Hallo! Er hat Lust, mit euch zu spielen. Es wird dir gefallen, Micha, komm.« Wir haben im Kindergarten für Neue immer gesungen. ›Halli, hallo, wir freun uns ja so!‹ Der Kleine in der Ecke hört kurz auf zu heulen. Die beiden mit den Tüllröcken hüpfen herein und glotzen Micha neugierig an. »Micha, Micha, kicha, kicha«, brüllt das Mädchen mit der Puppe, spuckt an die Fensterscheibe und verreibt es. Die Rothaarige mit dem Buch schaut auf und lächelt. Micha lässt unsere Hände los, geht vorsichtig zu ihr hin, dreht sich noch einmal zu uns um, winkt und setzt sich neben sie. Lilli spricht noch kurz mit der Frau.

Auf dem Rückweg ist sie ziemlich still. »Meinst du, es gefällt ihm?« »Bestimmt!« Ich kreuze die Finger hinterm Rücken, dann zählt es nicht. »Weißt du, er war noch nie in einer Kindergruppe, er musste schon dreimal operiert werden und war immer lange im Krankenhaus.«

Ob Pablo Michas Papa ist? Pablo sieht aus wie Adam Cartwright mit Bart. Wenn er Michas Papa ist, dann wäre Micha Little Joe. Aber dann würden sie sicher zusammenwohnen, Pablo, Lilli und Micha. Vielleicht hat Micha gar keinen Papa. Ich frage lieber nicht. Im Dorf hat mich mal einer aus meiner Klasse in den Straßengraben gestupst, weil ich nach seinem Vater gefragt habe. Dabei ist keiner doch besser als so einer wie der Alte. Ich war froh, als der weg war. Und Gina und Gitte und Romy und Freddy auch.

Um Punkt zehn Uhr schließt Lilli den Laden auf. Ich kaufe mir zwei Nappo, ein Eiskonfekt und gehe zu meiner Bank.

Also, das Geld für die Fahrkarte habe ich zusammen, hin und zurück. Verdient als Adjutant! Es hat sogar noch für Ginas Geschenk gereicht, das Raupenbuch. Heute Abend sage ich Alfons, dass ich morgen nicht kommen kann. Ginas Turnstunde ist um sechs Uhr zu Ende, wenn sie die Abkürzung über das Feld nimmt, treffe ich sie hinter der Werkstatt am Haselnussstrauch. Jetzt erst mal eine Runde Fußball auf dem Kornmarkt. Ich werde immer besser, letztens habe ich zwei Tore geschossen! Ich bin gut, stark in meiner Zeit!

Ich muss klingeln bei Alfons, sonst ist die Tür immer nur angelehnt, es dauert. Schlurfende Schritte, die Tür geht auf, da steht er im weißen Bademantel, das Gesicht verkrumpelt und schweißig, die Haare wirr in der Stirn, Schweinsäuglein. Er schlurft zurück Richtung Schlafzimmer, wedelt mich mit der Hand hinter sich her, lässt sich aufs Bett plumpsen, schüttelt die Adiletten ab und zerrt sich die Decke über. »Komm rein.« Er liegt auf dem Rücken, spricht in die Luft. »Heute Spezialauftrag, Toni.« »Ehrlich, was denn?« »Folgendes, du gehst heute Abend mit meinem Vater essen.« »Wie bitte?« »Setz dich.« Ich schubse den Kleiderberg vom Stuhl, lasse die Beine baumeln. »Du vertrittst mich beim Dienstagsdinner, mein alter Herr weiß Bescheid. Also, hör zu.« Er zieht Rotz hoch und schluckt. Ich staune, sonst ist er ja immer eher, wie soll ich sagen, jedenfalls nicht so. »Du nimmst ein Taxi, fährst in die Lutherstraße 47 a, sieben-und-vierzig a. Du klingelst zweimal kurz, einmal lang bei Konstantin Kaiser, K Punkt Kaiser. Mein Vater kommt runter und ihr geht in den Auerhahn. Ihr esst zu Abend, dann begleitest du ihn nach Hause. Du wartest vor der Tür, mein Vater bestellt dir ein Taxi und damit kommst du zurück. Verstanden?« »Ja, aber ...« Er wälzt sich zur Seite, grunzt, guckt mir ins Gesicht. »Kriegst du das nicht hin?« »Doch!« »Wiederholen!« »Ich hab's mir gemerkt.« »Toni, ich kann nicht mehr lange.« Was ist mit Alfons? Wenn es ein Kater ist, aufpassen, sonst kriegt er noch einen Wutanfall, wie früher der Alte. Sein Körper rollt wieder zurück auf den Rücken, Augen zu. »Ich nehme ein Taxi in die Lutherstraße 47a, ich klingele zweimal kurz, einmal lang bei K Punkt Kaiser ...« Und so weiter. Er kramt in der Nachttischschublade. »Alles korrekt. Hier, 100 Mark, du zahlst auch das Essen. Wie viel Uhr ist es?« »Kurz nach sechs.« »Um Punkt sieben Uhr rufst du das Taxi. Und zieh dir was Anständiges an.« »Was? Woher soll ich denn jetzt ... ?« »Schon gut, egal. Du kannst nebenan warten.« Jetzt dreht er sich auf die andere Seite, Gesicht zur Wand. »Aber woher weiß ich die Telefonnummer vom Taxi?« Er sagt sie mir, babyleicht, 302030, vergräbt das Gesicht ins Kissen, schnauft, hebt noch einmal den Kopf. »Und sorg dafür, dass er sich wohlfühlt!« Zurücksinken ins Kissen. »Morgen kann ich nicht kommen! Da muss ich zu meiner Schwester.« Keine Antwort.

Am Fenster im großen Zimmer betrachte ich die Hauswand gegenüber. Mein Herz klopft stark. Ich gehe im Kopf alles noch mal durch. Die Taxinummer, Lutherstraße 47a, K Punkt Kaiser, Auerhahn ... 100 Mark. *Minimax trixitrax, Bauch,* schon mal vorsorglich für nachher. Wie viel Uhr ist es jetzt? Was soll ich am Telefon sagen? Alfons' Schnarchen ist lauter als die Autogeräusche von der Straße. Jetzt zeigt die Küchenuhr viertel nach sechs, noch fünfundvierzig Minuten. »Sorg dafür, dass er sich wohlfühlt!«

Abnabeln

Juli 2016, Heidelberg, Marktplatz
Medienberichte:

Vor laufenden Kameras schleudert ein Stier den 29-jährigen Víctor Barrio durch die Luft und bohrt ihm sein Horn mitten ins Herz. Blutüberströmt wird der Torero am vergangenen Samstag aus der Arena im spanischen Teruel getragen, ihm ist auch im Krankenhaus nicht mehr zu helfen. Während Barrios Frau weinend zusammenbricht, überschütten Stierkampfgegner aus der ganzen Welt Twitter und die Facebook-Seite von Barrio mit Posts, in denen der verstorbene Torero übel beschimpft und sein Tod gefeiert wird …

Ich kann es nur so auf den Punkt bringen: Der Stierkampf bricht das Tabu des Sterbens, erhebt den Akt des Tötens zur Kunst und zum öffentlichen Spektakel. Ein vernetzter Mob maßt sich an, auf die Würde des Toten zu scheißen, ein anderes Wort fällt mir dazu nicht ein. Ich gebe es zu, die Kopfschmerzen machen mich aggressiv, ein Dauerschmerz, der sich am Nachmittag intensiviert, jeden Nachmittag. Sicher keine Nebenwirkung des Medikaments, eher dem Wetter geschuldet. Die niederdrückende Schwüle, der bleich verhangene Himmel, selten ein Sonnenstrahl. Selbst bei Regen kühlt es kaum ab. Es wird viel geklagt, Kopfweh, Kreislaufschwäche, Schlafstörungen. Meine Krankheit ist mir immer noch fremd. Vermutlich habe ich Angst wie jeder andere Patient. Fühlen kann ich das nicht.

Clea hat angerufen. Pablo hat sie besucht. Unsere regelmäßigen Treffen bei ihm sind abgebrochen, seit Clea und ich allein sind. Ich habe es in den vier Jahren einfach noch nicht über mich gebracht, allein nach Spanien zu reisen. Pablo war auch nur ein einziges Mal ganz kurzfristig auf der Durchreise hier in Heidelberg. In seinem alten Porsche hat er uns abgeholt, mit offenem Verdeck sind wir durch den Wald den Schlossberg hinauf zur Molkenkur gekurvt und die ganze Zeit haben wir geredet und geredet. Es tat gut, mit dem Blick weit über die Stadt bis in die Pfalz Pablo erzählen zu hören von seinen Konzertreisen und Projekten, sich zu erinnern an unsere Familienurlaube in seinem Haus am Meer, gemeinsam die Trauer zu spüren und natürlich die vertrauten Kabbeleien durchzuspielen zwischen ihm und Clea, wenn sie ihn ›Opi‹ nannte und er, offensichtlich geschmeichelt, wie früher den Empörten mimte und ich das betretene Publikum. Trotzdem ist unser Versprechen, uns sehr bald und dann wieder regelmäßig zu treffen, im Sande verlaufen, weshalb ich froh war, dass Clea sich gleich nach ihrer Ankunft in Barcelona bei ihm melden wollte. Vorgestern stand er dann plötzlich bei ihr vor der Tür. »Er hat für Rashid und mich und die ganze Clique eine Riesen-Segeljacht gemietet, wir waren einen ganzen Tag auf dem Meer, in einer Bucht haben wir geankert und gebadet! Abends hat er uns alle zum Essen eingeladen, dann sind wir noch durch die Kneipen. Ein paarmal ist er erkannt worden und sie wollten Selfies machen mit ihm. In einer Bar an der Plaza España hat er sogar mit der Band gejammt. Eigentlich wollten wir dich anrufen, aber dann war er schon wieder weg. Ich soll dich grüßen, Mama.«

Mit einem Mal erfasst mich eine geradezu körperliche Sehnsucht nach Clea. Am liebsten würde ich auf der Stelle ein Flugzeug nehmen. Wenigstens für ein Wochenende. Meine einzige Reise nach Barcelona liegt vierundzwanzig Jahre zurück, auch wir waren verliebt, Clea noch nicht auf der Welt. Aber schon während ich im Dienstplan nach einer Lücke suche, kommen mir Zweifel. Ist es wirklich eine gute Idee, sie aufzusuchen, eine frisch verliebte 23-Jährige, die zum ersten Mal eine längere Zeit im Ausland lebt? Die schon nach dem Abitur mit Freunden zusammenziehen wollte, dann aber blieb, weil ihr Vater starb? Weil sie das alte Gehäuse brauchte, weil sie vielleicht ihre Mutter, die Witwe, nicht allein lassen wollte? Wie oft lagen wir am Anfang eng beieinander auf dem Sofa und ließen den Fernseher laufen. Es war auch für mich ein Trost, wenn ihre Freunde kamen und sie sich eine Zeit lang ablenken ließ mit Video-Schauen, Xbox-Spielen, Kochen. Erst im vergangenen Winter, als Schluss war mit ihrem ersten Freund und sie den Bachelor hatte, schien es für sie an der Zeit. Sie muss lange über ein Auslandsstudienjahr nachgedacht haben. Es kränkte mich ein wenig, dass es ihr offensichtlich so schwerfiel, mir ihre Pläne zu unterbreiten, halb schlechtes Gewissen, halb trotzig. Als hätte sie kein Vertrauen zu mir, als wüsste ich nicht, dass sie ein Recht darauf hat, erwachsen zu werden, als glaubte sie selbst nicht daran. Ich musste ihr gut zureden, am Ende fiel sie mir um den Hals. »Die Nesthockerei ist jetzt vorbei!«

Nun ist sie keine vier Monate fort und ich will ihr hinterherreisen? Um mein Bedürfnis nach Nähe zu stillen? Sie aufstöbern in ihrem selbstgewählten Exil, um vor dem Krebs zu fliehen? Damit es sich anfühlt wie früher, als alles gut war?

Was hat meine Mutter getan, wenn sie mich vermisste? Wie hat sie weitergemacht, als ich plötzlich weg war und nicht zurückkommen wollte? Ihr Kind war elf, meins ist mehr als doppelt so alt. Im Grunde kann man es gar nicht vergleichen. Für sie kam der Verlust abrupt, die Trennung Jahre zu früh.

Dazu die Mehrbelastung: Außer der fünfzehnjährigen Gina hatte sie niemanden mehr an ihrer Seite, um mit den drei Kleinen, Gitte, Romy und Freddy, und mit allem anderen fertig zu werden. Trotzdem ließ sie mich los.

Seltsam, dass ich 55 Jahre alt werden musste, um das ganze Ausmaß der Liebe und der Größe meiner Mutter in diesem Verzicht zu erkennen. Natürlich werde ich Clea loslassen, Barcelona vergessen, mich zurücknehmen, ihr die Freiheit geben, sich abzunabeln. Im Grunde bin ich es, die sich abnabeln muss, von meinem einzigen Kind. Nach dreiundzwanzig Jahren als Mutter ist es an der Zeit, wieder für mich allein zu stehen. Auch mit der Diagnose. Ich werde für Clea die Lücken im Erinnerungsbuch ›Mama, erzähl mal‹ ausfüllen. Und ich werde wieder gesund für sie!

Angenehme Gesellschaft

August 1972, Heidelberg, Neuenheim
Hoffentlich fragt er nicht so komische Sachen wie sein Sohn, an der Klippe hängen und so. Hoffentlich fragt er mich nicht nach meinen Eltern. Lutherstraße 47a. Der Taxifahrer ist sauer wegen dem Hundert-Mark-Schein. Jetzt habe ich das ganze Bündel Rausgeld in der Hosentasche. Ich habe mir die Haare gewaschen, mit Spüli, bei Alfons in der Küche, weil noch so viel Zeit war bis sieben und er geschnarcht hat. Ins Bad wollte ich nicht, sonst wäre er noch pinkeln gekommen. Komisch, dass mein Kopf trotzdem schon wieder juckt. Am Telefon habe ich gesagt, mein Vater hätte mir Geld gegeben fürs Taxi zu meiner Mutter, weil er schnell wegmusste. Hat geklappt. *Minimax trixitrax, Bauch, zweimal kurz, einmal lang*

bei – aber da steht Dr. und dahinter erst K. Kaiser. Er ist Arzt? »Sorg dafür, dass er sich wohlfühlt.« Die Tür summt automatisch auf, ein Mann im Rollstuhl kommt raus und bremst, sein Gesicht direkt vor meinem. Wir schauen uns an, ich weiß nicht wie lange. Er streift seinen schwarzen Lederhandschuh ab und streckt mir die Hand entgegen. »Konstantin Kaiser.« »Toni Hauser.« »Freut mich, Toni. Da hat Alfons ja recht gehabt, als er sagte, heute hätte ich statt seiner eine jugendliche Überraschungsbegleitung. Gehen wir?« Er bringt den Rollstuhl in Schwung. Er trägt Anzug und Krawatte, die glänzenden schwarzen Schuhe stehen ordentlich nebeneinander. Er sieht anders aus als Alfons, aber auch so ähnlich. Dünner natürlich, und alt, die weißen Haare mit Seitenscheitel. Am Auerhahn-Eingang rollt er vorbei in die Einfahrt, über eine Rampe im Hof, durch den Flur und neben der Theke in das Lokal. Der Mann am Zapfhahn nickt uns zu. »Guten Abend, Herr Doktor.« Tatsächlich Arzt! Er fährt am Stammtisch entlang. Der Kellner, ein Spindeldürrer mit Brille und wenig Haaren, kommt von der anderen Seite und schleppt den Stuhl von einem Tisch weg, wo Konstantin Kaiser dann sitzt, mit dem Rücken zur Theke. Ich will auf die Eckbank rutschen, zerre dabei die Decke vom Tisch, weil sie an meinem Knie hängen bleibt. Schnell schiebe ich sie wieder so hin, dass die kleine weiße, die obendrauf liegt, genau bis zum Tischrand geht. Konstantin Kaiser macht nichts. Als die Decke wieder am Platz ist, legt er die Hände drauf. Sonst nichts. Der Dürre bringt zwei Speisekarten, eine für ihn, eine für mich. Sie sind braun und groß wie Elvis' Diercke Atlas, aber aus Plastik und mit nur zwei Seiten. Es gibt drei Salate, drei Suppen, sechs Hauptgerichte und zwei Kinderteller: Fix und Foxi, Spätzle mit Bratensoße oder kleines Schnitzel mit Pommes. Muss ich davon eins nehmen oder kann ich was Richtiges? Mein Kopf juckt, als hätte ich Flöhe. Nur nicht kratzen bei Tisch. »Hast du gewählt?« »Ich, äh, ja.« Der Kellner zieht ein Blöckchen aus der Hosentasche und einen Bleistift vom Ohr, wie im Dorf. Er schwitzt, das Hemd und die Weste haben Flecken unter den Armen, die paar Haare kleben am Kopf. »Der Herr Doktor, die Kohlroulade wie immer? Und den Weißherbst. Und du?« Muss ich oder muss ich nicht? *Minimax trixitrax, einen Atemzug tief in den Bauch.* »Rumpsteak mit Zwiebeln und Bratkartoffeln! Und Coca-Cola. Bitte.« Ich muss nicht, ich bin doch kein Kind mehr. Ich bin elf! »Groß oder klein, die Cola?« »Groß!« Der Kellner schaut kurz zu Konstantin Kaiser. Der nickt. Stark! Der Auerhahn ist jetzt fast voll, am Stammtisch nur Männer, genau wie bei uns, nur dass sie hier viel leiser reden. »Bist du zum ersten Mal hier?« »Ja – schon, bin ich …« Ich weiß genau, dass ich rot werde. Ich spiele mit dem Aschenbecher, stell ihn schnell wieder hin. Konstantin Kaiser steckt sich eine Ernte 23 an. Der Dürre bringt die Getränke. *Minimax trixitrax, Bauch.* »Ich will auch Arzt werden!« »Ein guter Beruf. Wer ist denn noch Arzt, dein Vater?« »Wie bitte?« »Du hast ›auch‹ gesagt. Ich will auch Arzt werden.« »Sie, oder nicht? Sie sind doch Doktor.« »Ich bin Doktor phil., nicht Doktor med. Ich war Lehrer, Latein, Deutsch und Geografie, am KFG, Kurfürst-Friedrich-Gymnasium.« Doktorfill? Doktormed? Lateinlehrer! KFG, das ist das, wo die Strebertochter vom Arzt hinsoll, die Myriam! – »Und du? Hast gerade Ferien, nicht wahr?« »Ich bin Alfons' Adjutant.« Er guckt ein bisschen erstaunt. »Ich mache Besorgungen, Fotokopien, Einkäufe und so.« *Und noch mal Minimax trixitrax, Bauch.* »Ich würde sehr gerne Latein lernen. Ich brauche das, wenn ich Arzt werden will.« »Da hast du recht. Die meisten medizinischen Fachbegriffe stammen aus dem Lateinischen. Das Wort selbst auch, medicina bzw. ars medicina, ärztliche Kunst oder Heilkunde, von mederi, heilen.« »Wirklich? Medizina?« Ich sitze mit einem Lateinlehrer in einem feinen Restaurant und unterhalte mich über Medizin! Er ist der Richtige, ich muss ihn fragen, ob er mich anmeldet. Der Kellner bringt das Essen. Das Rumpsteak muss riesig sein unter dem Zwiebelberg. Sorg dafür, dass er sich wohlfühlt! »Guten Appetit, Herr Doktor Kaiser.« In der Wirtschaft wird wohl nicht gebetet, Komm Herr Jesus, sei unser Gast und so weiter, das lasse ich mal besser weg. »Guten Appetit, Toni.«

Nach dem Essen muss ich mit ihm reden. Hoffentlich ist dann noch Zeit, das ist DIE Gelegenheit. Beim ersten Schnitt mit dem Messer rutscht mir das halbe Rumpsteak vom Teller! Ein riesiger Soßenfleck auf der weißen Überdecke. Dem Alten wäre jetzt ›die Hand ausgerutscht‹. Konstantin Kaiser isst ganz normal weiter. Ganz normal, als ob nichts wäre. Hat er Alfons nie eine geknallt? Oder seinen Schülern?

Mein Teller ist blank. Konstantin Kaiser hat nur eine von zwei Rouladen geschafft und höchstens die Hälfte Püree. Ich darf Dessert bestellen, Pflaumenkompott mit Vanillesoße. Er nimmt Cognac und raucht noch eine. Gerade überlege ich noch, wie ich anfangen soll, da sagt er: »Gut, Toni. Du willst also Latein lernen, um Arzt zu werden. Dann fangen wir mal mit etwas Grundsätzlichem an, mit einem Satz, den Medizinstudenten im gesamten Abendland schon seit über 2000 Jahren lernen.« »Jaa?« »Aegroti salus suprema lex. Das Wohl des Patienten ist das höchste Gesetz.« »Ägroti sal …?« Er lehrt mich den Satz. Und noch einen. »Primum non nocere. Vor allem darf man nicht schaden.« Ich lerne Latein! Er fragt mich nicht nach der Schule und nicht nach den Eltern, er erzählt nichts vom Krieg und sieht über den Soßenfleck hinweg. Er ist der Richtige. Aber wenn ich ihn frage, will er garantiert wissen, warum meine Eltern mich nicht anmelden. Dann muss ich ihm sagen, dass ich weggelaufen bin und alles. Mein Bauch tut weh. Er bestellt die Rechnung. »Ich bezahle! Alfons hat gesagt, ich soll, und er hat mir auch Geld mitgegeben.« »In Ordnung.« Die Geldscheine sind verkrumpelt, Konstantin Kaiser nimmt noch zwei Mark für den Kellner zur Seite. Er zieht die Handschuhe an, dreht sich auf der Stelle, ich hatte den Rollstuhl ganz vergessen. Mir wird immer schlechter. Draußen ist es schon dunkel, die Straße nass, ein Sportwagen rauscht vorbei, wie im Krimi. Ich habe Krämpfe, mir ist heiß. Dabei müsste ich ihn jetzt dringend fragen wegen dem Gymnasium. Wer weiß, wann ich ihn wiedersehe. An der Kreuzung hält er an. »Würde es dir etwas ausmachen, ein Stück zu schieben?« »Natürlich, nein, gerne!« Ich hätte ihn schon auf der Hinfahrt schieben sollen! ›Sorg dafür, dass er sich wohlfühlt!‹ Mein Bauch tut so weh, mir ist schlecht, ich glaube ich muss ... Ich lasse die Griffe los, drehe mich weg und kotze das ganze Essen raus, das Kompott, das Fleisch und die Zwiebeln, alles in Coca-Cola. An der Hauswand abstützen, immer neue Wellen. Schleimige Brocken in schwarzer Brühe. Dann hört es endlich auf. »Es tut mir leid, ich ... ich konnte nicht ... es war ...« Konstantin Kaiser streckt mir ein Taschentuch hin. Mund abwischen. Er schaut auf die Straße. »Das ist nur der Körper, Toni, der weiß, was er tut. Jetzt geht es dir sicher besser, nicht wahr?« »Viel besser. Richtig gut sogar!« Der säuerliche Geschmack im Mund. Was mache ich jetzt mit dem Taschentuch? Es hängen Kotzbröckel drin und es stinkt. Ich knäule es herum. »Behalt das Taschentuch, Toni.« Also, rein in die andere Hosentasche und weiter. Ich schiebe den Rollstuhl in

Kurven um Pfützen und vermatschte Hundehaufen herum. Das Essen war total umsonst, ich bin leer, ich habe Durst, mein Kopf juckt, ich weiß nicht, wie ich vom Gymnasium anfangen soll. Da ist schon das Haus. »Möchtest du mit hochkommen?« »Alfons meinte, Sie rufen ein Taxi, ich soll unten warten.« »Ich rufe dir das Taxi und du wartest oben, einverstanden?« Ich soll nicht mit fremden Leuten in die Wohnung gehen. ›Du weißt nie, was sie im Schilde führen‹. Aber Konstantin Kaiser meint es doch gut mit mir. ›Die Netten sind die gefährlichsten! Wenn sie dir was versprechen, dann rennst du schnell weg, hörst du!‹ So nett ist er auch wieder nicht und hat auch nichts versprochen. Außerdem, was soll er schon machen, im Rollstuhl. Trotzdem. Die Tür geht auf. – Ich gehe mit! Vielleicht sollte ich ihm einfach alles erzählen. Ich bin noch nie Aufzug gefahren. Im Krankenhaus, auf dem Weg zu Mama und dem neuen Baby, hat Elvis Romy nicht reingelassen, ›du stinkst‹, hat er gesagt, da bin ich mit ihr die Treppe gelaufen. Konstantin Kaiser macht gar nichts, obwohl ich nicht wegrennen könnte. Jetzt könnte ich was sagen, aber wie bloß? Als er den Schlüssel in die Wohnungstür stecken will, macht eine Frau auf. »Was willst du denn hier?« Sie wartet, bis wir in der Diele sind, drückt mich zur Seite, übernimmt die Rollstuhlgriffe, schiebt Konstantin Kaiser weiter hinein. »Das ist Toni, er hat mich begleitet. Komm rein. Das ist Frau Saueressig.« Es riecht nach Putzmittel und Leder. Konstantin Kaiser telefoniert. Die Frau wischt mit einem Lappen auf einem sauberen Tischchen herum, lässt mich nicht aus den Augen. »Das Taxi ist gleich da.«

Konstantin Kaiser gibt mir die Hand. »Vielen Dank für die angenehme Gesellschaft.« »Vielen Dank für – alles. Vielen Dank!« Jetzt frage ich, jetzt oder nie. »Und äh …« Da dreht die Frau aber schon den Rollstuhl ins Wohnzimmer, kommt schnell wieder raus und zeigt zum Ausgang. Im Treppenhaus sieht sie mir nach und schüttelt den Kopf. Ich gehe lieber zu Fuß, sonst denkt sie noch, ich mache den Aufzug kaputt.

Jetzt habe ich nicht fragen können. Aber ich schwöre, das war nicht das letzte Mal mit Konstantin Kaiser! Er ist genau der Richtige, um mich ans Gymnasium zu bringen. Wo er doch Lehrer da war und mir schon was beigebracht hat! Vielleicht sage ich einfach, ich habe keine Eltern mehr. Im Taxi singt Heino ›In einer Bar in Mexiko‹, dazwischen knistert die Sprechanlage, endlich ausgiebig am Kopf kratzen. Vor der Tür zum Glück kein Nickel zu sehen. 7,90 Mark kostet die Fahrt, ich gebe 8 und sage wie im Fernsehen ›stimmt so‹. Da guckt er blöd.

Leichte Kopfschmerzen

Juli 2016, Heidelberg, Marktplatz
Wenn keine Resistenzen auftreten und das Medikament ausreichend gut vertragen wird, müsste sich in drei Monaten eine deutliche Verbesserung zeigen, d. h. sowohl hämatologische wie zytogenetische Remissionen. Die Kopfschmerzen sind geblieben, Übelkeit ist dazugekommen, aber keine weiteren Nebenwirkungen. In zwölf Tagen habe ich einen Termin für die erste Verlaufskontrolle. Nach sechs Monaten dürfte im Blutbild nichts mehr nachweisbar sein.

Ich habe mit Clea telefoniert. Seit einer Woche wohnt sie mit Rashid in einer WG, zusammen mit noch einer anderen Deutschen und zwei Bulgaren. Sie hat einen Job als Deutschlehrerin gefunden, das Studium ›läuft gut‹. Ich habe sie gebeten, mir ein paar Fotos zu schicken, zum Beispiel von dem Törn mit Pablo. Sie hatte es ein bisschen eilig, wie meistens. In Ruhe lassen, abnabeln!

Sollte der Behandlungserfolg ausbleiben, wird die Dosis erhöht oder ein anderes Präparat verordnet. Wenn das auch nicht anschlägt oder die Wirkung nach einer gewissen Zeit nachlässt, wird geprüft, ob ein Stammzellenspender zur Verfügung stünde. Für jeden dritten Patienten wird einer in der Familie gefunden, auch für die anderen stehen die Chancen gut, laut Statistik findet die Mehrheit der Betroffenen einen passenden Spender. Das sind die Fakten.

Fast versprochen

August 1972, Odenwald
Die Bahn ruckt an, ich sitze gleich neben der Tür. Am Karlstorbahnhof sind alle reingeströmt, zum Glück alle fremd. Die Autos sind schneller als wir, aber an der roten Ampel müssen sie halten, und wir sausen einfach weiter. Ganz schön, mal zu sitzen und gefahren zu werden. Mein einer Schuh hat ein Loch unterm Fuß, der andere sieht aus wie ein Maul mit meinen Zehen als Zähne, weil ich den ganzen Tag in der Stadt rumlaufe, wenn ich nicht gerade im Copyshop oder in der Wäscherei bin oder Fußball spiele oder mit Micha. Ein Angler auf der anderen Neckarseite reißt gerade hoch, es zappelt, eine Forelle vielleicht oder ein Wels. Schon vorbei. Jetzt kommt er bestimmt in den Eimer und später, zack, Kopf ab. Ich esse keinen Fisch, nur Fischstäbchen, weil da keiner drin

ist. Da kommt meine Station. Schnell raus. Von hier aus gehe ich zu Fuß, der Bus ist zu gefährlich, außerdem sitzt an der Haltestelle im Dorf immer der zurückgebliebene Rudi auf der Bank, den Elvis Inzuchti nennt, der will mich dann wieder umarmen und mit nach Hause nehmen und so, zu gefährlich. Durchs Wäldchen, dann außen rum. Es riecht nach Kuh. Da ist Gina! Ich renne auf sie zu und sie auf mich. Sie umarmt mich, fängt an zu weinen. Ich kann auch nicht anders. Wir heulen. Dann müssen wir lachen, putzen den Rotz mit dem Handrücken weg, an die Hose und lachen noch mehr, weil das verboten ist. Plötzlich hört sie auf, knallt mir eine, dann drückt sie mich wieder an sich. »Wo warst du die ganze Zeit? Du kannst doch nicht einfach … Du stinkst, Mary, du musst baden.« Ich ziehe sie ein Stück den Acker hinunter hinter den Haselnussstrauch und erzähle ihr, wo ich jetzt wohne und dass ich schon Freunde habe, und sie soll mir versprechen, dass sie niemandem etwas verrät. »Das kann ich nicht, Mary. Mama macht sich schreckliche Sorgen, sie tut so, als wäre alles in Ordnung, aber beim Fernsehen weint sie. Als du plötzlich weg warst, hat sie gesagt, sie müsste zum Arzt, aber sie hat den ganzen Tag nach dir gesucht. Und am nächsten Tag auch. Irgendwann hat sie allen erzählt, du wärst bei Tante Ingrid in Hannover. Ich wusste, dass das Quatsch ist. Sie hat Angst, das Jugendamt kommt wieder und nimmt uns die Kleinen weg, wegen dem Sorgerecht. Jeden Tag, wenn wir in der Schule und die Kleinen im Kindergarten sind, zieht sie mit Freddy los und sucht nach dir, ich weiß das. Sogar nachts höre ich, wie sie aus dem Haus geht mit der großen Taschenlampe. Aber sie traut sich nicht, herumzufragen, wegen dem Sorgerecht.« Sie rupft einzelne Blätter zwischen den Grashalmen raus und stopft sie in den Turnbeutel, dabei redet sie schnell immer weiter. »Elvis hat gestern schon wieder Mist gebaut, das Moped vom Manfred einfach genommen und kaputt gefahren. Sie wollen das bezahlt haben, die Eltern, 200 Mark, bis nächste Woche, sonst gehen sie zur Polizei. Mama hat es versprochen, dabei hat sie gar kein Geld. Ich kann kein Babysitting mehr machen, weil Freddy verrückt wird, wenn ich abends nicht da bin, wir müssen jetzt auch heim, komm, los.«

Ich beiße die Zähne aufeinander, schüttle den Kopf.

»Du musst aber mit jetzt! Der Alte hat angerufen.« »Was? Wieso das? Der hat doch noch nie ... Ich dachte, der ist tot oder in Amerika oder so. Was will er denn?« »Mama hat ihm nichts von dir gesagt, dass du weggelaufen bist.« »Wenn du ihr was sagst, laufe ich noch viel weiter weg, ganz weit weg und dann komme ich nie wieder.« »Ich knall dir gleich noch eine. Was sollen wir denn sagen?«

»Dass ich aufs Gymnasium gehe!« »Spinnst du! Wie willst du das machen? Los jetzt, wir gehen.« Sie springt auf, wir fangen an zu streiten. Plötzlich hören wir vom Haus, wie Freddy schreit. »Also, was jetzt, kommst du oder nicht?« »Ich komme dich besuchen, hier, in einer Woche, Ehrenwort! Ich bringe Geld für das Moped mit. Und ein Geschenk für dich, habe ich vergessen. Aber du darfst niemandem etwas verraten! Gib mir die Hand drauf!« Sie drückt mich noch mal. Freddy brüllt wie verrückt. »Die Hand drauf, komm schon!« Sie rennt davon.

Der Rückweg zur Bahn kommt mir viel länger vor, es wird schon dunkel. Mein Herz wackelt. Und führt mich auf rechter Straße. Was will der Alte? Zwei Jahre hat er uns in Ruhe gelassen, und jetzt ruft er an? Der wird doch nicht wiederkommen! Gina allein im Zimmer. Ich könnte ihr sowieso nicht helfen. Und Romy auch nicht, wenn er sie anbrüllt und aufs Zimmer schickt, wo sie doch gar nichts dafür kann, wenn sie stinkt, weil die Windel nicht richtig hält. Trösten könnte ich sie, und sauber machen, das schon, geht aber nicht, wenn ich ihr wirklich helfen will, wenn ich sie gesund mache. Wenn der Alte kommt und das mit dem Moped erfährt, dann legt er sich mit Manfreds Eltern an. Für Elvis legt er sich mit jedem an. Dann kommt wieder die Polizei. Ich glaube nicht, dass er wiederkommt. Auf jeden Fall muss ich das Geld für das Moped irgendwo herkriegen. Wenn die Polizei kommt, dann kommt auch das Jugendamt. Gina erzählt bestimmt nichts. Sie hat es mir versprochen, fast versprochen.

Erinnerung braucht Raum

Juli 2016, Heidelberg, Marktplatz
Ein Donnerschlag, so gewaltig, dass man ihn eine Millisekunde bis ins Herz spürt, aber sofort vergisst, weil der Hall wie eine unsichtbare Substanz durch das Neckartal rollt, kompakt, trotzdem flüchtig. Ich schließe das Fenster.

Es ist Schluss mit dem Schreiben. Ich habe mich entschieden. Ich gebe das Buchprojekt auf. Ich habe es versucht und kann es besten Gewissens beenden. Statt das harte Brot der Wörter wiederzukäuen, kehre ich zurück zu den Bildern, den inneren Filmen.

Was war der schönste Tag deiner Kindheit? Das war die Frage, mit der ich endlich umsetzen wollte, was schon wochenlang anstand, mein erster Eintrag ins Buch ›Mama, erzähl mal‹. Die Notizen waren rasch heruntergetippt, nur das Wichtigste, trotzdem zu viel. Für die Antwort bietet das Buch fünf Freizeilen an, fünf! Nach langem Test-Gekritzel auf einem linierten Zettel kam Folgendes heraus:

Sommersamstag nach der Schule, aus den offenen Fenstern die Dschungelbuch-Musik, weiße Klopapier-Schleifen in den Bäumen, ein Kinderplanschbecken, mitten auf der Wiese, neu und himmelblau, im Wasser ein Ball, Limonade, Schokolade, wir toben alle zusammen, sogar Elvis macht mit. Nachts in Wolldecken eingehüllt, Sternschnuppen über uns, Honigduft, Mama summt leise ein Lied.

Telegrammstil nannte man das, als es noch Telegramme gab, fehlen nur die Stopps, lächerlich. Aber jetzt bin ich frei. Frei zu erinnern, was ich will, was ich kann, was auftaucht. Ohne Rücksicht auf Worte, ohne den Anspruch, einen anderen Blick darauf zu werfen als meinen eigenen.

Die Kopfschmerzen kommen jeden Nachmittag, zusammen mit der Übelkeit. Ich nehme Schmerzmittel. Es scheint, als wäre die Milz geschwollen. Aber keine Gewichtszunahme, keine Hautausschläge, keine Muskel- und Skelettschmerzen, keine Ödeme. Ich nehme mein Glivec. Ich kann arbeiten. Ich kann mich erinnern, mehr kann ich wohl nicht erwarten.

Ich war acht, die schlimmste Zeit. Freddy erst ein paar Monate auf der Welt, Mutter ständig erkältet und fiebrig, konnte ihn nicht stillen, er schrie halbe Nächte lang, weil er den Nuckel nicht wollte, Gitte fing mit fünf wieder an, ins Bett zu machen, dann sogar wieder in die Hose. Romy würde niemals sauber werden. Sie litt an einer Analatresie, einer angeborenen Fehlbildung des Enddarms. Es war nicht gleich nach der Geburt erkannt worden, weil eine perineale Fistel, eine Art Röhre zwischen Anus und Geschlechtsorgan, einen normalen Darmausgang vortäuschte. Dann wurde Romy operiert, doch ihre Stuhlinkontinenz hielt an. Heute würde man Beckenbodentraining, Ernährungsberatung, Medikamente, Stuhltraining, systematische Darmspülungen etc. verordnen, damals blieb die wichtige Nachsorge ganz den Eltern überlassen, und natürlich mangelte es an fachlicher Beratung und Begleitung, insbesondere auf dem Land. Ich erinnere mich, dass das Wort ›unheilbar‹ durchs Kinderzimmer spukte, wenn wir glaubten, Romy höre es nicht.

Gina putzte und kochte, ich versuchte zu helfen, so gut es ging. Der Alte kam nur noch zum Essen und Schlafen, fluchte, verhielt sich unkalkulierbar. Und dann war er plötzlich verschwunden. Nicht in der Kneipe zu finden, auch sonst nirgendwo schnarchend an der Straße oder am Feldrand. Im Dorf hatte ihn niemand gesehen, auch am nächsten Tag tauchte er nicht auf. Zwei Tage, drei, bis wir begriffen, dass er wirklich weg war, wie Onkel Herbert.

Die Stimmung im Haus war eigenartig gedämpft. Eine Diktatur ohne Führer. Orientierungslos, denn es hatte ja keine Revolution gegeben, es war nicht für die Freiheit gekämpft worden. Und so wurde sie uns zunächst nicht bewusst. Wir waren vaterlos, die Mutter ›sitzen gelassen‹. Im Dorf Getuschel, mitleidige Blicke, gute und hämische Ratschläge, wenn sie überhaupt einmal hinausging. Elvis fing an herumzukommandieren, die Kleinen fürchteten ihn fast noch mehr als den Alten. Gina und ich gingen ihm aus dem Weg. Aber mit der Zeit erholten wir uns, Mutter wurde gesund. Gina schlich nicht mehr wie ein Gespenst durch die Zimmer, kümmerte sich um Freddy, der weniger schrie. Auch mit Gitte und Romy ging es besser. Wir brachten das Leergut zurück, räumten die Sachen des Alten, den Kittel, die Schuhe, den Werkzeugkasten aus dem Flur in den Keller. Nicht planmäßig auf einmal, sondern nach und nach, Stück für Stück. Sein Sessel im Wohnzimmer blieb leer. Vorher durften wir nicht darauf sitzen, jetzt wollten wir nicht mehr. Bis Gina ihn weiter ans Fenster schob, eine Decke darauf legte, einen Hocker davor und zu Mutter sagte, für dich. Die Sonne stieg höher, es wurde heller. Und dann kam tatsächlich dieser wunderbare Sommersamstag, der schönste, den wir jemals zusammen erlebt haben. Der Alte war weg, hoffentlich für immer, das dachten alle.

Was wir nicht wussten: Für diesen schönsten Tag hatte unsere Mutter das allerletzte Geld verbraucht. Das, was vom Alten noch übrig war, und das, was Tante Ingrid geschickt hatte, nach einem heimlichen Anruf von Gina. Überhaupt, wie sollten wir damals wissen, dass unsere Mutter lebensfremd war und unselbständig. Mit siebzehn Jahren im Kino an den Alten geraten und kurz danach schwanger geworden und wieder schwanger und wieder. Trotz der Babys, des Chaos, des brüllenden Alten träumte sie weiter, von Hollywoodstars, von Glamour und Liebe und Abenteuer. Der Haushalt wuchs ihr mit jedem Kind weiter über den Kopf. Nach Freddys Geburt, als der Alte verschwand, unternahm sie nichts. Am Tag nach dem schönsten musste Gina sie aufs Amt schleppen und ihr helfen, den Antrag auf Sozialhilfe auszufüllen.

Dann kam das Jugendamt. Ich sehe sie vor mir, ein Mann und eine Frau, er mit grauer Strickweste und genarbter Aktentasche, sie verwelkt mit Vogelaugen. Vorwurfsvoll standen sie in der Küche, beäugten das monströse Vertiko mit der zerbrochenen Scheibe, den grauen Spülstein, die angeschlagenen Teller, die vergilbten Illustrierten auf dem abgeschabten Wachstuch, die mickrigen Kräuter vor den blinden Fenstern. Sie schnüffelten in die Speisekammer. Im Kinderzimmer hoben sie mit spitzen Fingern die Matratzen an, als suchten sie Schwarzgeld. Als seien es in Wahrheit nicht unsichtbare Gespenster, die unter unseren Betten lauerten, vor allem unter

Ginas. Mutter lief ängstlich hinter ihnen her. Romy weinte die ganze Zeit, Elvis stand unsicher grinsend herum, Gitte redete unablässig auf ihre Puppe ein. Was ich tat, weiß ich nicht mehr. Als Freddy anfing zu schreien, steckten sie ihre Notizblöcke ein und eilten zur Haustür. Aber! Sie würden ›wiederkommen‹! Um nach dem ›Wohl der Kinder‹ zu sehen. Sie würden sich auch in der Schule ›nach unseren Leistungen erkundigen‹. Und falls es Probleme gäbe, falls sich die ›häusliche Situation‹ im Geringsten verschlechtern sollte, müssten sie für die Kinder, zumindest die Kleinsten, ›staatliche Obhut‹ anordnen. ›Nur zu ihrem Besten‹.

Ins Heim! Erklärte mir Gina, als sie gegangen waren.

Wir waren vom Alten befreit, aber der schönste Tag war vorbei. Wieder mussten wir auf der Hut sein. Wir strengten uns an. Das Geld immer knapp, Mutter noch verträumter, noch abwesender als vorher.

Ich wollte ihr helfen. Ich dachte, ich mache es ihr leichter, wenn einer weniger da wäre, der isst, Schulhefte braucht und Schuhe. Aber mehr noch als das wollte ich Romy heilen. Ich litt mit ihr unter den Demütigungen wegen der Windeln, die sie mit vier Jahren immer noch tragen musste. Elvis hatte ein vernichtendes Wort bis in den Kindergarten gestreut. Wo immer Romy auftauchte, brüllten die Kinder ›Kack-Romy, Kack-Romy‹, hielten sich die Nase zu und rannten weg. Ich appellierte an ihr Mitgefühl, versuchte zu erklären, beschwor sie, ich drohte. Einem besonders höhnischen Jungen drehte ich das Ohr rum. Es half nicht, vielleicht war es auch zu spät. Stundenlang saß Romy zu Hause neben der Heizung, kitzelte sich mit ihrem ›Schnuffeltuch‹ unter der Nase und sah ins Leere. Ich sorgte dafür, dass sie immer sauber war. Mehrmals habe ich ein Paket Windeln für sie geklaut. Ich spielte mit ihr.

Mit der Zeit klammerte sie sich so sehr an mich, dass sie mich nicht einmal mehr zur Schule gehen lassen wollte. Ich träumte davon, ein Mittel zu finden, irgendetwas, damit sie zur Toilette gehen könnte wie alle anderen, etwas, das sie für immer von den Windeln befreite.

Eine bestimmte Szene lief wieder und wieder vor meinem geistigen Auge ab: Romy, die nichts anhat außer einem winzigen, wunderschönen Spielhöschen, rennt über die Wiese zur Teppichstange, klettert hinauf, während immer mehr Kinder dazukommen und zusehen, wie sie sich hinüberhangelt, mit ihrem sauberen, bunten Höschen ohne Windel, und wie sie dann lachend herunterrutscht, wo die anderen schreien und klatschen. Diese Szene war es, die all meine Pläne hervorbrachte und mich befeuerte, als ich am 27. Juli 1972 von zu Hause ausriss. Ich wollte Romy gesund machen.

Das war mein einziges, innerstes Motiv, so habe ich es immer gesehen. Aber war es das wirklich? Wollte ich nicht auch mich selbst befreien vom Mitleiden und von dem Gefühl, Romy im Stich zu lassen, wann immer ich etwas ohne sie unternahm? Welche Rolle spielte die häusliche Situation insgesamt, die überforderte Mutter, der tyrannische, ältere Bruder, die Abwesenheit des Vaters, der trotz seiner Sauferei und Gewalttätigkeit zu fehlen schien, das tägliche Tohuwabohu mit den Kleinen? Im Nachhinein lassen sich viele Motive denken, wenn eine tatendurstige Elfjährige alles hinter sich lässt. Vielleicht wollte sie das Schuldbewusstsein abschütteln, diese untergründige Angst vor der Verdammnis, die das bigotte Getue im Dorf ihr und den anderen Kindern einflößte. Vielleicht floh sie vor einer aussichtslosen Zukunft als Hausfrau und Mutter. Vielleicht vor der Sprachlosigkeit hinter dem

Gerede der Erwachsenen, der Schwere in ihrem Gang und ihren Gedanken. Aber so war es nicht. Die unterschwelligen Gefühle der Schuld, der Angst, der Erstarrung sind mir erst Monate, manche erst Jahre später bewusst geworden. Als ich den alten Schatten nicht mehr ausgesetzt war, freier atmete und mich anderen Herausforderungen stellte, solchen, die ich beeinflussen konnte. Das Dorfkind von damals wollte tatsächlich nicht mehr, als seine kleine, behinderte Schwester retten. Dass es nie dazu kommen sollte und vor allem, aus welchem Grund, lag jenseits ihrer Vorstellung.

Die Notizen mache ich weiter, aus reiner Freude, für mich. Wenn Clea zurück ist und fragt, erzähle ich ihr, was immer sie wissen will, im Gespräch von Mensch zu Mensch. ›Mama, erzähl mal‹ ist passé, Erinnerung braucht Raum.

In dieser Nacht träume ich von Micha.

Gewaltiger Vorschuss

August 1972, Heidelberg, Kurfürsten-Anlage
Wenn es nicht klappt, bleiben noch zwei Tage. Heute muss ich es rauskriegen oder die 200 Mark irgendwie anders beschaffen.

Alfons geht es besser, immerhin sitzt er im Bett. Zwei Aufträge: einmal zwei Kännchen Milchkaffee, zwei Laugenbrezeln, zwei Schinkenbrötchen, zwei Nussecken und zwei Bienenstich. Und einmal drei Flaschen Sprudel, zwei Tomatensaft und sechs Bier. »Chef, ich hätte da …« »War mein Vater zufrieden mit dir?« »Äh?« »Hat er sich wohlgefühlt?« »Ich glaube ja.« »Glauben heißt nicht wissen.« »Er hat ›angenehme Gesellschaft‹ gesagt. Aber ich wollte fragen, ob ...« »Toni, du siehst doch, ich frühstücke. Morgen können wir sprechen, morgen.« »Aber es ist ...« »Toni, bleib wachsam.«

Noch mal einen ganzen Tag! Ich brauche das Geld bis Donnerstag, diese Woche noch, hat Gina gesagt, sonst gehen sie zur Polizei. Morgen muss Alfons mich anhören.

Punkt 17.55 Uhr. Alfons sitzt am Schreibtisch, frisiert und rasiert, aber kein Auftrag, er schnippst mir eine Zwei-Mark-Münze hoch. »Chef?« »Ja?« »Ich hätte eine Frage.« »Eine gut gestellte Frage ist interessanter als eine korrekte Antwort.« Wie gewohnt schaut er nicht auf, blättert eine Seite um, notiert etwas auf seinem Zettel. »Könnte ich meinen Lohn vielleicht vorträglich erhalten?« «Vorträglich? Von Vortrag?« »Äh, ich werde darüber nachdenken. Aber, was ich meine, wenn ich die nächsten Jahre Kopien mache, einkaufen gehe und so – könnte ich das Geld dann schon jetzt, also vorträglich, bekommen?« Er sieht mich an, seine Augen funkeln, er wird doch nicht wütend? Plötzlich reißt er den Mund auf und lacht aus vollem Hals. In Wellen schwabbeln die Wülste, sein Haha füllt das ganze Zimmer. Ich muss mitlachen. Aus den Schlitzen in seinem Gesicht kullern Tränen. Mit beiden Handrücken wischt er sie weg, wie Freddy, wenn er heult. Wir kriegen uns gar nicht mehr ein. Wenn einer aufhört, reicht ein Blick, und es geht wieder los.

Als es vorbei ist, kommt es mir unheimlich vor. War ich das gerade eben, waren wir das zusammen? Für eine Sekunde ist es ganz still. Dann beugt Alfons sich wieder über den Schreibtisch und sagt er mit normaler Stimme. »Du möchtest also einen Vorschuss auf deinen Lohn für die – nächsten Jahre, korrekt?« »Hmhm« »Ich nehme an, es ist dringend?« »Sehr dringend.« Er schaut mich an. »Welche Summe hattest du dir denn vorgestellt?« *Minimax trixitrax, Bauch.* »250 Mark!« Wenn wir schon dabei sind, zwei Fliegen mit einer Klappe, 200 für das Moped und 50 für neue Anziehsachen, wo soll ich sie sonst herbekommen? Alfons zuckt nicht mit der Wimper, er fixiert eine Stelle in einem offenen Buch, fährt mit dem Finger eine Zeile entlang. Was ist denn jetzt? »Es ist so, Chef, also, ich, oder genauer gesagt, mein Bruder, der hat nämlich …« »Keine Details bitte, du siehst doch, ich arbeite.« Er zieht die linke Schublade auf, wühlt, hebt ein paar Scheine hoch, betrachtet sie, nestelt herum und meint: »Zur Wahrscheinlichkeit gehört auch, dass das Unwahrscheinliche eintreten kann, sagt Aristoteles!« Dann wedelt er mir fünf Fünfziger entgegen. »Danke! Chef, vielen Dank! Sie glauben ja nicht, wie froh ich bin! Ich arbeite das alles ab, Sie …« »Bleib wachsam, Toni.« »Ich, also, bis morgen, am Donnerstag kann ich nicht kommen, da muss ich, okay, morgen 17.55 Uhr, danke, Chef.«

Die Ameisen trommeln mit den Beinen auf den Rücken der Raupe, um die Produktion einer süßen Flüssigkeit anzuregen, die die Raupe aus einer Drüse absondert. Im letzten Raupenstadium schleppen die Ameisen die Raupe in ihren Bau. Hier nimmt sie den Geruch der Ameisen an und ernährt sich von deren Brut. Außerdem lässt sie sich von den Ameisen füttern. Obwohl sie nach wie vor eine zuckerhaltige Flüssigkeit absondert, steht dies nicht im Verhältnis zu dem Schaden, den die Ameisen durch sie erleiden.

Igitt, die armen Ameisenbabys. Ich klappe das Buch ›Von der Raupe zum Schmetterling‹ zu. Diesmal habe ich es nicht unter der Treppe vergessen. Es hat 12,80 Mark gekostet. Ich wickele es wieder in das schöne Papier. Mit einem Ruck hält die Bahn, meine vorletzte Station. Ich dachte immer, Raupen essen nur Blätter. Gina bewahrt ihre in Schuhkartons mit Luftlöchern auf, füttert sie und will sehen, wie der Schmetterling rauskommt. Sie wird glotzen, weil sie bestimmt nicht glaubt, dass ich wirklich das Geld bringe, 200 Mark. Und dann noch das Raupenbuch! Beim Aussteigen steht plötzlich die Mallwitz vom Wallerhof fast neben mir, ich kann mich gerade noch hinter dem Wartehäuschen verstecken. Dann schnell den Berg hoch, wenn ich doch nur mal kurz reingehen könnte, Mama und Romy schnell drücken. Und natürlich Gitte und Freddy. Und Mickey und Maus, die Katzen. Nur Elvis kann mir gestohlen bleiben. Jetzt müsste Gina aber mal kommen. Da hinten schleicht sie, sieht mich gar nicht, dann doch, sie erschrickt und legt schon von Weitem los: »Der Alte kommt wieder! Er fängt wieder im Sägewerk an, nächsten Monat. Ich muss heim, Freddy ins Bett bringen. Mama ist krank.« Ich ziehe sie hinter den Haselnussstrauch. Plötzlich packt sie meinen Arm. »Ich will mit dir kommen, Mary, ich denke die ganze Zeit daran, vielleicht kann ich bei dir, vielleicht könnten wir zusammen ...« Sie lässt los, sackt zusammen. »Aber dann ...« Beinah fängt sie an zu weinen. Ich lege ihr das Geschenk auf den Schoß, aber sie guckt gar nicht hin. »Ich hab Mama bisher nichts verraten, aber ... Dem Alten hat sie auch erzählt, du wärst bei Tante Ingrid.« Lieber Gott, vielen Dank! Jetzt ziehe ich das Stoffsäckchen mit dem Geld aus der Hosentasche, das Lilli mir geschenkt hat. Gina will nicht glauben, dass ich die 200 Mark ehrlich verdient habe, mit einer richtigen Arbeit. Sie will sie einfach nicht nehmen. Es geht hin und her. Wütend stecke ich sie wieder in das Säckchen und drücke es ihr fest in die schlaffe Hand. »Gib es direkt Manfreds Eltern, damit

Mama nicht fragt. Das Säckchen gibst du mir nächstes Mal wieder, ach was, ich schenk's dir, du darfst es behalten, ja? Weiß der Alte das mit dem Moped?« »Mary, ich muss Mama sagen, dass ich dich getroffen habe, wo du bist, dass du nicht wiederkommen willst, ich muss einfach!« Ich glaube ihr, sie kann nicht anders. »Na, gut, pass auf, dann sag es ihr. Sag's ihr! Aber sonst niemandem, nur Mama. Sag, dass es mir gut geht und dass ich bei Tante Ingrid bleibe und dort zur Schule gehe, okay?« Sie steht auf, schaut hoch zum Haus, will los. Ich halte sie an der Jacke fest. »Was macht Romy?« »Wo wohnst du, sag mir deine Adresse. Wann sehe ich dich wieder?« »Sobald ich im Gymnasium bin. Wie geht es Romy?« »Wie immer, sie heult und versteckt sich.« Wir drücken uns, rennen auseinander.

Terror

Juli 2016, Heidelberg, Marktplatz
Am Samstag hat ein 18-Jähriger in München neun Jugendliche und junge Erwachsene erschossen.

Am Sonntag sind auf einem Festival in Ansbach mehrere Menschen durch die Rucksackbombe eines angeblich blitzradikalisierten 17-Jährigen verletzt worden.

Am Dienstag haben zwei Islamisten einem Priester während des Gottesdienstes in Nordfrankreich die Kehle durchgeschnitten.

Ich bin nicht dünnhäutiger geworden. Ich versuche auch nicht, die Angst und den Schmerz anderer Menschen zwischen mich und die Krankheit zu schieben, um nicht selbst fühlen zu müssen, um es erträglicher zu machen.

Vorletzte Woche raste ein Lkw in Spaziergänger und Touristen auf der Strandpromenade in Nizza, 84 Tote.

In einem Zug bei Würzburg attackierte ein 17-Jähriger vier Menschen mit einer Axt.

Und immer dieselben Reaktionen. Vor Ort: Entsetzen, Bestürzung, Trauer. Von der Politik: Maßnahmen, Kritik, Forderungen. »Die Sicherheitslage verschärft sich in ganz Europa.«

Man braucht nicht sensationslüstern zu sein. Man müsste sich schon von allem zurückziehen, sich abschotten, jeglichen Mediengebrauch einstellen, um nicht angesprungen zu werden von Terrorbildern, Meldungen, Kommentaren. Dabei stehen wir alle noch unter dem Eindruck der Pariser Anschläge vom vergangenen Winter, bei dem Attentat auf die Satirezeitschrift Charlie Hebdo starben elf Menschen, bei dem Massaker des Islamischen Staates im Bataclan-Theater waren es 130, 683 wurden verletzt.

Neu ist der Terror nicht. Vor vierzig Jahren, 1972, die Bombenanschläge der RAF in Frankfurt, Hamburg, Bayern und hier in Heidelberg. Der deutsche Herbst 77, Attentate und Geiselnahmen, das Drama um die Entführung der Landshut, insgesamt mehr als dreißig Tote. Linksideologisch motiviert. Gewiss war das alles auch in den Medien und Gesprächsthema der Erwachsenen. Aber heute sind die Informationen omnipräsent, live, in Echtzeit. Die Botschaft, der Schrecken kommen bei jedem Einzelnen an. Und anders als damals betrifft es nicht nur die Bonzen. Es hat Spaziergänger getroffen, Geistliche, Redakteure und Konzertbesucher, jedermann, auf der Straße, in der Kirche, im Büro, im Konzertsaal, überall.

Macht mir das Angst? Niemand will sterben, nicht mit 55, davor schon gar nicht (außer den jungen Fanatikern, die sich ins Paradies bomben). Meine Blutwerte sind durcheinandergeraten, statt der zwanzig könnte es sein, dass mir nur noch fünf Jahre bleiben oder nur eines. Macht mir das Angst?

Bringschuld

August 1972, Heidelberg, Altstadt & Neuenheim
Ich könnte Konstantin Kaiser doch das Taschentuch zurückbringen, gewaschen ist es ja, und dann frage ich ihn, ob er mich am KFG anmeldet. Besser wäre es natürlich, wenn Alfons wieder krank würde, Kater, Erkältung oder so. Dann könnte ich mit Konstantin Kaiser in den Auerhahn gehen und in aller Ruhe reden. Nach dem Rumpsteak. Aber Alfons trinkt ja fast nie Alkohol und geht fast nie raus, wie soll er da einen Kater bekommen oder sich verschnupfen? Und wenn er sich ein Bein brechen würde? Dann könnte ich sogar mehrmals mit Konstantin Kaiser im Auerhahn essen und sprechen, falls es nicht gleich beim ersten Mal klappt.

So was darf man sich nicht wünschen! Schnell bekreuzigen, und vergib uns unsere Schuld. Aber darauf warten, dass es von selber passiert? Dass Alfons stolpert und hinknallt oder doch wieder mal zu viel trinkt? Oder dass womöglich Konstantin Kaiser zu mir kommt? Da kann ich lange warten. Wegen dem Rollstuhl und sowieso, er weiß ja nicht mal, wo ich wohne.

Moment mal, hat der Lehrer nicht immer gesagt, Geliehenes muss man zurückgeben, das ist eine ›Bringschuld‹? Na also, morgen bringe ich ihm das Taschentuch zurück, dann frage ich! Und ich fahre mit dem Fährschiffchen, so!

Hätte Micha mich bloß nicht aus dem Haus gehen sehen! Ich wollte gerade in die andere Richtung, die Dreikönigstraße runter, da kam er gelaufen, war ganz stolz, dass er ausnahmsweise den Kinderladen schwänzen und mit mir Eis essen gehen durfte. Da musste ich ihn ja mitnehmen. Wir sind kein einziges Mal gerannt und schon ziemlich weit. Trotzdem ist er jetzt plötzlich ganz komisch, so still und will nicht mehr weiter. Wir machen Pause. Ich kann ihn gerade noch festhalten, fast wäre er umgefallen. »Micha!« Bitte nicht, das ist doch nicht wegen dem Loch im Herz, oder, bitte lieber Gott, bitte *Minimax trixitrax*. Er sieht ganz verschwommen aus, weißlich, als wäre er tot. Bitte lieber Gott! »Micha, hallo!« Jetzt kommt wieder Kraft in ihn, Gott sei Dank, er steht wieder selbst. »Was hast du denn, alles in Ordnung? Hier, trink mal einen Schluck.« Er hat ein Heulgesicht, weint aber nicht. »Komm, ich nehme dich huckepack.«

Mir wackelt das Herz, wenn er nicht mehr aufgewacht wäre! Ich weiß nicht genau, wo Konstantin Kaiser wohnt, mit dem Taxi ging es so schnell. Micha ist schwer. Lutherstraße 47a. Gefunden! Durchschnaufen, alles noch sauber, mit den Fingern durch die Haare, Micha das Hemd glatt ziehen, in die Wangen kneifen, wie Mama, damit man frisch aussieht. Das Taschentuch? Im Beutel. Also, los, zweimal kurz, einmal lang. *Minimax trixitrax, einen Atemzug tief in den Bauch.* Da geht oben das Fenster auf, diese Frau. »Was willst du denn schon wieder hier, du Schmutzfink, und sogar zu zweit! Macht, dass ihr nach Hause kommt, aber schnell!« Ich bin gar nicht schmutzig! Ich habe die ganz neuen Sachen an. Von den 50 Mark Zusatzgeld gekauft. Ein Ringelhemd und Sandalen mit Klettverschluss! Und Micha ist sowieso immer sauber! »Wir sind wegen, ich will nur ...« »Der Doktor ist nicht da, verschwindet jetzt, dallidalli, sonst ...« »Aber wann kommt er denn wieder?« »Soll ich zu dir runterkommen? Willst du das,

Bürschchen? Ich bin ratzfatz bei euch da unten! Wart's nur ab!« Sie knallt das Fenster zu. Ich gehe in die Hocke. »Komm, Micha, steig auf. Nix wie weg hier.« Ich schleppe ihn den ganzen Weg zum Neckar und dann am Ufer entlang bis zum Steg. Er darf sich nicht anstrengen! Zu blöd, das Schiffchen ist gerade auf der anderen Seite. Endlich kann ich ihn absetzen, verschnaufen. Wir warten auf dem Mäuerchen. »Du darfst nichts verraten, großes Indianerehrenwort, okay? Wir sagen, wir waren Eis essen, verstanden?« »Au ja!« »Wir sagen es nur! Ich kaufe uns morgen ein Eis, kapiert?« »Ich weiß, ich bin doch nicht blöd.« Er schielt und streckt mir die Zunge raus. Dann reibt er seinen Kopf an mir und lacht mich mit seiner Zahnlücke an. Auf der Fähre halte ich ihn lieber fest, sonst macht er noch Blödsinn und fällt über Bord, wenn es schaukelt.

»Sag mal, wieso sagst du eigentlich Lilli zu Lilli und nicht Mama?« Er macht runde Augen. »Ich sag, was ich will!« »Und, äh, küssen sich eigentlich Lilli und Pablo?« Jetzt guckt er verdutzt, popelt. »Nö, wieso?« »Nur so, wollte ich mal wissen.« »Küssen sich deine Eltern?« Jetzt habe ich doch keine Lust, darüber zu reden. Aber Micha ist hartnäckig. »Küssen sie sich oder nicht?« »Ganz bestimmt nicht.« »Aber sie haben sich geküsst, sonst wärest du ja gar nicht auf der Welt! Sie haben geschmust und so, und dann bist du aus dem Bauch rausgeflutscht.« »Los jetzt, wir haben es eilig.« Wir rennen den Anlegesteg hoch. »Nein, halt, stopp, langsam Micha, du sollst doch nicht rennen!« In der Großen Mantelgasse sehe ich Lilli schon an der Ladentür stehen. »Wo wart ihr so lange, ich habe mir Sorgen gemacht. Raus mit der Sprache, Toni, wieso seid ihr nicht wenigstens zwischendurch mal vorbeigekommen?« Wenn sie erfährt, was passiert ist, dass Micha fast umgefallen wäre, dann schickt sie mich weg, dann sagt sie es Pablo, dann ist alles kaputt. Mein Herz wackelt. Micha dreht sich zu mir, legt seine Arme um mich, seinen Kopf auf meine Brust. Jetzt kann ich es nicht mehr halten, dann heule ich halt! Micha drückt mich so fest, dass ich fast keine Luft mehr kriege, er schnappt meine Hand, dreht sich zu Lilli um. »Toni kann nichts dafür. Wir haben uns vertrödelt.« Lilli lächelt. Danke, Micha, danke, lieber Gott, und vielen Dank Minimax!

Alfons hat einen Spezialauftrag, juhu! Dabei fehlt Alfons gar nichts, und ich habe es mir ja auch nicht gewünscht! Endlich treffe ich Konstantin Kaiser wieder. Aber das ist es nicht, Mist, ein anderer Spezialauftrag. Diesmal soll ich ein Päckchen abholen, morgen Nachmittag um halb zwei, in der Seminarstraße, hinter der Neuen Uni, CA heißt das Haus. Dort nach Manni fragen, der gibt es mir, unbedingt in den Beutel stecken und ohne Umwege zurück. Alles klar, verstanden, trotzdem Mist. Ich will schon gehen, da sagt Alfons: »Mein Vater hat übrigens zwei Bücher für dich, kannst du bei Gelegenheit abholen.« Juhu, dann kann ich ja doch zu Konstantin Kaiser! Und keine Frau Saueressigdrachen kann mich wegschicken!

Ich klingele, jetzt kann ich endlich mit Konstantin Kaiser sprechen. Da kommt der Rübenkopf aus dem Fenster. »Schon wieder du, hau ab!« »Ich soll Bücher abholen!« Das Fenster geht zu, der Türsummer an. Oben steht sie schon vor der Wohnung. »Erst die Japsin und jetzt auch noch du! Nimm die Bücher und mach dich vom Acker. Was willst du hier dauernd?« »Ich bin Alfons' Adjutant!« »Alfons' was? Dieser Gammler, dieser nichtsnutzige! Der hat seinem Vater doch immer nur Kummer gemacht. Wenn das meiner wär! Ich sag dir jetzt was: Wenn du meinen Dr. Kaiser noch einmal belästigst, dann gnade dir Gott! Ich sag's deinen Eltern, verlass dich drauf! Die Bücher kannst du behalten!« Sie streckt sie mir vor die Brust, dass ich fast nach hinten stolpere. »Dr. Kaiser beschäftigt sich sowieso viel zu viel mit Büchern. Ich könnte auch mal mit ihm in die Ausstellung gehen, oder in die Oper! Aber das geht dich nichts an. Weg jetzt, und komm nie wieder!« *Minimax trixitrax, Bauch.* »Das können Sie gar nicht bestimmen!« »Was! Auch noch frech werden?« Sie holt aus, ich bücke mich, sie knallt mit der Hand an den Türrahmen. Ha! Schnell abhauen, die Treppe runter!

Menschliche Reaktion

August 2016, Heidelberg, Marktplatz
Aegroti salus suprema lex. Richtig. Aber was ist das Wohl des Patienten? Eine Blutstammzelltransplantation? Schon die vorbereitende Chemotherapie – eine Tortur. Das blutbildende Knochenmark wird ausradiert, das gesamte Immunsystem brutal heruntergefahren. Ein äußerst aggressives Verfahren mit entsprechenden Folgen. Unter anderem kann es zu Schleimhautproblemen im Mund, im Verdauungstrakt, im Genitalbereich kommen. Das führt häufig zu Wunden und Entzündungen. Seltener sind Ablösung der Nägel, Übelkeit, Erbrechen, Haarausfall. Aber das ist nur der Anfang. Auch während der Transplantation sind Komplikationen wie schwere Infektionen keine Seltenheit. Und selbst wer beides, die Chemo und die Transplantation, übersteht, ist noch lange nicht über den Berg. Es kommt durchaus vor, dass der Körper das Implantat abstößt. Dann war alles umsonst. Für mich persönlich lehne ich eine solche Behandlung ab. Obwohl ich

das Argument der Kollegen natürlich kenne. Die Blutstammzelltransplantation ist theoretisch die einzige Methode, die zu einer vollständigen Heilung führen kann. Theoretisch und kann. Ich würde es trotzdem nicht machen, nicht bei den Risiken. Selbst wenn sich ein Spender fände. »Alles viel zu früh, so weit solltest du gar nicht denken«, meinte Erik gestern, als wir um sechs Uhr abends bei immer noch fast 30 Grad Hitze den Schlangenweg hinaufgeschnauft sind. Im Philosophengärtchen mit Blick über die Stadt habe ich ihm erklärt, was ich denke, was ich will und was nicht. Wie weit ich gehe und wann ich stopp sagen würde. »Du konzentrierst dich jetzt erst mal ganz auf deine TKI-Behandlung und in einem Vierteljahr siehst du weiter. Im Übrigen denke ich, du solltest dich ein paar Tage krankschreiben lassen, um dich auszuruhen und den Diagnoseschock abzumildern.« »Ach Erik, meine Arbeit ist das Allerbeste gegen den ›Diagnoseschock‹, wenn ich denn überhaupt einen habe. Immerhin weiß ich es jetzt schon über drei Wochen.« »Das ist eine normale, menschliche Reaktion. Ärzte machen da keine Ausnahme, Toni. Es braucht seine Zeit, damit klarzukommen.«

Mag sein, aber bevor ich ins Grübeln falle, tue ich doch lieber etwas Sinnvolles, schicke meine Patienten in Bewusstlosigkeit und Vergessen und konzentriere mich selbst auf meine Erinnerung.

Collegium Academicum

August 1972, Heidelberg, Seminarstraße
Noch zwölf Tage, dann fängt die Schule an. Mit dem Küchenmesser habe ich für jeden Tag eine Kerbe in meine Tru-

he geritzt, wie Robinson Crusoe, deshalb weiß ich Bescheid. Morgen spreche ich mit Konstantin Kaiser. Jetzt erst mal der Spezialauftrag. Die Augustinergasse schnurgeradeaus, hat Alfons gesagt, nicht zu verfehlen, ein Kasernenbau. Kaserne? Die ist ja riesig, mit riesigem Hof, aber überall nur Studenten, kein einziger Soldat. Über dem Tor, aha, ›Collegium Academicum – selbstverwaltetes Studentenwohnheim‹. Selbstver-was? Egal. Innen lange, hohe Gänge, auch hier jede Menge Studenten. Mir fällt ein Tropfen auf den Kopf. Unter der Decke an Wäscheleinen ausgeleierte Männerunterhosen. Dazwischen Bettlaken mit Sprüchen. »Macht kaputt, was euch kaputtmacht!« Auch die Wände sind bepinselt. »Keine Mark und keinen Mann für den Krieg in Vietnam.« Auf beiden Seiten sind große Zimmer, fast alle Türen offen, manche ausgehängt. Die haben sie auf Malerböcke gelegt als Schreibtische. Daneben zerwühlte Matratzen auf Paletten. Kleiderhaufen, alte Sofas. Auf einem küssen sich zwei und machen rum. Dabei hocken noch andere im selben Zimmer im Kreis um ein Glasding und ziehen an einem Schlauch, der da raushängt, dann blubbert's.

»Ich müsste zu Manni.« »Manni? Keine Ahnung, frag mal da vorne rechts den Mike, der kennt jeden.« »Manni? Zweiter Stock, ganz hinten durch.« Am Treppenabsatz ein knallroter Dinosaurier mit Zacken und Krallen über die ganze Wand bis zur Decke. »AUSGESTORBEN – zu viel Panzer, zu wenig Hirn!« Im hintersten Zimmer steht ein Typ auf der Fensterbank, auf dem Boden alles voller Leute. »… morgen um elf Uhr in der juristischen Fakultät, Ziel des Sit-ins ist es, die besinnungslose, etablierte Ordnung in Denken und Handeln aufzubrechen. Genossinnen und Genossen, wir werden den Boden bereiten für die internationale Aktion. Unsere Formen des Protestes sind …« »Entschuldigung, ich suche den Manni.« Alle drehen sich nach mir um. »Ich sage, die Formen des Protests …« »Nebenan, Kleiner.«

Es ist schummrig, vor den Fenstern hängen Lappen. Manni hat ein buntes Ding auf dem Kopf wie ein gehäkelter Ballon, grün, gelb und schwarz, unten hängen Haarwürste raus. Er lächelt mit Zahnlücke, wie Micha. Das Päckchen ist dick umwickelt mit Klebeband. »Gut drauf aufpassen, Junge, okay?« Ich nehme die Treppe auf der anderen Seite nach unten. ›Männergrupp' – Frauengrupp' – Kartoffelsupp'‹.

Alfons lässt ein Fünfmarkstück springen. »Wie geht's dir, Toni?« Der fragt doch sonst nie was. »Sehr gut, danke der Nachfrage.« Sagt man doch so. Er nickt. »Und selbst?« Er brummt nur. »Aber ich hab doch auch geantwortet!« Der Alte hätte mir jetzt eine geknallt, so viel steht fest. Alfons hebt nur den Kopf und sieht zu der Eule auf ihrem Brett. Der schöpft doch nicht Kraft, um aufzuspringen?! Ich greife in der Tasche nach meiner. »Sehr gut, Toni. Ich schlage also Folgendes vor: An einem Tag stelle ich dir eine Frage und du antwortest, am nächsten du mir, und so fort. Was hältst du davon?« »Und du antwortest?« »Korrekt.« »Finde ich gut. Aber heute …« »Toni, bleib wachsam.«

»Das ist jetzt nicht dein Ernst, oder? Du kleine Zecke, du. Was habe ich dir gesagt, he, was habe ich dir gesagt. Such dir was anderes oder geh zurück, wo du hingehörst, verstanden!« Dieser Nickel hat mich am Ohr gepackt, als ich gerade aufschließen wollte. »Ja, äh, ich, ich wollte …« »Du hast hier nichts zu suchen, du bist nicht erwünscht, verdammt noch mal. Wie siehst du eigentlich aus? Heulst du, oder was?« »Quatsch, wieso soll ich heulen!« »Du schläfst doch immer noch hier, bei uns im Treppenhaus, he? Ich spreche mit Pablo, das bringe ich ins Hausplenum, das wird ein für alle Mal geklärt, am Donnerstagabend. Das ist kein Asyl für entlaufene Kinder. Ich kläre das, und jetzt verzieh dich.« Er geht rein und schließt von innen ab. So ein Mist, hätte ich bloß besser aufgepasst. Was jetzt? Hausplenum, was soll das bedeuten? Ich warte die halbe Nacht auf der anderen Straßenseite, bis endlich an allen Fenstern im Haus das Licht aus ist, dann schleiche ich rein.

Gerade lege ich mich hin, da geht's wieder los: »Its älongwai tu tiparähri«, die Amis singen. Sie singen und kicken eine Coladose herum, dass es nur so scheppert. Das machen die immer, wenn sie in die nächste Kneipe ziehen. Dann sehe ich auch noch Blaulicht unter der Tür blitzen, an aus, an aus, aber ohne Sirene. Bestimmt liegt wieder einer auf der Straße, eine Schnapsleiche oder noch schlimmer, einer, der richtig tot ist, in der Kneipe auf dem Klo. Das haben mir die Jungs erzählt, die mich manchmal mitkicken lassen. »Stell dir vor, du gehst rein, willst pinkeln, und da liegt so ein Toter, mit der Spritze im Arm! Gruselig, Mann! Das Zeug heißt Eytsch, und dann gibt's noch Koks, wie Brikett, das ist aber weiß und man stirbt nicht davon, da wird man nur ein zappelnder Zombie.« Jetzt kann ich bestimmt nicht mehr einschlafen. Jetzt ›knattert's im Oberstübchen‹.

Morgens schlüpfe ich beim ersten Geräusch aus dem Haus, mir brennen die Augen, der Mund ist trocken, ich muss mal. Bei Lilli darf ich aufs Klo, ohne zu fragen, ich muss mit ihr reden, sie muss mir helfen wegen dem Hausplenum. Der Laden ist voll, drei Frauen vor der Kasse schnüffeln an den verzierten Fläschchen, fingern an den Perlmuttbroschen herum, streifen die Armreifen über. Eine andere wühlt in dem Korb mit den indischen Seidentüchern. Vor der kleinen Figur mit den vier Armen brennt wie immer ein Teelicht und ein Sandelholz-Stäbchen, das einen Rauchfaden hochkringelt. Der tanzende Shiva im Flammenkranz, hat Lilli erklärt. Ein Mann probiert die geflochtenen Jesuslatschen. Und da kommen noch zwei rein. Dann spreche ich eben später mit ihr, Hauptsache vor morgen Abend, vor dem Hausplenum. Jetzt erst mal zu Konstantin Kaiser. Heute muss ich ihn fragen, ohne Micha.

An dem Kiosk neben der Brücke, wo ich am Anfang die Reste aus dem Mülleimer rausgeholt habe, kaufe ich mir eine Feuerwurst und eine Coca-Cola. Heute klingele ich nicht, wegen dieser Frau Saueressig, der Hexe. Heute warte ich vorm Haus, bis er rauskommt. Und wenn er nein sagt? Wenn er genauso denkt wie dieser Nickel, von wegen Polizei, Jugendamt und so. Dann finde ich jemand anders, ganz einfach, vielleicht doch Alfons oder Lilli. Aber Konstantin Kaiser wäre einfach der Beste. Warten, warten. Mein Po ist schon platt von der Mülltonne, ich könnte noch eine Cola vertragen, er muss doch mal rauskommen. Um vier muss ich Micha abholen. »Entschuldigung, können Sie mir sagen, wie spät es ist?« »Aber natürlich, Kleiner. Es ist, Moment, kurz vor vier.« Jetzt aber rennen.

»Was hast du denn, Toni?« Micha nimmt meine Hand, wir laufen durch die Floringasse am Kaugummiautomat vorbei, holen uns aber keins. »Ach, nichts.« »Ich weiß, dass du unter der Treppe wohnst. Und dass deine Mama nicht da ist. Das weiß ich, ich bin nicht blöd.« »Das ist es nicht.« Er bleibt stehen, winkt mich zu sich runter, sein Atem in meinem Ohr. »Ich kenne das, vom Krankenhaus. Hier überall.« Er rührt sich mit der Hand über die Brust. »Das ist Heimweh, das kenne ich. Das vergeht wieder, kannst du mir glauben.« Er legt seine Arme um meinen Hals, mir flattert der Bauch, ich muss wieder heulen. Dann heule ich halt. Gibt Schlimmeres. Ich beuge ich mich noch mal runter zu ihm und drücke ihn so fest ich kann, ich hab dich so lieb. Er muss husten, wird rot im Gesicht. Ach, du Schreck! »Macht nichts, macht gar nichts«, hustet er. Jetzt gehen wir doch das Stückchen zurück und drehen uns ein Kugelkaugummi raus, krrrt krrrt, meins rot, seines gelb, er will tauschen, okay. Ich erzähle ihm von Nickel und auch von Konstantin Kaiser und dem Gymnasium. »Lilli hilft dir bestimmt, wenn du sie fragst, und ich und Pablo natürlich!«

Auf dünnem Eis

August 2016, Heidelberg, Marktplatz
Um fünf Uhr früh schrecke ich auf. Einen Rest meines Traums kann ich gerade noch fassen. Sie sind hinter mir her, ich renne eine Gasse hinunter, um die Ecke und weiter, sie kommen näher, ich habe das Geld in der Tasche, da packt mich eine Hand an der Jacke … Davon muss ich aufgewacht sein. Und plötzlich erinnere ich mich, wie ich nach meinem ersten Treffen mit Gina das Geld für die Moped-Reparatur stehlen wollte. Auf dem Markt aus einem Einkaufskorb, bei Alfons aus der Schreibtischschublade, bei Lilli aus der Kasse oder in der Kirche aus dem Klingelbeutel. Ich weiß nicht mehr, was mir verwerflicher erschien, meine liebste Lilli zu bestehlen oder ›im Angesicht des Herrn‹ an heiligem Ort so furchtbar zu sündigen. Aber es war durchaus eine Option, zumindest gedanklich. Langsam füllen sich Erinnerungslücken, die weni-

ger schmeichelhaft sind für das Selbstbild. Wie nennt das die Psychologie? Integration der dunklen Persönlichkeitsanteile. Auch dass ich Micha einmal weisgemacht habe, sein Blechauto sei kaputt, ich müsse es mitnehmen zum Reparieren – eine glatte Lüge, weil ich das Auto für mich alleine haben wollte. Kindliche Sünden, sicher. Als Teenager habe ich mir Sorgen gemacht, weil ich im Bett an mir herumgespielt habe. Zur Ablenkung habe ich am Tag Musikkassetten geklaut. Dabei hatte ich Geld. Mit fünfzehn bin ich nachts manchmal aus dem Haus geschlichen, mit dem Fahrrad in die Stadt, ältere Freunde im ›Cave‹ oder in der ›Tangente‹ treffen, rumknutschen. Dreimal habe ich Konstantin Kaisers Unterschrift gefälscht, um ihn nicht mit einer Sechs in Geschichte, in Musik und schon gar nicht in Deutsch zu enttäuschen. Es gab einiges, das nicht okay war. Harmlosigkeiten, mehr nicht. Trotzdem hätte es zu jeder Zeit ernst werden können. Wenn ich erwischt worden wäre, wenn ich das Wohlwollen verspielt hätte, die Nachsicht, die Güte, auch wenn das altmodisch klingt. Wenn Konstantin Kaiser mir seine Güte und sein Vertrauen nicht rückhaltlos geschenkt hätte, dann wäre mein Leben ganz anders verlaufen. Kein Abitur, kein Studium, bestenfalls wäre ich zurück zu meiner Familie gekommen, wahrscheinlich Schlimmeres. Wie dünn das Eis war, wusste ich durchaus. Es war einfach alles ein Riesenglück! Je schlechter ich mich fühle, je schwieriger es wird, umso mehr erkenne ich es.

Ich kämpfe mit Kopfschmerzen, Übelkeit, Schwindel, ich habe einen Hautausschlag auf beiden Armen, die Milz ist geschwollen, ein Gefühl wie ausgekotzt. Jede Alltagserledigung ein Kraftakt, fortdauernde Anstrengung. Ich mache nur noch, was unbedingt sein muss, versuche regelmäßig zu essen, aber ob mild oder würzig, gekocht oder roh, mein Verdauungssystem scheint von allem überfordert. Dabei waren die ersten Behandlungstage vielversprechend, die Nebenwirkungen schwach. Jetzt fehlen nur noch Ödeme, Fieber und Blutungen, die auch auf dem Waschzettel stehen. Sollten die dazukommen, muss ich die Arbeit im Krankenhaus unterbrechen. Anderenfalls gefährde ich meine Patienten.

Ich stelle mir nicht die Frage, warum ausgerechnet ich? Ich hadere nicht damit, kämpfen zu müssen, während ich noch geschlagen bin. Ich verfluche den Himmel nicht, weil ich es mit einer Krankheit aufnehmen soll, obwohl mir die Trauer noch immer in jeder Zelle steckt. Ich falle nicht zurück in die gleiche Trostlosigkeit wie vor vier Jahren, die gleiche wie nach Konstantin Kaisers Tod und nach Romys. Ich sehe mein Leben nicht als ohnmächtigen Abstieg von Verlust zu Verlust bis zu diesem Moment und weiter ins Dunkel. Ich wehre mich nicht, weil ich weiß, dass das kindisch wäre, unreif und sinnlos.

Im Spiegel sehe ich erstaunlicherweise nahezu aus wie immer, ein wenig erloschener vielleicht. Ich schaue aus dem Fenster, gieße die Blumen und zupfe die welken Blätter ab. Doch! Genau all das tue ich, das Kindische, Sinnlose. Ich frage mich und den Gott, an den ich nicht glaube, wieso ausgerechnet ich? Wieso jetzt, wo die Abwesenheit meines Mannes noch immer präsenter ist als die Gegenwart aller lebendigen Menschen. Bin ich seelisch nicht immer noch eine Versehrte? Hört es wirklich nie auf? Es sagt sich so leicht: Konzentriere dich auf das, was zwischen den Tiefschlägen war, was dir gelungen ist, obwohl es unmöglich erschien. Würdige, was du erreicht hast und was dir geschenkt wurde. Denk an dein Kind, deine Freunde, die vielen Momente des Glücks. Es denkt sich so angestrengt, sei stark in der Krise, vertraue deiner Kraft, und darauf, was vor dir liegt. Stell dich dem Leben, es wird dir nicht nur Schlechtes bescheren.

Morgen ist die Verlaufskontrolle beim Hämatologen.

Energiebällchen

August 1972, Heidelberg, Altstadt
»Lilli, ich muss mit dir sprechen.« Sie dreht den Schlüssel in der Ladentür um, halb sieben, Feierabend. Eigentlich müsste ich schon seit einer halben Stunde bei Alfons sein. Micha versucht, an mir hochzuklettern. »Das ist gut, ich wollte sowieso mit dir reden. Wie das jetzt weitergeht, aber heute geht es nicht, keine Zeit, ich habe versprochen zu kochen.« »Es ist wegen dem Hausplenum bei Pablo, das ist doch morgen, oder? Was ist das überhaupt?« »Sie treffen sich jeden zweiten Donnerstag und besprechen, was ansteht. Wer wann putzt, was schiefläuft, was sie politisch vorhaben und so weiter.«

Sie löst das Stirnband, schüttelt die Haare, bindet es wieder um. Für einen Moment sah sie ganz anders aus. »Bringt nicht viel, aber jeder, der da wohnt, muss teilnehmen. Ich bin nur manchmal dabei, wenn Pablo mich bittet, weil er keine Lust darauf hat. Wieso?« »Ach, es ist wegen dem Nickel, hast du dann morgen Zeit für mich, morgen früh?« »Komm um halb zehn hierher, ich bringe Micha früher in den Kinderladen, okay?« »Ich will aber auch dabei sein, bitte!« Micha macht sein unwiderstehliches Gesicht. Von mir aus kann er natürlich gerne dabei sein. »Ich kann ihn doch danach zum Kinderladen bringen.« Ich versuche auch so ein Gesicht. »Na gut, Toni, machen wir es so.« Hat gewirkt!

Lilli hat Tee gekocht und Energiebällchen mitgebracht. Die kann ich gebrauchen. Ich habe mich wegen dem Nickel nicht ins Haus getraut und bei Alfons im Keller übernachtet. War schrecklich, kalt und feucht, mit Spinnweben, Asseln und so. Meine Häkeldecke war ja immer noch in meiner Burg, wo ich nicht hinkonnte. Lilli zündet das Teelicht an vor dem tanzenden Shiva, wir gehen ins Büro. Micha setzt sich auf mein linkes Bein, knetet sein Energiebällchen, zupft und leckt, rollt es zur Wurst, dann zur Schnecke. »Es ist wegen diesem Nickel ...« Ich erzähle ihr, wie er mich erwischt und geschimpft hat und das mit dem Hausplenum. Lilli bleibt ganz ruhig. »Dann soll das besprochen werden heute Abend, okay, ich bin dabei.« »Siehste, habe ich doch gesagt, dass Lilli dir hilft«, quiekt Micha und tätschelt mit seiner klebrigen Hand mein Gesicht. »Aber Toni, du weißt schon, dass du sowieso nicht ewig in dem Treppenhaus wohnen kannst. Ich würde dich ja gerne zu uns nehmen, aber ...« »Jaaa, zu uns, zu uns«, brüllt Micha. »Aber das geht nun mal nicht. Wir sind selbst Gäste, weil ich aus der Stadt raus will, aufs Land, weißt du. Pablo hat auch schon was gehört, von einem alten Bauernhof, deshalb ... Aber jetzt erzähl mir doch erst mal, wieso du überhaupt hier bist, ganz allein. Was ist mit deinen Eltern? Vermissen die dich nicht?« »Ich will Arzt werden.«

Und dann erzähle ich ihr von Romy und dem Geburtsfehler, von Mama und Gina und dem Jugendamt, und dass ich bei Tante Ingrid bin, von Gitte und Freddy. Von Elvis auch, nur das Nötigste, dass es ihn gibt. Und dass der Alte schon lange weg ist. Dass er wiederkommt, lasse ich mal weg. Ich muss Micha von einem Knie aufs andere schieben. Dann kommt das Wichtigste, das mit dem Latein und dem Kurfürst-Friedrich-Gymnasium, dass Konstantin Kaiser da Lehrer war und mich anmelden soll. Dass aber die Frau Saueressig ... Micha haut mit der flachen Hand die Energie-Schnecke platt. »Eine ganz blöde Kuh ist das!« Ach du Schreck! Wenn jetzt rauskommt, dass Micha dabei war in Neuenheim, und was auf dem Weg passiert ist! Ich kneife ihn unter dem Tisch ins Bein. Lilli kneift die Augen zusammen. »Woher weißt du das denn, Micha? Kennst du diese Frau?« *Minimax trixitrax, Bauch:* »Ich habe Micha schon oft von Frau Saueressig erzählt und so.« Lilli fragt nicht weiter nach, ein Glück. »Jedenfalls will ich in meiner Burg bleiben und Konstantin Kaiser fragen, ob er mich am Kurfürst-Friedrich-Gymnasium anmeldet!« Lilli gießt Tee ein, Micha rupft die Energiescheibe in drei Teile, rollt sie zu Kugeln und baut einen kackbraunen Schneemann. Dann löffelt er Zucker in meine Tasse, drei, vier, fünf Löffel. »Aber, Toni, du weißt schon, dass das nicht ohne deine Eltern geht. Nur Erziehungsberechtigte können dich anmelden und die Papiere unterschreiben. Das kann nicht irgendjemand machen.« Ich rühre im Tee. Nein, das wusste ich nicht. Micha stopft sich alle drei Kugeln des Energieschneemanns in den Mund, setzt sich auf den Boden an der Wand und wackelt mit den Füßen. Er nuschelt mit Hamsterbacken. »Vielleischt könnte Konschtantin Kaiser ja mit Tonisch Mama schpreschen!« Er ist verdammt noch mal nicht blöd! Lilli lächelt, wird wieder ernst. »Deine Mutter muss auf jeden Fall so schnell wie möglich erfahren, wo du bist, das ist das Allerwichtigste, hörst du. Sie ist bestimmt außer sich vor Sorge. Am besten du rufst sie jetzt gleich an, von hier aus und sprichst mit ihr.« »Jetzt sofort, meinst du?« Micha steht auf, lehnt sich an mich und guckt über den Tisch zu Lilli. Keiner sagt was. Bei mir kommt auch nur Flüstern raus. »Ich wollte mit Mama sprechen, wenn ich im Gymnasium angemeldet bin.« »Das hat damit nichts zu tun.« »Und wenn sie weint?« »Dann weint sie bestimmt vor Freude. Sie hat dich lieb, Toni. Sie hat dich doch schon geschützt mit dieser Geschichte von deiner Tante, wo du angeblich wohnst.« »Wieso angeblich? Sie hat gar nicht angegeben damit.« »Sie behauptet, dass du da wohnen würdest, obwohl das ja nicht ganz stimmt.« »Und wenn sie fragt, wo ich wohne?« Lilli seufzt. »Wo willst du denn wohnen, Toni? Unter der Treppe, das ist keine Lösung auf Dauer. Du brauchst ein Zuhause. Wenn nicht bei deiner Familie, dann bei jemand anderem, der dich liebhat und auf dich aufpasst.« Ich nehme einen großen Schluck Zuckertee, ich trinke die ganze Tasse leer. Micha stützt den Kopf auf die Hand. Da lehnt Lilli sich vor, nimmt seine Hand von der Backe, zieht mit der anderen meine zu sich und hält beide fest. »Also, gut, jetzt spreche ich erst mal mit Pablo. Heute Abend im Hausplenum schauen wir, dass du auf jeden Fall noch ein bisschen länger in deiner Burg bleiben kannst. Aber morgen früh telefonierst du mit deiner Mutter. Das versprichst du mir.« Sie drückt unsere Hände und lässt los. »Und was das Gymnasium betrifft: Wenn du diesen Konstantin Kaiser fragen willst, dann rufe ihn an und triff dich mit ihm. Da hinten liegt das Telefonbuch. Und du kannst ihm sagen, dass er mich gerne anrufen kann, wenn er möchte. Aber auf jeden Fall meldest du dich zuerst bei deiner Mama, verstanden?« Micha schaukelt von einem Bein aufs andere. Ich schwitze. »Erst spreche ich mit Konstantin Kaiser und gleich danach mit meiner Mama, okay?« »Morgen früh! Jetzt husch in den Kinderladen, und schön langsam.«

Micha ist wirklich mein bester Freund, auch wenn er noch klein ist.

Der Boss kommt groß heraus,
dem Boss gehört das Haus
dem Boss gehört der Acker
der Kran und auch der Bagger
und alles was da ist –
So'n Mist!

Der Boss steht meistens rum
und redet laut und dumm.
Das hat doch keinen Zweck!
Der Boss geht besser weg!

»Das isses, Karl-Heinz, das ist das Lied, das die gemeint haben, das diese Lehrerin in Frankfurt ihren Zweitklässlern beigebracht hat, haste das nicht gelesen, da laufen jetzt doch die Industriebonzen Sturm.« Ich drehe mich kurz um. Die Frau hinter uns hat ihren Mann am Ärmel gepackt, beide glotzen uns an. »Singt nur weiter, Kinder«, flötet die Frau. Wir denken ja gar nicht dran, sollen die doch selber singen! »Stand doch im Spiegel, die haben der Lehrerin eingeheizt, weil die Kinder ›fehlgeleitet‹ würden.« »Ach was, tatsächlich?«, sagt der Mann. »Die haben sogar einen Verein gegründet, um ›unternehmerfeindlichen Aktivitäten‹ entgegenzuwirken. Die ›Verdienste für das Allgemeinwohl‹ müssten respektiert werden. Vereinspräsident ist dieser, wie heißt er noch, der vom Flick-Imperium, Winckler, von Winckler, genau. Hallo, ihr zwei, hört mal!« Wir gehen einfach weiter, drehen uns nicht um. »Jetzt singt noch mal so schön wie eben, wir hören euch zu.« Wir schauen uns an, ich und Micha. Wegrennen geht nicht, das darf er ja nicht. »Na los, singt schon, Kinder, ihr kennt doch das Lied. Ich schenk euch fünfzig Pfennig.« Micha nimmt meine Hand, wir gehen etwas schneller. »Fünfzig Pfennig für jeden!« Kein Pieps kommt uns über die Lippen. »Ach komm, Karl-Heinz, hat keinen Zweck, so sind sie halt heute, die Antiautoritären, wer weiß, wozu es gut ist.«

Im Kinderladen das übliche Durcheinander. Nur dass es heute nach Popcorn riecht und überall welches rumliegt. »Ey, Birgit, du siehst ja scharf aus, was ist denn los heute?« Mirko, der Kinderdienst macht, grinst die Frau an, die hinter uns ihre Zwillinge hereinlässt und gleich wieder gehen will. Sie hat ein enges Minikleid an, das oben den Busen rausquetscht. Sie fährt herum. »Jetzt pass mal auf, Mirko, hör gut zu, ich bin nicht nur Mutter, kapiert!« Und schon stöckelt sie aus der Tür. »Was ist los?«, brüllt Susi, eines der Tüllrockmädchen, das andere flüstert laut: »Sie will fickificki. Meine Mama sagt, es ist schön, wenn Papas Dingeling an ihrer Muschi rubbelt.« Die Zwillinge bauen sich vor Mirko auf, der eine fragt: »Müssen wir heute wieder machen, was wir wollen?« Mirko reißt die Augen auf. »Was?« »Sag schon!« Mirko zieht eine Schulter hoch. »Ja, schon, also ...« Die beiden maulen, plötzlich nimmt der eine den anderen in den Schwitzkasten, sie fangen an zu raufen, Beinchen stellen, umwerfen, auf dem Boden rumrollen und so. Micha schaut ganz genau zu, macht im Stehen die Bewegungen ein bisschen mit. Er weiß schon, dass er so was nicht darf wegen der Anstrengung. »Hallo Micha«, sagt das rothaarige Mädchen, Steffi. »Soll ich dir die Haare kämmen?« »Au ja!« Ich bin froh, dass ich gehen kann. Wie immer zum Abschied hebe ich die Hand und Micha nickt, alles klar.

Also, wenn man bei uns ›ficki‹ sagt, muss man das beichten, das ist unkeusch. Was ist ›ficki‹ überhaupt, was Susis

Mama so schön findet? Irgendwas Schweinisches wahrscheinlich. Vielleicht aber auch nicht.

Standardtherapie

21. August 2016, Heidelberg, Neckarwiese
Wir versuchen es ab sofort mit einem neuen Medikament. Das andere hat die Blutwerte zwar leicht verbessert, aber bei Weitem nicht wie erhofft. Die Nebenwirkungen sind eindeutig zu stark und zu zahlreich. Trotzdem hat sich der junge Hämatologe optimistisch gegeben. Was soll er anderes tun. »Wir testen das jetzt und hoffen, dass Sie es besser vertragen. Je nachdem, entscheiden wir in einem Monat, wie es weitergeht. Ich gehe immer noch fest davon aus, dass die Standardtherapie mit diesem Präparat anschlägt.« Er sah mir einen Moment in die Augen. »Ich würde trotzdem zeitnah die Möglichkeit einer Blutstammzelltransplantation prüfen. Die Suche nach einem passenden Spender ist inzwischen sehr aussichtsreich. Die Kartei wächst täglich. Zunächst würde man in der Familie ...« »Darüber habe ich mir bereits Gedanken gemacht. – Und mich dagegen entschieden.« Es fühlte sich vollkommen richtig an, ihm das unmissverständlich zu sagen. Langsam legte er die Hände vor sich auf den Schreibtisch, betrachtete sie, dann stand er auf und reichte mir das Rezept. »Es gibt keinen Grund zur Eile. Wir sehen uns in vier Wochen, lassen Sie sich bitte einen Termin geben. Falls nötig, können Sie selbstverständlich jederzeit kurzfristig anrufen.«

Bei einer Hochzeitsfeier im Südosten der Türkei hat ein Attentäter mit einem Sprengstoffgürtel 51 Menschen getötet,

69 verletzt, davon 22 Kinder. Metallteile flogen durch die Luft, vielen Opfern wurden Körperteile abgerissen. Den Gürtel trug ein Kind im Alter zwischen zwölf und vierzehn Jahren.

Auf einer Bank am Neckar auf der Neuenheimer Seite, in der Nähe des Skateparks versuche ich mich zu sammeln und Sonne zu tanken. Zwei freie Tage liegen vor mir wie ein dunkler Tunnel. Familien und Paare lagern auf Decken, das Zischen der Dusche, das Fauchen der Federballschläge, fast wie am Strand. Plötzlich saust ein Junge auf einem minimalistischen Rad den geteerten Weg hinunter auf eine kleine Schanze aus Holz und überschlägt sich ins Wasser, wobei er das Rad weit von sich schleudert. Dann noch einer und noch zwei weitere. Ich kann kaum hinsehen, wenn sie in hohem Bogen durch die Luft fliegen.

Wenn das zweite Medikament nichts ausrichtet, gibt es keine weitere Möglichkeit, außer der, die ich ablehne, begründet ablehne. Das ist der Stand der Dinge. Und jede Stunde der Angst ist eine verlorene Stunde.

Die Hitze lässt nach, das Licht wird goldgelb, die Leute packen zusammen. Die Schatten der Zierkirschen machen sich lang wie Giacometti-Figuren. Die letzten Strahlen zielen exakt auf die Schlossfassade. Als hätten die Architekten die Kurfürstenresidenz bewusst an dieser Stelle, auf dieser Höhe des Berges gebaut, damit der Sonnen-Scheinwerfer sie zum Ende des Tages noch einmal prachtvoll in Szene setzt.

Morgen komme ich wieder hierher mit einer Decke. Und ich werde den Tag mit nichts anderem füllen, als einfach nur hier zu sein.

Basisdemokratisch

August 1972, Heidelberg, Untere Straße
Ich darf beim Hausplenum heute Abend nicht dabei sein, hat Lilli gesagt. Dabei geht's doch um mich! Aber auf jeden Fall darf ich heute noch mal in der Burg schlafen. Auch Micha hat sein unwiderstehliches Gesicht nichts genutzt, Lilli will ihn erst nach Hause bringen und dann wiederkommen. Es läutet schon sechs Uhr, jetzt aber schnell zu Alfons.

Ich klingele, er kommt ans Fenster. »Heute nicht. Morgen Vormittag um elf Uhr, kannst du da? Bring großes Frühstück mit, Kaffee, Gebäck, du weißt schon, und zwei Flaschen Fachinger. Moment.« Er verschwindet, dann segelt ein Zigarettenpäckchen herunter, knapp an einer Frau vorbei, die wütend nach oben guckt. Dabei raucht Alfons gar nicht. Das Fenster wird zugemacht. Ich schnappe mir das Päckchen, Lord extra, darin sind ein Zwanzig-Mark-Schein und zwei Zigaretten. Na gut.

Jetzt ist es doch anders gekommen. Pablo lässt Lilli und mich auf die Eckbank rutschen. Ich darf doch dabei sein. »Wieso nicht? Es geht doch um ihn!«, hat Pablo zu Lilli gesagt, als sie ins Haus gehen wollten und ich zufällig auf der anderen Straßenseite riesige Blasen gemacht habe mit dem amerikanischen Kaugummi, das ich mit den Fußballjungs gegen die beiden Zigaretten von Alfons getauscht habe. Kommt man sonst gar nicht dran, echtes Bubblegum, gibt's nur mit Ausweis in der Pi Ex, oder wie der heißt, der Amiladen.

Jetzt trudeln alle in der Küche ein zum Hausplenum. Der Helle, Heinzi, kommt von hinten auf die Eckbank neben mich. Uschi schüttelt ihre nassen Haare, setzt sich, legt die Unterarme auf den Tisch und den Kopf darauf. Rollo, wie immer verquollen, bleibt an den Herd gelehnt stehen. Jeder für sich, wie an der Bushaltestelle. »Aktive Verfassungstreue, wehrhafte Demokratie!« Das müssen Nickel und Meyer sein. Meyer wohnt im Zimmer von Matze und Conny, weil die nicht da sind. »Die Genossen vertreten die Interessen des Volkes! Und dann sollen sie später nicht arbeiten dürfen, wo sie wollen und wofür sie qualifiziert sind?« Statt reinzukommen, redet Nickel in der Klavierdiele immer weiter. Uschi stöhnt und dreht den Kopf auf die andere Seite. »Berufe wie Lehrer oder Lokomotivführer gehören fast immer zum öffentlichen Dienst! Der Radikalenerlass ist praktisch ein Berufsverbot für jeden, der sich auf die Seite der ausgebeuteten Lohnsklaven stellt. Und noch was ...« Pablo streckt den Kopf aus der Küchentür. »Okay, Nickel, darüber könnt ihr später diskutieren, jetzt gehen wir hier erst mal die Alltagsbewältigung an, die konkreten Fragen der Koexistenz.« »Konkret? Wir an der Basis ...« Nickel kommt rein und sieht – mich. Pablo sagt seelenruhig: »Hier ist Hausplenum jetzt und nicht Basisgruppe.« Wie die Schlange Kaa glotzt Nickel mich an, will gerade was sagen, da kommt ihm Rollo zuvor. »Hausplenum, jawohl«, meint er mit schwerer Zunge, rülpst und knackt mit dem Feuerzeug eine Bierflasche auf, bestimmt nicht die erste für heute. »Und das werden wir höchst ef-fi-zient ...«, er betont das komische Wort, schraubt sich dabei nach oben. »Und vor allem höchst zeiteffizient gestalten.« Er reicht die Bierflasche weiter an Heinzi und knackt die nächste auf. Nickel quellen die Augen fast durch die Brillengläser. Er will schon was sagen, aber Rollo hebt schnell die Hand und macht ›pscht‹. Ich glaube, die dürfen sich nicht unterbrechen, immer ausreden lassen, wie im Kinderladen, da dürfen sie alles, nur nicht unterbrechen. Also, erst Rollo, er hebt seine Bierflasche. »Zeiteffizient und – im Geiste der Freiheit, der Kunst und der Lust!« Uschi verdreht die Augen. Rollo nimmt einen Schluck, Nickels Gelegenheit. »Ist gut jetzt, Rollo. Wir haben dich verstanden.« Rollo fährt hoch. »Nein, habt ihr nicht! Ihr denkt nämlich, ja, na klar, ihr denkt, wir fangen hier jetzt mal gemütlich an, ne, so ganz gemütlich, und dann diskutieren wir stun-den-lang über a-ll-e-s, was uns so einfällt, den Spüldienst von letzter Woche, die schmutzige Wäsche im Bad, den Radikalenerlass, das Fenster, das klemmt, das Proletariat, die Bourgeoisie ...« Plötzlich scheint er viel wacher. »Die Abschaffung des Privateigentums, den Fetischcharakter der Ware und so weiter und so weiter – so ist es doch immer, oder?« Der Helle grinst in sich rein, bröselt von einem Maggiwürfel Krümel in seine Zigarette. Uschi schüttelt schon wieder ihr Haar, Meyer schaut böse aus der Wäsche. Nickel natürlich auch und er sagt: »Der Antagonismus der kapitalistischen Gesellschaft reflektiert sich gerade ...« »Siehste, siehste, was habe ich gesagt!« Jetzt hat Rollo doch unterbrochen. Pablo schlägt mit der Hand auf den Tisch. »So Leute, bevor die Revolution am Küchentisch ausbricht ...« Da ruft Nickel rein: »Besser hier als nirgendwo! Die Keimzelle zukünftiger ...« Er ist schlimmer als Elvis, wenn er was will. Wie eine Maschine. Pablo hält sich mit geschlossenen Augen am Tisch fest. Rollo brüllt ganz laut: »Hausplenum!« Alle erschrecken. Und genau in diesem Moment sagt Lilli zum ersten Mal etwas. Sie hört sich an wie die Ansagerin im Fernsehen. »Gibt es eine Tagesordnung für das Plenum heute? Dringende Angelegenheiten? Nein?« Nickel zeigt mit dem Finger auf mich. »Selbstverständlich, der da ist Tagesordnungspunkt Nummer 1, um den geht es und darum, endlich dafür zu sorgen, dass ...« Lilli spricht einfach weiter. »Sehr richtig, wir kommen also zum ersten und einzigen Punkt. Das heißt, wir stimmen ab. Wollen wir unseren Toni hier, A, weiterhin auf seinem Platz vor der Kellertür unter der Treppe übernachten lassen? Oder B, den Behörden ausliefern?« Nickel fährt hoch. »Moment mal!« Er glotzt nach links und rechts, aber alle gucken auf Lilli. »Wer ist für A?« Alle heben den Arm, außer Nickel und Meyer natürlich. »Aber so geht das nicht!« »Doch, so geht das«, sagt Rollo. Und Meyer: »Moment, so wie es aussieht, sind wir gar nicht beschlussfähig, denn ohne Matze und Conni, deren Stimmrecht …« Uschi stöhnt. Rollo lacht. »Du willst also warten, bis die aus Marokko zurück sind, na dann Petri Heil! Vor Oktober wird das nämlich nichts, wenn überhaupt. Der VW-Bus war schon bei der Abfahrt reif für den Schrott.« Lilli lässt sich nicht aus der Ruhe bringen. »Wer ist für B?« Nickel läuft puterrot an, hebt aber nicht die Hand. »Das geht so nicht, das muss …« Rollo setzt die Bierflasche ab. »Gründlich ausdiskutiert werden, haha!« Lilli bleibt ernst und erklärt. »Wir haben das bereits diskutiert. Ich gebe daher bekannt: Ergebnis der Abstimmung: Drei sind für A, niemand für B, zwei Enthaltungen, basisdemokratisch in nicht geheimer Wahl und damit bindend für alle. Wenn sonst nichts Dringendes anliegt …« Sie schaut blitzschnell in die Runde. »Dann ist die Sitzung geschlossen.« Zustimmendes Gemurmel, allgemeiner Aufbruch. Nur Nickel und Meyer sitzen wie Ölgötzen da und sind sprachlos. Pablo klopft auf den Tisch. »Schönen Abend noch.« Und weg sind wir, zur Tür und die Treppe runter. Juhu!

Bevor sie rausgehen, muss ich Lilli mal ganz fest drücken. Pablo knufft mich in die Rippen und grinst. »Dann schlaf mal gut, Zwerg! Bis morgen.« Dabei bin ich jetzt gar nicht mehr müde!

Anästhesisten-Blues

September 2016, Heidelberg, Marktplatz
Meine Güte, was für ein Stümper! Der Eingriff heute Morgen ist normalerweise eine Sache von 20 Minuten. Nach einer Dreiviertelstunde hat der Brettschneider immer noch unentschlossen herumgedoktert und dämliche Witze erzählt. Ich habe nicht die Nerven verloren, ich habe ganz bewusst für einen Moment den Medikamentencocktail ein winziges bisschen verändert, und siehe da, sein Operationsfeld wurde von Blut überschwemmt. Nein, korrekt war das nicht. Es war unethisch, verantwortungslos, kriminell. Ich werde es sicher nicht wieder tun, doch es war nötig! Ich hoffe, dass er etwas begriffen hat bei der Aktion und sich ab jetzt von Anfang an so konzentriert, wie er es nach diesem Zwischenfall tat.

Der Anästhesisten-Beruf hat wunderbare Seiten. Zum einen müssen wir nicht beim Oberarzt buckeln und seiner Eitelkeit huldigen. Wir stehen quasi außerhalb der klinischen Hackordnung. Zum Zweiten bleiben uns die Visitenrunden erspart. Wir sind nicht Teil des Trosses aus Chefarzt und Hofstaat – Stationsarzt, Pfleger plus aufgedrehte Studenten im praktischen Jahr. Dieses Eilen von Patient zu Patient ist eine gut gemeinte, aber wenig effiziente Veranstaltung, der ich nur zu gern fernbleibe. Bekanntlich redet die meiste Zeit der Arzt – von den rund vier Minuten, die eine Visite im Durchschnitt dauert, spricht er genau doppelt so lang wie der Patient, um den es doch eigentlich geht. Laut Statistik kommt von den vorhandenen Beschwerden nur jede zweite zur Sprache. Belegt ist auch, dass die Hälfte aller Visiten durch Telefonate, Besucher oder andere Patienten gestört wird. Ich dagegen muss nur ein einziges Mal mit dem Patienten sprechen, vor der OP, allein und in Ruhe. Ich bin quasi – frei. Außerdem kann ich bei der Zusammenstellung der Anästhetika meinen eigenen Stil entwickeln. Anders als viele Kollegen verabreiche ich das erste Beruhigungsmittel in die Vene nicht in einem Stoß, nach dem Motto, der arme Patient guckt so verängstigt, also je schneller umso besser. Ich gehe es ganz ruhig an und lasse ihn oder sie langsam und sachte wegdämmern. Das schont den Kreislauf. Dann gebe ich zu den Opiaten und Schmerzmitteln fast immer einen Schuss Dormicum. Für die retrograde und anterograde Amnesie, sprich, damit die Patienten sich nicht an die Zeit vor und nach dem Eingriff erinnern. Außerdem bin ich großzügig, was die Dosierung von Schmerzmitteln betrifft. Wer Schmerzen kennt, weiß warum.

Das sind die Vorzüge meines Berufs. Und sie waren mir sehr wohl bewusst bei der Wahl der Facharztausbildung, als ich oft an lähmenden Kopfschmerzen litt. Was ich damals nicht wusste, nicht einmal ahnte, war, dass Dinge geschehen wie heute Morgen. Dass man als Anästhesist gezwungenermaßen Zeuge der beschämendsten Stümpereien wird. Dass man immer wieder mitansehen muss, wie mittelmäßige oder auch völlig unfähige Operateure dilettantisch vor sich hin metzgern. Inzwischen weiß ich schon vorher bei jedem Einzelnen, was mich erwartet, mich und den zuversichtlichen oder pessimistischen, den tapferen oder ängstlichen, auf jeden Fall ahnungslosen Patienten. Nur dass der, anders als ich, nichts davon mitbekommt, dank tiefer Bewusstlosigkeit. Umso tragischer, wenn die Zeit nach dem Aufwachraum kommt, wenn es nicht wie erhofft besser geht oder wenigstens bergauf, wenn irgendwann auch die Appelle an die Geduld des Patienten nicht mehr verfangen, weil die Folgen einer schlecht ausgeführten Operation oder sogar einer gänzlich misslungenen nicht mehr zu verleugnen sind.

Ich weiß, warum ich mich gegen die Chirurgie entschieden habe. Mir fehlt das Talent, die Kunstfertigkeit, das Augenmaß, die ruhige Hand, das Geschick und Fingerspitzengefühl. Leider fehlt all das auch manch anderem, der sich trotzdem für diesen Beruf entschieden hat. Winkler zum Beispiel ist offensichtlich bei fast jeder OP überfordert. Bei Rohmer kommt es auf die Tagesform an, je nachdem wie es im Bett und auf dem Tennisplatz läuft, was in der Cafeteria für Dauergesprächsstoff sorgt. Der Schlimmste aber ist Brettschneider. Der kann nicht nur nichts, der scheint auch keinerlei Vorstellung davon zu haben, welchen pharmakologischen Aufwand die Unterdrückung schwerer Schmerzen bedeutet. Brettschneider! Nomen es omen? Vielleicht wäre Waldarbeiter sein Ding, Holz ist geduldig und schmerzfrei. Wobei – ob ein Baum lautlos schreit, wenn die Säge kommt? Natürlich sind unter den Chirurgen auch wahre Könner. Ahrend ist einer davon, und Jens, auch Obrich und Gärtz wissen, was sie tun. Leider sind alle vier zurzeit in Urlaub beziehungsweise bei einem Kongress.

Zwei Angstattacken habe ich schnell in den Griff bekommen. Trotz allem reicht es zum Arbeiten und ein bisschen zum Leben. Mit dem neuen TKI-Medikament geht es besser als mit dem anderen, wenn auch nicht gut.

Ein Segen für die Gesellschaft

August 1972, Heidelberg, Heiliggeistkirche, Werderplatz
Es läutet, Punkt zehn Uhr, Lilli hat die Ladentür aufgestellt, daneben sitzt schon der Porzellan-Windhund auf der Straße. Drinnen ist es trotzdem muffig und warm. Es läuft die

Glöckchen-Musik. Ich schlüpfe ins Hinterzimmer. Ich habe meine Burg! Und jetzt rufe ich bei Konstantin Kaiser an! »Kaiser.« »Ich, äh, hier spricht Toni Hauser.« »Guten Tag, Toni!« »Könnten wir uns treffen, also, ich hätte eine Frage, äh, und ich möchte Ihnen das Taschentuch zurückgeben. Wenn Sie Zeit hätten, am liebsten heute, wenn's geht, aber um vier und um sechs muss ich arbeiten, da geht es nicht, also Kinderladen und Alfons, aber ...« »Langsam, langsam, Toni. Schön, dass du das Tuch zurückgeben willst. Und du möchtest etwas besprechen mit mir, richtig?« »Ja, genau, das möchte ich, wie wäre es heute um zwei Uhr, ginge das?« »Durchaus, wenn es eilt, einverstanden, wir treffen uns hier bei mir um zwei auf einen Spaziergang, was meinst du? Weißt du das Klingelzeichen noch?«

Juhu, es klappt! Ich stürme nach vorne, will es Lilli erzählen, aber sie schnallt gerade einem Langhaarigen mit kurzen Hosen und ohne Hemd einen von diesen bestickten Stoffgürteln um, wie ich auch gerne einen hätte. Da darf ich nicht stören. Der Typ fängt seelenruhig an, Sachen aus seinem Beutel in die einzelnen Gürteltäschchen zu packen. »Ausgezeichnet, passt alles rein. Schlüssel, Tabak, Feuerzeug, Shit, Pillen, Geld, Taschenmesser, Augentropfen und hier ist sogar noch Platz für mein Heftchen mit Stift! Gebongt, Lilli, nehme ich, mach mir einen guten Preis.«

Als ich ihr sage, dass ich Konstantin Kaiser treffe, schenkt Lilli mir ein T-Shirt, ein gelbes mit Batikzielscheibe, extra für meine Mission.

Drei Stunden Zeit noch bis zwei Uhr. Es ist heiß, ›wie im Affenstall‹, würde der Schulhausmeister sagen. Also, rein in die Kirche, ins Kühle, ein Vaterunser kann auch nicht schaden.

»... spätgotische Kirchenräume, achten Sie auf den Kontrast zwischen dem diffusen Licht des Langhauses und der strahlenden Helligkeit des Chores. Der Triumphbogen ...« Die Besichtiger fotografieren aber auch wirklich alles. Außer der einen Gruppe vor mir laufen da hinten noch zwei andere herum und kriegen alles erklärt. Die Bänke sind leer, auf meinem Platz in der hintersten Reihe lasse ich die Beine baumeln. Vaterunser, der du bist im Himmel, mach bitte, dass Konstantin Kaiser ja sagt und mit Mama spricht und dass Mama nicht weint und dass sie mich anmelden und alles gut wird, Amen. Und danke noch mal für die Burg. Dann laufe ich hinter der Gruppe her, ich muss ja nicht zuhören. »Zu Füßen des Königs liegt ein Löwe als Symbol der Stärke, zu Füßen der Königin ein Hund als Zeichen der Treue. An der Scheidemauer, die 230 Jahre den katholischen und den protestantischen Teil der Heiliggeistkirche trennte ...« Wenn ich tot bin, will ich aber auch so einen Löwen zu Füßen. Und vielleicht einen Hund dazu, so einen wie Bingo, den wolligen. »Wolfgang Amadeus Mozart musizierte auf einer der Orgeln, ebenso Felix Mendelssohn Bartholdy und Albert Schweitzer.« Eine andere Gruppe, die Kartoffler, sind schneller durch mit den ganzen Erklärungen, die fotografieren auch schneller und gehen jetzt schon zum Ausgang, mit quietschenden Turnschuhen, Kaugummikauen, Armeschlenkern und so. Da gehe ich mit, denn ›ich werde nicht bleiben im Hause des HERRN immerdar‹.

Sogar jetzt noch zu früh, aber egal, ich laufe mal los Richtung Lutherstraße 47 a, ganz langsam, das kann ich ja.

Konstantin Kaiser trägt kein Jackett und keine Krawatte, nur Hemd, weiß natürlich, und einen schicken Hut aus Stroh, den er immer leicht anhebt, wenn er jemanden grüßt. Die Füße stehen in den polierten Schuhen wie festgeklebt nebeneinander. Selbstverständlich schiebe ich ihn, wie sich's gehört. Da kann er die Handschuhe ausziehen. Der Werderplatz ist gar kein Platz, eher so eine Art Garten. Auf der Wiese krabbeln und spielen kleine Knirpse, auf den Bänken sitzen Mütter mit Kinderwagen zusammen, es ist nur noch eine frei. Da parke ich Konstantin Kaiser und setze mich neben ihn. Also, dann, *Minimax trixitrax, Bauch.* »Es ist so. Ich wollte Sie fragen, ob Sie mich auf dem KFG anmelden könnten.« Raus ist es! Er stutzt nicht, er regt sich nicht auf, er schaut mir nur ins Gesicht, seine Augen sind graublau wie meine. »Das ist eine interessante Frage, Toni. Sicher hast du triftige Gründe, sie mir zu stellen. Meinst du, du könntest sie mir erklären?« Jetzt komme ich nicht mehr drumherum. »Ich bin von zu Hause weggelaufen.« Er verzieht keine Miene, setzt sich nur ein bisschen anders hin, legt die Arme auf die Lehnen und hört einfach zu. Zum zweiten Mal erzähle ich meine ganze Geschichte, fast die ganze, das Wichtigste eben. Dass ich Romy gesund machen will und deshalb wegmusste wegen Latein und so weiter. »Weiß Alfons das alles?«, fragt er am Schluss. »Nein, ich ... er ...« »Und deine Mutter weiß nicht, wo du bist?« »Ich rufe sie an, sobald, also, ich rufe sie nachher gleich an, das habe ich Lilli versprochen.« »Lilli?« Dann erzähle ich ihm noch von Lilli Laun und Pablo Steiner-García, dass die beiden dafür sind, dass ich aufs Gymnasium komme. »Lilli sagt, sie würde gerne jederzeit mit Ihnen sprechen, wenn Sie möchten. Also, sie sagt, nur meine Mutter kann mich anmelden, aber vielleicht wollen Sie ja erst mal mit ihr, also mit Lilli, sprechen. Und, äh, vielleicht danach mit meiner Mutter wegen der Unterschrift und so, für die Anmeldung meine ich.« Konstantin Kaiser zündet sich eine Ernte 23 an. Er denkt nach. Ich rutsche nach hinten, lehne mich an, die Füße stehen vorne ab, als wäre ich fünf und nicht elf! Da sagt er mit einem Mal leise: »Ich habe auch fünf Geschwister.« Ich rutsche wieder vor, näher an ihn ran. »Ich bin auch weggelaufen.« »Wirklich?« »Mit 13, 1920, nach dem Ersten Weltkrieg.« »Jaaa?« Er rollt sich zum Abfalleimer und drückt die Kippe aus. »Eine lange Geschichte, wenn du möchtest, erzähle ich sie dir bei Gelegenheit. Jetzt müssen wir erst einmal …« Plötzlich reckt er sich hoch, sein Gesicht blitzt auf. Da hinten laufen zwei kleine Frauen. Er hebt leicht die Hand. Sie kommen auf uns zu. »Frau Kimura-Baum, Frau Kiss, wie schön! Setzen Sie sich doch ein Weilchen zu uns. Wir könnten den Rat weiser Frauen gut gebrauchen.« Die eine Frau, rund und mit blonden Haaren, tippelt herum. »Härr Kaisär, freut mich auch sähr. Weißt du was, Äriko, du gibst gutän Rat und ich gehe nach Hausä, hab ich noch viel zu tun, ja?« Sie gibt Konstantin Kaiser die Hand. Die andere mit pechschwarzen, glatten Haaren steht ganz still und sagt: »Aber Ilona, nicht dass du das Gefühl hast …« »Iwo, hab ich sähr gutes Gefühl, sehen wir uns morgän, ja? Adieu, adieu.« Dann eilt sie los, wie ein Hamsterchen. Die andere Frau setzt sich vorsichtig neben mich auf die Bank. Sie hat Mandelaugen und trägt einen dünnen, gelben Mantel mit Blumen, weite Hosen, weiße Handschuhe und so eine Art Pantöffelchen mit Absätzen. Konstantin Kaiser wartet, bis sie sich geordnet hat, lächelt sie an und erklärt: »Es geht um die Zukunft des jungen Mannes. Darf ich Frau Kimura-Baum einweihen, Toni?« Wie eine Prinzessin sitzt sie neben mir. Sie riecht gut. Ich nicke. Zum ersten Mal sehe ich solche Augen von nah. Keine Ahnung, wo sie hinguckt. Auf das Blumenbeet gegenüber vielleicht. Kerzengerade hört sie zu, wie Konstantin Kaiser meine Geschichte erzählt, alles richtig, aber mit anderen Wörtern. Am Ende wendet sie sich ganz leicht in seine Richtung.

»Wäre es nicht segensreich für die ganze Gesellschaft, wenn ein Junge wie Toni als Arzt seinen Beitrag leisten würde?« Sie findet es gut! Konstantin Kaiser wiegt den Kopf. Sie spricht weiter. »An erster Stelle müsste er natürlich mit seiner Familie ins Reine kommen. Aber wenn er Disziplin und Fleiß aufbringt, sollten wir ihm mit aller Kraft, wie heißt es auf Deutsch, unter die Arme greifen? In Japan sagen wir: Zögere nie, wenn es gilt, etwas Gutes zu tun.« Aha, Japanerin. Und sie will, dass Konstantin Kaiser mir hilft! Ich kann nicht mehr sitzen, ich platze fast, stoße aus Versehen mit dem Fuß an den Rollstuhl. Die Japanerin schaut etwas streng. Zum Glück ist der Bremshebel oben. »Darf ich also meiner Mutter sagen, dass Sie sie anrufen?« Ich will schon aufspringen, aber Konstantin Kaiser sagt: »Langsam, langsam, Toni. Es ist noch nichts entschieden. Das ist ein großer Schritt, zumal deine Mutter nicht einmal weiß, wo du bist, und sicher in Sorge ist. Ich denke, ich sollte zuerst mit dieser Lilli Laun sprechen, wie sie das Ganze beurteilt. Was meinst du?« »Ja, doch, gute Idee, wie Sie möchten, natürlich.« »Vielleicht kann sie mich anrufen? Richte ihr das doch bitte aus.« Er setzt sich zurecht. »Aber Toni, vor allem anderen musst du dich bei deiner Mutter melden.« »Ja, mache ich, versprochen!« »Und mach dir nicht zu viel Hoffnung, ich kann dir nichts versprechen. Deine Mutter hat die Verantwortung und das letzte Wort, verstehst du?« Er hat nicht nein gesagt! Ich hab es genau gehört: Er hat nicht nein gesagt! Sie wollen mir helfen, Konstantin Kaiser und die Japanerin Kimura-Baum. Er sieht auf seine goldene Armbanduhr. »Wenn du um vier in der Stadt sein musst, dann solltest du aufbrechen.« »Aber ich schiebe Sie doch zuerst schnell nach Hause, oder?« »Danke Toni, sehr freundlich. Aber es ist ja nicht weit. Wir bleiben noch einen Moment, nicht wahr?«

Er sieht die Japanerin an, gibt mir die Hand. »Auf Wiedersehen, Toni.« Frau Kimura-Baum nickt leicht mit dem Kopf. Ich nicke zurück. »Danke, auf Wiedersehen und danke, danke.« Dann renne ich los wie eine Verrückte, alles wird gut! An der Straße sehe ich mich noch mal um. Sie heben die Hand, Konstantin Kaiser jetzt wieder mit seinem schwarzen Handschuh, die Japanerin mit ihrem weißen. Ach, wenn die beiden mein Opa und meine Oma wären!

Am Heumarkt kommt Pablo angestürmt. »Ich gehe heute mit zu Alfons.« Ich muss fast wieder rennen, um neben ihm mitzukommen, ein Schritt von ihm sind drei Schritte von mir. Und er geht auch viel schneller als sonst, auf der Treppe nimmt er immer zwei Stufen auf einmal. Die Tür ist wie meistens nur angelehnt. Ohne anzuklopfen, stößt Pablo sie auf, stürmt rein und baut sich vor Alfons' Schreibtisch auf. »Sag mal, bist du eigentlich irre? Was hat Toni im CA bei dem Jamaikaner gemacht?«

Alfons hebt langsam den Kopf wie eine Schildkröte, schwenkt ihn in unsere Richtung und lässt ihn wieder sinken, sagt aber nichts. »Wenn es ist, was ich denke, und was soll es sonst sein, Goffel hat sie gesehen, und der weiß auch ...« »Guten Tag, Pablo. Schön, dich zu sehen«, sagt Alfons ganz langsam und deutlich. Pablo greift ein paar Blätter und schmeißt sie in Alfons Richtung. »Spar dir deine dämlichen Floskeln!« Alfons sieht den Blättern nach, wie sie im Bogen segeln, sich überschlagen, landen und noch ein Stück über den Boden rutschen. Dann guckt er hoch. »Nichts ist so aufreizend wie Gelassenheit, Oscar Wilde. Nicht wahr, Pablo?« Pablo dreht sich zu mir. »Toni, du gehst besser, das hier dauert länger und überhaupt.« Dann wieder zu Alfons: »Und du erklärst mir jetzt, was du dir dabei gedacht hast!« »Noch jeder zornige Mensch hat seinen Zorn für gerecht gehalten. François de Sales.« »Hopp jetzt, Toni, raus und mach die Tür hinter dir zu!« Ich trotte los. Pablo macht weiter: »Und du, willst mich jetzt erziehen oder was? Du bist es doch, der hier Scheiße baut, Alfons! Nur wegen deinem Scheiß bin ich doch hier!« Blöd, immer wenn's spannend wird! Ich knalle die Tür zu. Dann drücke ich das Ohr dran, es geht ja schließlich um mich! »Wegen deines Scheißes, mein lieber Pablo, wegen immer mit Genitiv.« »Toni ist keins von deinen Maultieren, verdammt.« Maultier, spinnt der? »Das ist ein elfjähriges Kind! Es gibt doch weiß Gott genug Penner, die dir das Zeug transportieren und verticken. Da musst du doch nicht, Moment.« Stille. Was ist denn jetzt? Plötzlich wird die Tür aufgerissen. Ich renne die Treppe herunter, oh Mann.

Wenn ich nur nicht den Job verliere, wo Pablo so ein Theater macht. Ich bin doch gerne Adjutant!

Ubi bene ibi patria

September 2016, Heidelberg, Schloss

Was für ein Anblick, das zierliche Brautpaar mit wehendem Schleier und tiefblauem Anzug auf dem Weg vom Englischen Bau zur Brüstung des Fürstenbalkons über der Altstadt. Unser Schlossgarten-Besuch gegen das ›kleine Heimweh‹ hat sich gelohnt, Frau Kimura-Baum wirkt beglückt, obwohl wir nur Zaungäste der japanischen Hochzeitsfeier sind.

Ihre letzte Reise nach Tokio liegt dreizehn Jahre zurück. Nach dem Tod ihres Mannes hatte die Familie auf Heimkehr der verlorenen Eriko gedrängt. ›Heimkehr‹, flüsterte sie und seufzte sehr leise. Es ging um die Neun-Millionen-Stadt mit ihren gläsernen Wolkenkratzern, ihren blinkenden Leuchtreklamen und ihrem beständigen Strom aus höflichen Einzelpersonen. Als sie von der Reise zurückkam, stand ihr Entschluss. »Ubi bene, ibi patria, zu Hause ist, wo man sich wohlfühlt, pflegte Herr Dr. Kaiser zu sagen. Sumeba miyako, Wo man lebt, ist die Hauptstadt, heißt es bei uns.« Und sie blieb. Seitdem lade ich sie und ihre ebenfalls verwitwete, ungarische Freundin hin und wieder zu einer kleinen Tour ein, an die Bergstraße zur Mandelblüte oder nach Mannheim in den Luisenpark. Es ist mir ganz recht, dass wir bei der japanischen Hochzeit heute ausnahmsweise nur zu zweit sind. Für lebhafte Plaudereien mit Frau Kiss fehlt mir zurzeit die Kraft.

Während hier in der Stadt die Touristen ihr Gesicht in den Brückenaffen drücken, sich selbst vor der Fassade des Hotels Ritter oder der Neuen Uni mit ihrer Inschrift ›Dem lebendigen Geist‹ fotografieren, sind die Heidelberger anderswo in der Welt am Meer oder in den Bergen auf der Jagd nach Selfie-Motiven. Unser Montags-Tanzen ist mangels Masse ausgefallen, beim Yoga waren wir nur zu dritt und die Mädels-Tati-Runde haben Jutta und ich alleine bestritten, eine Bilderbuchsommernacht. Bis halb zwölf saßen wir im T-Shirt auf der belebten Terrasse zwischen den Backsteingebäuden der alten Tabakfabrik, Calamares und Tabouleh, Espresso und Calvados, dazu Juttas hitzige Kommentare zu Büchern und Serien, zu Erdogan und zu Trump. »Der wird niemals Präsident, ausgeschlossen, so unterbelichtet sind selbst die Amis nicht, da mach dir mal keine Sorgen.« Nach dem zweiten Viertel Rioja hat sie mir von ihrem untreuen Mann erzählt, von dem internetsüchtigen Sohn und der sexbesessenen Tochter. Ich war kurz davor, auch meine Geschichte preiszugeben, habe es dann aber gelassen. Familienhorror ist eine Sache, aber Krebs? Ich weiß, wie der Umgang sich ändert mit den Betroffenen. Manche Patienten leiden darunter mehr als unter dem körperlichen Geschehen. Noch komme ich zurecht und bleibe dabei, ganz normal weiterzumachen. Wenn die Müdigkeit überhandnimmt und die Mutlosigkeit nach mir greift, besuche ich die kleine Toni, bin überrascht und staune.

Das herrschende Wetter

August 1972, Heidelberg, Untere Straße
Ich habe von Romy geträumt. Sie ist hinter mir hergerannt, die Windel ist abgerutscht, die Kacke an ihren Beinen heruntergeklatscht, ich wollte sie trösten und waschen, plötzlich waren wir hier in meiner Burg, sind ins Wasser gefallen und untergetaucht, da bin ich aufgewacht.

Um zehn Uhr rufe ich Mama an, wie versprochen. Und danach muss Lilli mit Konstantin Kaiser telefonieren! Bestimmt ist es noch viel zu früh.

Es läutet und läutet, vielleicht ist Mama einkaufen. Wenn Elvis drangeht, hänge ich auf, mit dem spreche ich ganz bestimmt nicht. Wenn nur keine von den Kleinen abnimmt, die geben den Hörer doch nie her. »Mary, hallo, bist du's, Mary?« »Mama!« »Mein Liebling, mein Liebling, Mary!« »Woher weißt du, dass ich es bin?« Sie fängt an zu weinen, Freddy quäkt. Im Hintergrund streiten Gitte und Romy. »Gib sie mir mal. Ich will Mary sprechen! Nein, ich zuerst! Wann kommt sie wieder? Weg da, lass mich.« Mama schnäuzt sich. »Hallo

Mary, hallohallohallo!« »Gib her, ich bin dran.« »Hallo, Mary, ich bin's wieder.« »Mama, ich, also ...« »Geht es dir gut? Bist du gesund? Gina hat mir alles erzählt. Du musst sofort heimkommen.« »Das geht nicht, Mama, hat Gina denn nicht ...« »Aber du kannst nicht allein ins Gymnasium, Mary. Wo bist du, bei wem wohnst du? Bist du gut untergebracht? Sag mir die Adresse!« Sie redet gegen den Kinderkrach an. »Wann sehe ich dich? Ich kann nicht weg, Freddy hat Fieber. Du kannst nicht allein in der Stadt ...« »Ich bin nicht allein, ich habe Freunde, Mama, Erwachsene!« Romy heult, oder ist es Gitte? Irgendwas fällt herunter, es scheppert. »Wann kommst du? Gib mir wenigstens die Telefonnummer, wie kann ich dich anrufen?« »Ja, äh, in der Unteren Straße, aber die haben kein Telefon.« »Komm zurück, Mary! Du musst ...« Mamas Stimme zittert. Jetzt fängt Freddy an, richtig zu schreien. »Mir geht's gut, Mama. Alles gut.« »Komm zurück, versprich mir, dass du jetzt sofort heimkommst!« Sie fängt wieder an zu weinen. »Das geht nicht. Nicht traurig sein, Mama, bitte, ich ...« Freddy brüllt wie am Spieß, die Mädchen toben. Mama muss schreien, ihre Stimme ist schrill, sie ist ganz außer Atem. »Dann ruf du mich an, du musst wieder anrufen, Mary, hörst du. Und wenn was ist, hole ich dich ab. Egal, wo du bist, ich ...« »Ja Mama, ja, mach ich, Mama, ich rufe wieder an. Ich drück dich ganz fest!« Und: Auflegen!

Mein Herz wackelt. Ich renne nach vorne in den Laden, ein Mann verschwindet gerade in der Umkleidekabine. Ich flüstere. »Ich habe mit Mama telefoniert. Alles ist gut!« Jetzt muss Lilli Konstantin Kaiser anrufen. Wenn der Kunde endlich weg ist. »Das ging aber schnell. Was hat sie gesagt?« »Was? Also, sie, ich, jedenfalls weiß sie jetzt, dass es mir gut geht. Sie ist nicht böse auf mich. Ich rufe sie wieder an!« Der Seidenvorhang wird aufgerissen, der Mann tritt heraus. Er trägt den bestickten Glockenrock mit eingenähten Spiegelchen, die aussehen wie glänzende Pfennigstücke. Unten behaarte Waden und Jesuslatschen, oben ein gelbliches Laibchen mit Schnüren, ganz oben Schnauzer und Glatze. Er grinst in den Spiegel. »Super, sieht gut aus, lasse ich gleich an.« Lilli steckt seine Lederhose und ein Päckchen Räucherstäbchen in die Tüte und dann geht der tatsächlich so auf die Straße. Wir sehen uns an, Lilli zuckt die Schultern, wir kichern. »So, Toni, also gut, dann versuche ich es jetzt bei deinem Lehrer.« Mein Lehrer, schön wär's! »Aber ich glaube, es ist besser, wenn ich erst mal alleine mit ihm rede, unter Erwachsenen, verstehst du? Ist das okay für dich?« Eigentlich nicht. Es geht doch um mich. Da müsste ich doch dabei sein. Lilli steht ganz ruhig vor mir und wartet. »Na gut, dann gehe ich halt.«

Gleich elf Uhr, noch fünf Minuten, länger spricht Lilli bestimmt nicht mit Konstantin Kaiser. »Und, was hat er gesagt?« »Er war nicht da. Nur diese Frau Sauer, von der du erzählt hast. Sie sagte, sie wüsste nicht, wann er kommt.« »Die lügt doch!« »Ich versuche es wieder, versprochen.« Diese saudoofe Saueressig! Lilli stellt zwei Lavalampen ins Schaufenster und knipst sie an, ganz langsam fangen die lila Blasen an, im Orange nach oben zu steigen. »Toni, pass auf, ich werde mich sowieso mit Konstatin Kaiser persönlich treffen, falls er bereit dazu ist. Das ist kein Thema fürs Telefon.« »Das ist er! Er ist bereit! Das hat er doch extra gesagt!« Mein Fuß ist einfach so aufgestampft, ganz ohne mich. Mir wird heiß. Ich kann Lilli nicht ansehen. »Entschuldigung, das wollte ich nicht, ich wollte nur, es ...« »Schon gut, kommt vor, Zorn muss raus.« Sie wuschelt mein Haar. »Ich sage dir Bescheid, wenn ich mehr weiß, okay?«

Mittags linse ich durch die Schaufensterscheibe, Lilli winkt mich herein. »Ich treffe mich heute um vier mit Herrn Kaiser und dieser Frau Kima ... Kimu-irgendwas-Baum. Pablo macht den Laden solange.« »Kimura.« Juhu, bestimmt sagt Konstantin Kaiser ja. Bei Lilli kann er nicht nein sagen.

Mit einem Fuß fängt es bei der Pfütze vor dem Kopierladen an. Micha stampft feste rein und es spritzt. Schimpfen tut keiner, ist keiner da, weil es wie verrückt regnet. Ich bin dran. Platsch, dann wieder Micha. Ich, Micha, ich. Und jetzt springen wir zusammen mit beiden Füßen genau in die Mitte. Zwei Studenten mit einem kaputten Schirm. Wir springen noch doller. Da brüllt der eine. »Hey Jungs, immer dran denken: Das herrschende Wetter ist das Wetter der Herrschenden!« Sie lachen und schütteln den Schirm, dass es spritzt.

Im Hinterzimmer rubbelt Lilli Micha die Haare trocken, und ich könnte platzen vor Glück über die gute Nachricht: Konstantin Kaiser und Lilli sprechen mit Mama! Sie haben schon mit ihr telefoniert. Sie wollte, dass ich sofort nach Hause komme, aber sie konnten sie überreden zum Abendessen im Auerhahn, übermorgen, schneller kann Mama nicht weg wegen der Kleinen. Pablo kommt auch, und ich natürlich! Schnell bekreuzigen, danke, lieber Gott. Danke, Minimax. Ich drücke Micha an mich, küsse ihn, er schläft schon fast ein. Alles so wunderbar.

Ich habe mir eine Taschenlampe gekauft bei Woolworth am Bismarckplatz, mit silbernem Griff, 12,80 Mark! Damit ich nachts die ›Schönsten Sagen des klassischen Altertums‹ lesen kann. Vorne drin steht mit Füller geschrieben ›Alfons G. Kaiser 1955‹. Ich habe mit Rot und Blau darunter geschrieben ›M. Toni Hauser 1972‹. Aber dann war ich enttäuscht: ›Noch fehlte es an dem Geschöpfe, dessen Leib so beschaffen war, dass der Geist in ihm Wohnung machen und von ihm aus die Erdenwelt beherrschen konnte.‹ Also, dann lieber ›Die drei Fragezeichen‹ oder ›Emil und die Detektive‹, habe ich nur leider nicht hier. Die Batterien für die Taschenlampe habe ich, na ja, so eingesteckt. Meine Augen sind müde, aber mein Gehirn ist zappelig. Ich weiß nicht, wie ich mich hinlegen soll. Übermorgen geht's um die Wurst. Lieber Gott, mach, dass Frau Saueressig platzt und Konstantin Kaiser mich anmeldet und dass ich Arzt werde und dass Mama sich freut und Freddy nicht heult. Und dass ... alles eben! Und noch was, vergib mir meine Schuld, du weißt schon, wegen der Batterien, wie auch ich vergebe meinen Schuldigern in Herrlichkeit. Amen. Ich lasse den Lichtstrahl über die Treppe und die Wand sausen, hoch und runter, zickzack, Kreise. Ich hätte so gern dieses kleine Skelett, das im Schaufenster in der Hauptstraße hängt und wackelt, wenn die Tür aufgeht. Opa ist auch so ein Skelett, aber der wackelt nicht mehr. Seinen Sarg haben die Holzwürmer aufgeknabbert, dann haben sie das Fleisch gegessen, roh! Die Knochen lassen sie übrig, die sind zu hart. Der Opa ist weg, nur die Knochen noch da. Und vielleicht die Kugel unter den Rippen, die er abgekriegt hat im Krieg. Er war gleich tot, hat Mama gesagt. Sie war nicht dabei, aber Oma hat einen Brief gekriegt, dass er tapfer war und gleich tot. Gleich tot ist besser als lange krank. Ich knipse die Taschenlampe aus, aber es nützt nichts. Ich kann nicht schlafen. Wenn ich groß bin, werde ich wie Emma Peel, so gelenkig und schnell und schlau, nur als Ärztin eben. Ich mach Romy gesund und fahre einen roten Emma-Peel-Lotus. Kinder will ich nicht, davon gibt's schon zu viele. Und heiraten auch nicht, die Männer wollen immer alles bestimmen. Außer Pablo natürlich. Die Nacht müsste doch schon längst rum sein.

Löschpraxis & Quittengelee

September 2016, Heidelberg, Marktplatz
Es gibt eine Sehnsucht, gegen die selbst Tschaikowsky und Pink Floyd nicht ankommen, nicht einmal aufgedreht bis ans Limit dessen, was ich einem Mehrfamilienhaus gerade noch zumuten kann. Ein Verlangen, das keinen Gegenstand hat. Nicht wie die Sehnsucht nach einer Person, obwohl es sich ähnlich anfühlt. Auch nicht wie sexuelles Begehren, das schmelzen, sich verflüssigen und explodieren kann im Akt. Eher wie ein zielloses Fernweh. Ein Unbeheimatet-Sein, das an keinem denkbaren Ort ankommen und sich auflösen kann. Es ist nicht blau wie die Sehnsucht, auch nicht schwarz wie die Trauer, sondern eher – rot. Wie ein Feuer, das schwelt und züngelt, nur vereinzelt giftige Flammen spuckt, weil der Sauerstoff zum Lodern fehlt, ein erstickendes Flackern, das nicht erstickt, sondern weiterzuckt, orangerot. Als Kind im Dorf habe ich gesungen, wenn ich in diesen zerrissenen, hohlen Zustand geriet. Ich saß auf der Schaukel und sang und sang, hinauf und hinab im Wind. Alle glaubten, es ginge mir gut, ich sei fröhlich, mit lauter Stimme, die Füße unermüdlich vor und zurück, der Schwerkraft enthoben. Manchmal kam ich zu weit nach oben auf meinem Brett, dann ruckte und wackelte es, weil die Ketten, an denen ich hing, sich wanden und knickten. Ich musste mich festklammern. Kinderlieder, Kirchenlieder, Schlager, hinauf und hinab. Doch nie flog ich

auseinander. Wenn ich erschöpft genug war, sprang ich nach vorn, stolperte ein paar Schritte und sank betäubt ins Gras oder in den Schnee.

Lange Zeit war das Gefühl verschwunden, vergessen. Vor vier Jahren tauchte es wieder auf, nach der Beerdigung, ließ sich lange nicht abschütteln, verblasste nur langsam, und kommt seitdem manchmal wieder. Meine Antwort darauf war immer Aktivität, arbeiten, putzen, Sport. Heute bin ich zu müde für solche Ausweichmanöver. Kopfschmerzen, Ausschlag, geschwollene Milz. Oder bin ich zu weise? Im Wohnzimmer lege ich mich hin, ein Orgelkonzert, ganz leise. Nur das Silberputzzeug und den Kerzenhalter stelle ich in blinder Vernunft bereit, um vielleicht, nebenher sozusagen, auch diesem Vormittag doch etwas sichtbar Sinnvolles abzuringen. Als gäbe es Sinnvolleres als einzutauchen in einen diffusen Schmerz, als brauchte man dafür nicht seine ganze Konzentration und Kraft. Um die Abwehr aufzugeben und zuzulassen, dass der Panzer zerbricht.

Und längst Vergangenes aufsteigt. Mit einem Erlebnis fängt es an, einer harten Ohrfeige, aus dem Nichts und ohne jeden ersichtlichen Grund, mitten in tiefster Konzentration beim Puzzeln. Damals erstarrte ich vor Schreck, beim Wiedererleben in diesem Moment spüre nichts als Wut. Herzrasen, Atemlosigkeit. Andere Szenen erscheinen, in wütenden Eruptionen. Bild für Bild, Geschehen für Geschehen, alles, was ich geschluckt und ertragen habe, gegen das ich mich nie zur Wehr setzen durfte und konnte. Jeder Übergriff, jede Kränkung, jedes erfahrene oder vielleicht nur eingebildete Unrecht. Einmal aufgewühlt bricht es sich Bahn, quillt wie Lava aus aufgebrochenen Wunden – schreit nach Gerechtigkeit. Lange geht das so. Entfesselung, Empörung, Zorn. Bis der Stoff verbrannt zu sein scheint und nur das Wüten weitergeht, gegenstandslos und ohne Ziel. Dazwischen plötzlich leere Momente. Aber keine Befreiung, keine Erlösung, kein Frieden.

Die wahre Prüfung, die stille, sprachlose, die kein Zorn verbrennt, steht erst noch bevor. Gefühle, die so vernichtend gewesen wären, dass sie nie gefühlt werden durften. Jeder einzelne Schmerz will gefühlt, durchlitten, erkannt und anerkannt werden. Einsamkeit, wie Wasser, das um mich gefriert. Ohnmacht, Trauer und Angst. Das Gemisch – la noche oscura del alma. Ich werde ein Wesen, bestehend aus nichts als Bedürftigkeit.

Wie lange hat es gedauert, wie viele Taschentücher habe ich verbraucht? Ich drücke auf Replay und dämmere dahin, gedankenlos, traumlos, nur mein Körper und ich. Und mit einem Mal baut der Klang der Bach'schen Fugen ein schwebendes, helles Gewölbe über mir, einen Raum, der mich atmen lässt, tief atmen.

Ich springe auf, kaltes Wasser ins Gesicht, lasse alles stehen und liegen, und hinaus vor die Tür, die Straße spüren, die Menschen, zurück in die Gegenwart. Wie geschmeidig sich alles anfühlt, wie lebendig, wie richtig. Vor dem Gemüseladen bunte Kisten, die Quitten leuchten mich geradezu an, ihr warmes Gelb, ihre Rundungen wie nackte Rubensformen.

Achtung, Toni, du weißt, was es bedeutet, Quitten zu kaufen. Du kennst die Einkochprozedur, umständlich, zeitraubend, klebrig. Nichts, was ich gerne täte. Früher blieb mir nichts anderes übrig, wenn mein Mann eine Kiste auf den Küchentisch wuchtete und unwiderstehlich lächelte. Wie hätte ich mich weigern können? Zumal ich sonst wenig zur Familienverköstigung beitrug, sonntags Spiegeleier mit Speck, ansonsten nur ausnahmsweise mal Coq au Vin oder Tortilla, für alles andere sorgte er, später mit Clea zusammen. Lange bin ich verschont geblieben, heute ist alles anders, heute werde ich zum ersten Mal aus freien Stücken Quitten einkaufen und – einkochen!

Ich rubble den weißen Flaum von den Schalen, schneide die steinharten Früchte in Stücke, entkerne, koche und rühre sie, bis die letzten flirrenden Sehnsuchtspartikel sich darin auflösen.

Nachmittags diskutiere ich mit Erik, es bringt ja nichts, ständig über Nebenwirkungen und Prognosen zu spekulieren. Bis zur nächsten Verlaufskontrolle lassen wir das Thema außen vor. Erik kommt auf das Foto zu sprechen, ob ich mich erinnern könne an das Kind, das nackt und schreiend mit verzerrtem Gesicht auf der Straße vor dunklen Rauchwolken flieht. Natürlich erinnere ich mich. Es war das erste Mal, dass ich bewusst in Abgründe jenseits meiner eigenen kleinen Welt und ihrer Schatten sah. Ich war elf Jahre alt, etwas älter als das verzweifelte Mädchen. Die Antwort des Lehrers auf meine Frage, wovor das Kind wegläuft und was Napalm denn sei, hat sich mir eingebrannt. Napalm, zähflüssiges Benzin-Gel, das stark haftet und nur schwer gelöscht werden kann. Die Verbrennungstemperatur ist zehnmal höher als die von Wasser. Es verursacht schlecht heilende Wunden. Die Haut des Mädchens war zu einem Drittel verbrannt, ihr Rücken, ihr Nacken, ihr linker Arm. Erst viel später erfuhr ich, dass das Bild zum

Pressefoto des Jahres 1972 gewählt und sein Fotograf mit dem Pulitzer-Preis ausgezeichnet wurde. Die Chancen der Kleinen zu überleben, waren gering. Operation in Ludwigshafen. Erst nach zwei Jahren Transplantationen und Therapie konnte sie wieder nach Hause. Heute gilt das Bild als die fotografische Ikone des längsten Krieges im 20. Jahrhundert, Vietnam, 55 bis 75. Dass das Foto von Facebook gelöscht wurde, weil es wegen seiner Nacktheit gegen die ›Nutzungsbedingungen verstoße‹, ist Wasser auf Eriks Mühlen. »Wie sollte man auch bei Facebook erkennen, was Kinderpornografie ist und was ein historisches Dokument von Weltbedeutung!« Erik lehnt Facebook, soziale Medien insgesamt als indiskutabel ab. Ich erkläre ihm, dass ich es problematisch finde, wenn sich jemand mit Mitte fünfzig zentralen Kulturtechniken wie dieser rundweg verweigert. »Kulturtechnik, sei so gut. Siehst du nicht, wie die Menschen sich sehenden Auges ihr eigenes Grab schaufeln. Ist dir klar, dass in Deutschland schon heute mehr als 23 Prozent der jungen Erwachsenen Facebook als Nachrichtenkanal nutzen? In den USA sogar mehr als 50 Prozent! Eine Plattform, die keine Sorgfaltspflicht kennt, keinen Unterschied macht zwischen dem Wahrheitsgehalt überprüfter Fakten und unbestätigten Gerüchten und Vermutungen! Und dafür lässt sich die Masse verführen, wahllos und hirnlos selbst privateste Daten herauszugeben.« »Du siehst das zu einseitig, Erik, Netzwerke verbinden, sie demokratisieren, die weltweite Kommuni…« »Sprich nicht von Demokratie! Kein absolutistischer Herrscher, kein faschistischer Führer hat je mit Gewalt und Bespitzelung so viele Informationen über die Untertanen gesammelt wie die, die sie heute im Selbstdarstellungswahn freiwillig herausposaunen. Samt Foto in sämtlichen Lebenslagen. Was glaubst du, wohin es führt, wenn eine Organisation, ob Staat oder Unternehmen, alles über jeden weiß und es keinerlei Schutz des Privaten mehr gibt? Mich schaudert es, wenn ich sehe, wie das mündige Volk sich ohne Not einer zentralen Macht preisgibt. In schönstem demokratischem Einvernehmen sind wir dabei, die Demokratie abzuschaffen!« Ich wusste nicht, dass seine Skepsis so politisch ist, ich dachte, er hielte Facebook und Co. nur für kindische Zeitverschwendung. Einen Anlauf nehme ich noch: »Immerhin hat das Löschen des Vietnamkriegsfotos eine öffentliche Diskussion ausgelöst, Facebook sieht sich gezwungen, das Bild wieder online zu stellen. Noch funktioniert die Pluralität und ...« »Aber wie lange noch?«

Über Nacht ist die Flüssigkeit aus den gekochten Quitten durch das Tuch abgetropft. Mit Orangensaft und Gelierzucker setze ich sie auf, und während ich in der köchelnden Masse rühre und rühre und das intensive Aroma fast auf der Zunge schmecke, schwöre ich bei Gott oder wem auch immer, dass ich diese umständliche, zeitraubende, klebrige Prozedur jedes Jahr wiederholen werde, jedes Jahr, so lange ich lebe.

Showdown im Auerhahn

August 1972, Heidelberg, Neuenheim
An unserem Tisch im Auerhahn ist nur noch ein Platz frei, alle sind da, Konstantin Kaiser mit Frau Kimura-Baum, Lilli, Pablo und ich. Ich habe meine guten Sachen an, beinah hätte ich die Eule in der alten Hose vergessen, ich bin extra noch mal zurückgerannt. Wir haben schon unsere Getränke. Nur Mama fehlt. Und wenn sie nicht kommt, weil sie zu wütend

ist auf mich? ›Du sollst Vater und Mutter ehren, auf dass es dir wohlergehe!‹ Ich werde immer zappeliger. Sie reden über die ›Weltspiele der Gelähmten‹. Wir sitzen natürlich an einem viel größeren Tisch als Konstantin Kaiser und ich beim ersten Mal, als wir beide allein waren. Und der Tisch steht näher an der Tür. Ich muss dauernd hingucken. Jetzt geht sie auf. »Mama!« Ich renne. »Mary!« Sie drückt mich, hebt mich hoch, dreht sich mit mir im Kreis. »Mary, Mary, endlich!« Alle gucken. Auch von den anderen Tischen. Ist mir egal. Ich bin so froh. Mamas Ohrring pikst mir in die Backe. Sie lässt mich runter, ich flüstere: »Mama, sag Toni zu mir, bitte Mama. Soll keiner wissen!« »Was, wieso das denn?« Sie müsste doch wissen, dass ich jetzt den anderen Namen benutze. Lilli hat doch mit ihr telefoniert! Die hat doch bestimmt nicht Mary gesagt, sondern Toni. Die weiß ja gar nichts von Mary. Hoffentlich hat es keiner gehört. Mama schaut mir in die Augen, hin und her von einem ins andere, das hat mich schon immer verrückt gemacht. Sie drückt mich wieder, ich hab sie so lieb. Dann sieht sie sich plötzlich ganz ängstlich um. Ich ziehe sie vorsichtig an den Tisch zum Rollstuhl. »Konstantin Kaiser, sehr erfreut, gnädige Frau, ich hoffe, Sie gestatten, heute Abend mein Gast zu sein.« Mama schaut nach unten, vielleicht nickt sie auch. Nacheinander stellen sich alle vor, Eriko Kimura-Baum, Lillien Laun, Pablo Steiner-García, der steht sogar auf. Mama presst die Lippen zusammen und nuschelt nur ›Guten Abend‹. Sie hat ihr Geheimkleid an, rosa-weiß, ohne Ärmel, mit einem dünnen Schal um den Hals, wie Grace Kelly in ›Über den Dächern von Nizza‹. Das hat sie im Katalog bestellt, zieht es aber nur zu Hause vorm Spiegel an. Sie setzt sich hin, und alles wird irgendwie ein bisschen verlegen. Am liebsten würde ich gleich fragen, jetzt sofort, ob sie mich anmeldet am KFG mit Konstantin Kaiser. Aber das geht nicht, und ich bin ja auch nicht der Chef. Der dürre Kellner hat es eilig, er schwitzt wieder, der Auerhahn wird noch voller als letztes Mal. Mama guckt in die Karte, liest aber nicht. Unter dem Tisch nimmt sie meine Hand. Als der Dürre sich räuspert, bestellt sie schnell dasselbe wie ich. Sie sieht schick aus, nicht genau wie Grace Kelly, sie ist ja ein richtiger Mensch mit Augenringen und so, kein Filmstar, wo immer dran rumgekämmt und gepudert wird. Aber schick. Ich bin froh, dass Frau Kimura-Baum mitgekommen ist. Sie hat doch schon auf dem Werderplatz gesagt, ich wäre ›segensreich für die Gesellschaft‹. Konstantin Kaiser setzt sich zurecht. »Ich freue mich, dass es gelungen ist, heute Abend alle Beteiligten an einen Tisch zu bringen, und so möchte ich auch gleich zu dem Anliegen kommen, das uns zusammengeführt hat. Es geht also darum, dass Toni …«, er nickt mir zu, »das humanistische Gymnasium, genauer gesagt, das Kurfürst-Friedrich-Gymnasium, besuchen möchte.« Er macht eine Pause, schaut freundlich zu Mama. Die guckt weg. Er macht erst mal weiter. »Das neue Schuljahr beginnt heute in dreizehn Tagen, am 12. September. Die reguläre Anmeldefrist ist somit bereits verstrichen.« Mein Herz wackelt, verstrichen, meine Beine baumeln wie Kuhschwanz. »Aber da es sich um …«, er macht wieder eine Pause. Ja? »… eine besondere Situation handelt, könnte man möglicherweise unter Umgehung der Regularien Tonis Aufnahme erwirken.« Jetzt lächelt er Mama ganz freundlich an, die guckt aber immer noch weg. Was ist bloß mit ihr los? Normalerweise ist sie ganz anders. Ihre Hand ist kalt und schwitzt trotzdem. Frau Kimura-Baum nickt, Lilli und Pablo sind ganz Ohr. »Als ehemaliger Lehrer und 2. Vorsitzender des Fördervereins der Schule stehe ich mit dem Direktor in gutem, persönlichem Kontakt. Es liegt daher durchaus im Bereich des Denkbaren, dass Toni im kommenden Monat eine schulische Laufbahn als Sextaner des KFG antreten könnte. Ich meinerseits bin bereit, zu tun, was in meiner Macht steht.«

Juhu! Alle schauen erst zu mir, dann zu Mama. Pablo klatscht auf den Tisch und sagt: »Das ist doch jetzt wirklich, also Herr Dr. Kaiser, ganz ehrlich, wenn das mal kein glücklicher Zufall ist! Ich wusste gar nichts von einer Frist, aber da ist jetzt wirklich der richtige Mann zur richtigen Zeit zur Stelle. Toni, du hast mehr Glück als Verstand!« Er nimmt einen großen Schluck Bier. Ich kann nicht anders, ich quetsche Mamas Hand. Frau Kimura-Baum nickt und nickt. Mama müsste jetzt wirklich was sagen. Ich verstehe es nicht, sie sagt einfach nichts. Sie quetscht nur zurück. Dann muss ich eben jetzt! *Minimax trixitrax und ein Atemzug tief in den Bauch.* »Ich finde es ganz außergewöhnlich ungewöhnlich, dass, also, dass Herr Dr. Konstantin Kaiser – und ihr alle mir helfen wollt. Besonders wegen der Frist, dass Sie das für mich tun. Ich, äh, ich danke euch – vielen Dank. Und.« Ich hebe meine Apfelsaftschorle in die Höhe. »Das wollte ich nur sagen.«

Sieht aus, als hätte es ihnen gefallen, Pablo lacht, nimmt mich ins Schwitzkästchen und zieht meinen Kopf zu sich rüber an seinen. Mama wird dabei ein Stück mit in Pablos Richtung gezogen, weil sie nicht loslässt. Merkt aber keiner. Aber sonst rührt sie sich immer noch nicht. Sie guckt vor sich hin und streichelt mir immer mal wieder über den Kopf. Pablo fängt an, eine Zigarette zu drehen. Konstantin Kaiser steckt sich eine Ernte 23 an: »Nun aber zur Conditio sina qua non.« Er guckt mich an, als wollte er sagen, Achtung Latein! »Die notwendige Bedingung. Die Bedingung, ohne die es nicht geht, Toni!« Na also, Latein. »Uns allen liegt Tonis Zukunft am

Herzen. Wie bereits dargelegt, ich könnte es versuchen. Und tue es gerne.« Er lächelt wieder ein bisschen, sieht zu Frau Kimura-Baum, dann zu Mama. Die sagt wieder nichts, ich werde noch verrückt. »Aber bei allem guten Willen und allen vernünftigen Argumenten, die zweifellos für ein Eintreten Tonis in eine höhere Schule sprechen, geht es heute Abend zunächst und vor allen Aktivitäten – um das Grundsätzliche. Es gibt nämlich nur eine einzige Person, die das Recht hat, eine so wichtige Entscheidung wie diese für Toni zu treffen. Und ich meine damit nicht in erster Linie das juristische Recht, das ist in diesem Fall nur eine Ausformulierung dessen, was ich Naturrecht nennen möchte. Das natürliche Recht der Mutter, die weiß, was das Beste für ihr Kind ist.«

Hat er jetzt gefragt? Frau Kimura-Baum nickt und lächelt. Mama sieht irgendwie rot aus. Sie drückt meine Hand. Lilli sagt: »Ja, genau, das alles geht selbstverständlich nur, wenn Sie das auch wollen, Frau Hauser. Vielleicht ...« Da lässt Mama plötzlich meine Hand los und faucht: »Wenn ICH das will? Das sagen Sie? Sie alle, jetzt plötzlich?« Sie schreit beinah! »Neunzehn Tage lang wusste ich nicht, wo Mary war, niemand wusste das. Niemand konnte mir helfen. Neunzehn Tage. Wissen Sie eigentlich, kann sich einer von Ihnen vorstellen, was das bedeutet für eine Mutter? Sie, Sie Gymnasiumsplaner!« Immer mit ihrem Mary, ich habe doch gesagt, dass sie mich nicht so nennen soll. Konstantin Kaiser starrt mich an, will etwas sagen, aber Mama lässt ihn nicht zu Wort kommen. »Ich habe gesucht und gebetet und kein Auge zugemacht. Nächtelang! Die Kinder haben ... Ich dachte, Mary wäre entführt worden! Oder verunglückt. Sie hätte genauso gut, ich darf gar nicht dran denken, sie hätte genauso gut irgendwo im Wald ... Es war schrecklich, das wünscht man nicht seinem ärgsten

Feind, was mir passiert ist. Ich konnte, ich wusste ...« Sie schluckt, lässt sich aber nicht unterkriegen. Im Gegenteil. Jetzt legt sie richtig los: »Und Sie? Was haben Sie gemacht? Sie haben es doch alle gewusst! Sie wissen, dass ein elfjähriges Kind allein herumläuft und sagen niemand Bescheid? Sie fragen nicht mal, was machst du denn hier, wo ist deine Mutter, wo gehörst du eigentlich hin? Was Sie mir angetan haben, Sie alle, das schreit zum Himmel!« Dabei haben die anderen mir doch nur geholfen. Und jetzt regt sie sich auf und schimpft. Sie sehen ganz erschrocken aus. »Sie haben nichts getan. Nichts! Sie haben gar nichts getan für das Kind! Ich sollte jetzt sofort die Polizei verständigen!« Von den anderen Tischen gucken schon welche zu uns herüber. »Sie hatten nichts Besseres zu tun, als der Kleinen Flausen in den Kopf zu setzen. Gymnasium! Was stellen Sie sich vor! Das ist, ich weiß gar nicht, wie ich das nennen soll, Kindesverführung. Sie sollten sich schämen!« Sie guckt unter sich auf den Tisch, schüttelt den Kopf. »Wer soll sich denn um sie kümmern? Wer kocht und wäscht? Wer bezahlt die Bücher? Und wie soll sie das schaffen, höhere Schule!« Ich habe furchtbare Angst, sie hört sich fast an wie früher der Alte. Ich stoße sie ein bisschen an und zeige mit dem Kopf auf die anderen Tische. Lilli und Konstantin Kaiser machen den Mund auf, aber Mama ist noch nicht fertig, auch wenn sie jetzt etwas leiser spricht. »Wenn Gina mir nicht endlich gesagt hätte ...« Und schon wieder laut. »Nach neunzehn Tagen! Neunzehn Tage habe ich sie gesucht, jeden Vormittag, jede Nacht, im ganzen Dorf, hinter jeder Mauer, im Wald.« Sie reißt sich zusammen, flüstert: »Nach neunzehn Tagen habe ich erfahren, dass Gina sie getroffen hat, dass es ihr gut geht. Heute ist der dreiunddreißigste Tag, und ich sehe mein Kind zum ersten Mal wieder mit meinen eigenen Augen.« Sie atmet schnell. Lieber Gott, tilge meine Sünden und wasche mich rein von meiner Missetat. Am liebsten würde ich sie in den Arm nehmen. Sollen sie doch glotzen an den andern Tischen. »Was denken Sie sich, wie ich ...« Sie stockt, schlägt die Hand vor den Mund. »Auf jeden Fall nehme ich sie mit nach Hause.« »Nein, Mama, bitte nicht!« Ich setze mich mit dem Rücken zum Tisch auf ihre Knie, drücke ihren Kopf an mich. Sie schluchzt. Die anderen sind mucksmäuschenstill. Ich könnte auch heulen, bin aber stark. Sie darf mich auf keinen Fall mitnehmen! Mein T-Shirt wird feucht, ich streichele ihr den Nacken. Nach einer Weile tippt Pablo mich an, zeigt auf Konstantin Kaiser, der reicht mir ein Taschentuch rüber, ein ganz sauberes. Mir wird heiß, ich habe das geliehene ganz vergessen. Aber Konstantin Kaiser guckt nicht böse oder vorwurfsvoll oder so. Jetzt haben wir schon zwei Taschentücher von ihm. Mama schnäuzt sich, küsst mir die Stirn und schiebt mich zurück auf meinen Platz. Der Kellner stellt das Essen hin, mir läuft das Wasser im Mund zusammen, Rumpsteak mit Zwiebeln, aber Mama spricht weiter, und keiner fängt an. »Ich nehme sie mit nach Hause, darauf können Sie sich verlassen! Marilyn hat fünf Geschwister. Wir sind eine Familie! Ja, es stimmt, ihr Vater war zwei Jahre weg, aber bald ist er wieder da. Falls Sie denken, ich hätte nicht gut auf sie aufgepasst, ich wäre keine richtige Mutter.« Lilli legt vorsichtig ihre Hand auf Mamas Arm. »Sie haben vollkommen recht, Frau Hauser. Wir haben – einen furchtbaren Fehler gemacht. Es tut mir so leid. Wir, es war ganz bestimmt keine böse Absicht. Ich entschuldige mich.« Konstantin Kaiser entschuldigt sich auch. Pablo sagt: »Wir hätten Sie anrufen müssen, das war nicht okay, das war, aber wir dachten, wir wollten wirklich das Beste für Toni. Aber wissen Sie, Frau Hauser, das muss ich auch sagen, ganz ehrlich, wo ich herkomme, Spanien, da ist das gar nicht so selten, da gibt es viele Kinder, die auf der Straße ...« »So ein Kind ist Mary aber nicht!« Mama wird wieder wütend. Frau Kimura-Baum steht auf und tippelt zur Toilette. Konstantin Kaiser wirft Pablo einen strengen Blick zu, wendet sich wieder an Mama. »Selbstverständlich nicht. Toni ist ... Wir respektieren Ihre Familie. Ein Urteil steht uns gar nicht zu. Es war eindeutig unser Fehler. Es ist unverzeihlich. Wir verstehen Sie vollkommen. Seien Sie versichert, niemand sucht irgendeine Schuld bei Ihnen. Es war allein unser Versagen und unsere Verantwortung. Ganz ohne Zweifel!« Ich ziehe Mamas Hand wieder unter den Tisch und halte sie fest. Frau Kimura-Baum kommt zurück. Konstantin Kaiser versucht, ihr den Stuhl hinzurücken. Sie schaut niemanden an. Niemand sagt was.

»Mama.« Da lächelt sie mich plötzlich an! Und zieht mich zu sich rüber auf ihren Schoß und hält mich fest und schaukelt, als wäre ich Freddy. Erst bin ich steif, dann lege ich die Arme um ihren Hals und verstecke mein Gesicht und muss weinen. Als ich aufschaue und mich wieder hinsetze, kratzt sich Pablo am Bart. »Sollten wir jetzt vielleicht nicht doch essen? Ich meine nur, so als Vorschlag, wäre doch schade. Und es beruhigt auch die Nerven!« Er nimmt langsam Messer und Gabel zur Hand. Die anderen nicht. Die gucken zu Mama. Was jetzt? Sie nickt ganz leicht mit dem Kopf, gibt mir einen Kuss, lässt mich wieder auf meinen Platz und schiebt den Teller so hin, dass das Rumpsteak genau vor mir liegt. Danke, lieber Gott, danke, dass du ›vor mir den Tisch bereitest im Angesicht meiner Freunde‹. Konstantin Kaiser stopft sich den Zipfel der Serviette in den Kragen. »Gesegnete Mahlzeit.« »Guten Appetit!« Alle fangen an. Ich versuche, manierlich zu essen. Wenn Mama mich mit nach Hause nimmt, werde ich nie Ärztin. Außerdem kommt der Alte zurück. Den will ich nicht sehen. Lilli sagt mit ihrer ruhigen Stimme: »Wissen Sie, Frau Hauser, Toni hat meinen Sohn Micha richtig glücklich gemacht. Er ist erst fünf und sein Herz, er hat sein halbes Leben in Krankenhäusern verbracht. Er verehrt Toni regelrecht. Zum ersten Mal hat er einen richtigen Freund.« Mama fährt hoch. »Wieso Freund? Wie meinen Sie das eigentlich, wieso immer Toni?« Jetzt ist es raus, jetzt kann keiner so tun, als wäre nichts. Wenn sie jetzt wütend werden, ist alles aus. Konstantin Kaiser räuspert sich. »In der Tat, ich hatte mich auch schon gefragt, also verstehe ich das richtig, ist Toni eigentlich Mary?« »Natürlich!«, sagt Mama. Pablo schluckt ganz schnell ein großes Stück Rumpsteak runter, ich sehe den Klumpen am Adamsapfel vorbeirutschen. Lieber Gott, bitte mach, dass es gut wird, bitte, sie gucken alle so komisch, mach alles gut, Happy End. Pablo legt das Besteck hin. »Ich ... Es war unser Geheimnis. Also, wir, es war einfach eine Verwechslung. Wir haben gedacht, weil er, also, weil sie so aussieht und der Name Toni ...« »Ich heiße aber wirklich auch Toni! Mama, das stimmt doch!« »Sie heißt Marilyn Toni Hauser.« Ihre Stimme klingt fest und klar.

Pablo grinst. »Jetzt kann ich es ja sagen, wie Monroe und Tony Curtis!« Ich trete ihm ans Bein. Er grunzt. Lilli und Frau Kimura-Baum starren mich an. »Ein Mädchen? Marilyn?«, fragt die Japanerin, es klingt ein bisschen wie Malilyn. Und Konstantin Kaiser: »Wahrhaftig, ein Mädchen, kein Junge.« »Jawohl, ein Mädchen!«, sagt Mama noch einmal. »Und das sollten Sie eigentlich gemerkt haben, wo Sie doch so gebildet sind. Toni, das weiß doch jeder, kann männlich und weiblich sein, noch nie was vom Tony Award gehört? Für Musicals, Cabaret, Anatevka? Kein Wunder, Sie sind ja schon reich. Außerdem spürt man doch so was, dass sie, auch wenn sie kurze Haare hat und – was sind das eigentlich für Sachen, die du da anhast?« Ich sage besser nicht, dass ich die selbst gekauft habe, von Alfons' Geld, sie weiß besser erst mal nichts von dem Job. »Die hat Lilli mir geschenkt, die hat ein ganz tolles Kleidergeschäft, am Heumarkt!« Ich kreuze die Finger an der anderen Hand zum Ableiten. Lilli guckt mir in die Augen. Sie kann eine einzelne Braue hochziehen, verrät aber nichts. »Toni hat sich so liebevoll um meinen Sohn gekümmert. Für Micha spielt das garantiert überhaupt keine Rolle, Junge oder Mädchen, Toni oder Mary, Freundschaft ist Freundschaft, das ist doch so, oder?« Konstantin Kaiser wischt sich den Mund mit der Serviette ab. »Seneca sagt: Ohne Gefährten ist kein Glück erfreulich. Außerdem ...«, er schmunzelt. »Ob Junge oder Mädchen, Mann oder Frau, das kann man doch heutzutage sowieso nicht mehr unterscheiden. Die haben doch alle diese ungebändigte Haartracht.« Er deutet auf Pablo. »Das ist doch jetzt Mode, diese Frisuren. Und wenn ich es recht verstehe, betonen sie damit das allgemein Menschliche, eine Art passiver Widerstand, eine Protesthaltung gegen, wie soll ich sagen, uniform-akkurate Männlichkeit. Ein Protest, für den ich persönlich, nebenbei bemerkt, eine gewisse Sympathie hege.« Pablo schüttelt die Mähne und grinst übers ganze Gesicht. »Herr Doktor, Herr Doktor, ganz ehrlich, Sie überraschen mich.« Beinahe klopft er Konstantin Kaiser auf die Schulter, Frau Kimura-Baum zuckt zusammen, da besinnt er sich, nimmt die Hand langsam wieder runter, betrachtet sie, als wäre sie ganz fremd, und legt sie zurück auf den Tisch. Was meint Konstantin Kaiser denn mit den Haaren, meine sind doch gar nicht lang. Aber Hauptsache: Er ist kein bisschen wütend auf mich. Keiner ist wütend oder sauer oder so was. Ich habe mich umsonst aufgeregt. Na ja, soo aufgeregt habe ich mich auch wieder nicht. Ich habe ja auch nichts gemacht! Ich habe nicht mal richtig gelogen. Ich habe meinen zweiten Namen benutzt, ja und? Hat mich einer gefragt, ob ich ein Mädchen bin? Nein, hat mich keiner gefragt. Ich habe sie einfach nur denken lassen, was sie sowieso gedacht haben. Ihr Fehler, oder? Für mich ist das okay, dass ich ein Mädchen bin. Ist ja nichts dabei, Hauptsache stark in meiner Zeit! »Ich muss unbedingt aufs Gymnasium, Mama. Du musst mich lassen. Ich werde Ärztin! Ich mache Romy gesund!« Sie streicht mir über den Kopf. »Ach, Kind. Romy gesund machen, wenn das so leicht wäre.« »Sage ich ja nicht! Aber ich krieg das hin, wenn ich aufs Gymnasium darf!« »Und wer soll sich um dich kümmern? Wo willst du wohnen? Wer soll das bezahlen? Das ist doch Unsinn, Kind.« »Ich wohne bei Pablo! Sehr gut sogar!« Konstantin Kaiser sagt: »Also, was die Hausaufgabenbetreuung betrifft, da biete ich mich gerne an. Auch bei den Schulbüchern könnte ich behilflich sein. Der Großteil wird sowieso von der Schule gestellt, Lehrmittelfreiheit.« Der Kellner deckt ab, stapelt alle sechs Teller auf einen Arm, Konstantin Kaisers ganz oben, der hat wieder nur eine Roulade geschafft von zwei. Er bestellt einen Cognac, die anderen auch. Mein Bauch ist schon dick, aber Pflaumenkompott mit Vanillesoße passt noch rein.

Pablo steckt sich einen Filter zwischen die Lippen, fingert in seinem Tabak herum und nuschelt. »Ja, und Lilli und ich, wir haben auch ein Auge auf Toni. Da können Sie sich drauf verlassen, oder, Lilli?« »Natürlich, er – sie kann jederzeit in den Laden kommen. Ich bin ja den ganzen Tag da.«

Konstantin Kaiser hält Mama die Schachtel Ernte 23 über den Tisch, zwei Zigaretten gucken vorne so raus, wie in der

Werbung, eine kurz, eine lang. Schade, dass sie nicht raucht. Und jetzt? Sie reckt sich vor und zieht eine raus! Pablo gibt ihr Feuer. Sie hustet, wedelt im Rauch mit der Hand. Pablo schiebt ihr den Aschenbecher hin. Sie schaut kurz zu ihm rüber und zieht noch einmal mit spitzem HB-Männchen-Mund, wenn es ›frohen Herzens genießt‹. Und plötzlich, zum ersten Mal, guckt sie alle am Tisch rundum an. Und alle gucken sie an. Sie setzt sich gerade hin und sagt wie die Lehrerin: »Sie wollen sich also um Mary kümmern?« Sie stützt den Ellbogen auf, hält die Zigarette mit durchgestreckten Fingern. Dann zieht sie wieder ein bisschen und pustet es ganz langsam raus. »Also, Sie, Lilli, sag ich jetzt einfach mal, Sie, Lilli Laun, würden sich um Mary kümmern. Und Sie, Herr …« »Steiner-García, aber sagen Sie einfach Pablo.« »Also, Sie, Herr Pablo Steiner-Grazias, Sie …« »García, Mama, nicht Grazias.« »Jaja, lass mal, er weiß schon. Und Sie, Herr Dr. Kaiser, Sie würden ihr bei der Schule helfen, mit den Büchern und Heften und mit den Hausaufgaben und was alles dazugehört.« Sie drückt den Rücken durch, hebt das Kinn. »Und ich, ich könnte jede Woche mit ihr telefonieren und sie jederzeit besuchen. Und sie käme in den Ferien nach Hause?« Alle antworten durcheinander. »Ja, natürlich.« »Darauf können Sie sich verlassen.« »Doch, das ist jederzeit möglich.« »Das machen wir.« »Selbstverständlich!« »Ja, bestimmt.« »Bitte, Mama!« Ich versuche das unwiderstehliche Micha-Gesicht. »Und du willst wirklich, ganz ehrlich hierbleiben? Bei Lilli und Pablo und bei dem Herrn Doktor und Frau Kumira-Baum, ganz allein?« »Kimura, Mama, nicht …, ach, egal. Bitte, Mama, ich hab' dich so lieb. Aber es geht nicht anders, ich muss und ich will.« Ich umarme sie kurz. »Und ich dich erst, Mary!« Jetzt macht sie so mit der Hand in den Haaren und überhaupt, genau wie Grace Kelly! »Es war nämlich so. Als Mary weg war, verschwunden, und ich nicht wusste, also als die Kinder gefragt haben und die Leute im Dorf, da dachte ich, also, was hätte ich denn sagen sollen? Und da habe ich ihren Geschwistern gesagt, und allen anderen und auch ihrem Vater ...« Sie schnipst die Asche ab. »Dass Mary bei ihrer Tante wäre, in Hannover. Ja, das habe ich gesagt.« Und dann lächelt sie, wie auf dem Bild von ›Über den Dächern von Nizza‹, wo John und Frances im Cabrio sitzen und sich gleich küssen. »Und das könnte man, das muss man ja nicht, ich meine, sie haben es ja geglaubt!« Der Kellner bringt die Cognacs. »Es muss ja nicht jeder alles wissen, oder? Wenn Mary bei Ihnen in guten Händen ist, dann ist das ja beinah so, als wäre sie – bei meiner Schwester, oder nicht?« Konstantin Kaiser sieht überrascht aus. Lilli auch. Frau Kimura-Baum macht gar kein Gesicht. Pablo gibt mir eine Kopfnuss. »Stark, dann ist das ja auch geklärt. Alles in bester Ordnung. Mann, Toni, du hast es geschafft!«

Mein Herz fängt schon an zu wackeln vor Freude, aber Konstantin Kaiser hebt die Hand. »Einen Moment. Nicht zu voreilig, wenn ich bitten darf. Also, liebe Frau Hauser, Sie sind einverstanden damit, dass ich versuche, Toni, also Mary am KFG anzumelden?« Mama klimpert nur mit den Wimpern. Konstantin Kaiser bleibt ernst. »Habe ich Sie richtig verstanden, Sie geben Ihre Einwilligung? Ich setze mich mit der Schule in Verbindung und bemühe mich um Tonis Aufnahme. Und falls ich etwas erreiche, nehmen Sie die formelle Anmeldung vor und unterschreiben?« Jetzt schaut sie nur ihn an, schüttelt ihr Haar so ein bisschen, wie die das immer machen im Film, und sagt, als wäre sie verliebt. »Ich bin einverstanden. Mit meiner Einwilligung.« »Jaaa, juhu!« Ich springe auf, Pablo hebt sein Cognacglas. »Auf Tonis Mutter!« Und klirr.

Pablo bestellt noch eine Runde Cognac. Sie reden alles Mögliche und lachen auch mal, wenn auch nicht so richtig. Auf meiner Zunge verschmilzt die warme Vanillesoße mit dem kühlen Pflaumenmus. Da verschlucke ich mich plötzlich: Was passiert, wenn Mama noch zu mir nach Hause gehen will? Das ist ihr doch das Wichtigste, dass ich gesund und ›gut untergebracht‹ bin. Ich sehe meine Burg mit ihren Augen und weiß sofort, das ist nicht, was sie sich vorstellt. Ich rühre den Rest vom Nachtisch zu einem fleckigen Matsch. Es schmeckt mir nicht mehr. Aber zum Glück geht alles gut. Lilli bietet an, Mama nach Hause zu fahren, Pablo und mich will sie an der Alten Brücke absetzen. Wunderbare Lilli!

Die Fahrt ist das Schönste, das ich seit Langem erlebe. Im weichen Fond kuschele ich mich an Mama, nur wir beide allein, ganz eng. Ich blinzele in die vorübergleitenden Lichter der Straßenlaternen. Im Radio läuft ›My Sweet Lord‹ von George Harrison, Lilli am Steuer summt mit, dazu das Motorbrummen, die Vibration. Der Nachtwind vermischt mit dem würzigen Rauch von Pablos Zigarette und Mamas warmem Pudergeruch. Am liebsten würde ich einschlafen und weiterfahren. Immer weiter und weiter. Gemütlich beschützt und dabei unterwegs in die Zukunft.

Doch die Strecke ist kurz, an der Dreikönigstraße hält Lilli an, um uns rauszulassen. Mama nimmt mein Gesicht in die Hände und küsst mir beide Wangen, bei der Umarmung pikst mich wieder ihr Ohrring, ich zucke aber nicht zurück, ich lasse sie drücken und piksen. Sie lässt los, ich springe aus dem Wagen, drehe mich noch einmal rum. Mamas Gesicht sieht schön aus wie Marias mit dem Jesuskind auf dem Arm. Ein bisschen auch wie Maria mit dem toten Jesusmann auf dem Schoß. Ich werfe die Tür zu. Pablo und ich winken, bis das

Auto unter der Alten Brücke verschwindet. Er schnipst die Zigarette in den Gully und nimmt meine Hand.

Billy Elliot – I Will Dance

September 2016, Heidelberg, Marktplatz
Fünfzehn Jahre ist sie nun tot. 2001 nach kurzer Krankheit gestorben mit 71 Jahren. Meine Mutter, die so viel mehr Aufmerksamkeit gebraucht hätte, um im Leben anzukommen. Die dahintrieb und träumte, sich aufrieb im Alltag mit sechs Kindern. Und die im entscheidenden Moment doch das Richtige tat. Sie gab mich frei und nahm sogar eine Lüge in Kauf, die Tante-Ingrid-Geschichte, und erhielt sie jahrelang aufrecht. Das rufe ich mir ins Gedächtnis, wann immer mich die Sehnsucht nach Clea überkommt. Bis zum Schluss habe ich Mutter jedes Jahr zu ihrem Geburtstag abgeholt, um in der ›längsten Fußgängerzone Europas shoppen‹ zu gehen, wie sie sich ausdrückte. Abends immer ins Kino. Ich weiß noch genau, wie sie bei unserem letzten Mal, in ›Billy Elliot – I Will Dance‹ zweimal leise geweint hat. Als Billys Vater den Ballettunterricht verbietet, weil er boxen soll. Und am Schluss, als Billy seinen großen Auftritt in ›Schwanensee‹ hat. Beim Hinausgehen drückte sie mir die Hand. »Und du bist Ärztin geworden, Mary! Du hast es auch geschafft! Trotz allem! Wie Billy. Und du hättest Romy gesund gemacht, wenn Zeit geblieben wäre, da bin ich ganz sicher.« So war sie.

Mit Gina und Gitte mache ich den Geburtstagsbummel bis heute. Mit Romy war ich nur einmal im Kino, als sie vierzehn war, Anfang der Achtzigerjahre, in meinem zweiten Semester. Ihr Zorn gegen mich schien mit der Zeit in ein Gefühl allgemeinen Zorns und allgemeiner Verlassenheit übergegangen zu sein. Mit halb abrasierten Haaren, schwarzen, zerrissenen Klamotten, dick geschminkt, stieg sie aus der Straßenbahn. Im gepiercten Rucksack die ›Scheißwindeln‹. Sie hatte sich eine finstere Zukunftsvision nach dem Atomkrieg ausgesucht ›The Day after – Der Tag danach‹. Ihr Gesicht war verzerrt, als das Licht wieder anging. Ich wusste, dass sie exzessiv kiffte und Bier trank. An diesem Abend fragte sie mich, wie lange es noch dauern würde, bis ich Ärztin wäre, und ob ich mit meinem ›Heilsversprechen‹ den Mund nicht zu voll genommen hätte. Zu dem Zeitpunkt war ich längst nicht mehr sicher, ob es mir gelingen würde, das Mittel oder den Eingriff zu finden, um ihren ›Defekt‹ zu beheben. Doch ich blieb dabei, hielt daran fest, mir selbst und ihr gegenüber. Ich wollte beweisen, dass ich Großes zu leisten vermochte, dass ich tun würde, was ich mir vorgenommen und Romy versprochen hatte, wofür ich brannte, und weshalb ich sie alle verlassen hatte. Aber es sollte nie dazu kommen. Romy selbst nahm mir die Chance.

Vielleicht bin ich deswegen Anästhesistin geworden, weil ich mich nicht mehr verstricken wollte im Zwischenmenschlichen. Vielleicht habe ich den Mut verloren und mich daher so intensiv mit Schlafmitteln, Schmerzmitteln, Mitteln zur Muskelentspannung beschäftigt. Und entschied mich dafür, im Operationssaal nichts anderes zu tun, als den Cocktail zu verabreichen und die Werte zu kontrollieren und zu regulieren: Herzfrequenz, Blutdruck, Hirnströme, Sauerstoffsättigung, Ein- und Ausatemgase. Bewusstlosigkeit, ein kleiner Tod. Ich denke, letztlich war das mein Motiv für die Anästhesiologie: über die Macht zu verfügen, den Patienten auch wieder zurückzuholen ins Leben.

Nach der Entscheidung im Auerhahn lag ich nachts auf meiner Truhe, am Ziel all meiner Wünsche, siegreich nach schwerer Schlacht, erlöst von allen Sünden, König der Welt. Eine Steigerung schien nicht mehr möglich. Undenkbar, dass sich das Füllhorn des Glücks noch verschwenderischer über mich ausgießen könnte. Dass Konstantin Kaiser in meinem Leben eine Rolle spielen sollte, die weit über das hinausging, was er damals schon war, ein Verbündeter. Mag sein, dass das, was Alfons am nächsten Tag vorschlug, in Momenten kindlicher Phantasie in mir aufgeblitzt war, aber ich hatte nie gewagt, es mir wirklich zu wünschen. Die Idee, die mich letztendlich zu der machte, die ich geworden bin, kam für mich schlicht aus dem Nichts. Und ausgerechnet von Alfons.

In Japan so üblich

August 1972, Heidelberg, Friedrich-Ebert-Anlage
Also, das muss ich ihm nun wirklich erzählen, was für einen tollen Vater er hat, was der für mich tut. Leider ist Alfons heute dran. »Wie ist Ihre ... deine Frage, Chef?« Er überlegt keine Sekunde. »Wenn du wählen müsstest, ob du lieber taub oder blind wärst, was würdest du wählen?« »Lieber taub.« Flotte Antwort, was! »Falsch!«

Was, wieso das denn? Ganz kurz richtet er sich auf und sinkt dann noch tiefer zurück zwischen Armlehnen und Tischkante, Hals und Kinn verschwinden im Wulst. Sein Gesicht wieder bräsig und schlau wie immer. »Taubheit, Toni, macht einsam. Und Einsamkeit ist tragisch.« Er steckt sich ein Plätzchen in den Mund, malmt und schluckt. »Weißt du, was Isolationshaft ist?« »Iso-lationslast?« »Isolations-haffft.« »Hm.

Ich werde darüber nachdenken.«»Naaaiiin!« Er schüttelt den Kopf. »Das ist eine Wissensfrage! Keine, die man durch Nachdenken löst. Oder doch? Eigentlich schon. Na ja. Besser du mischst dich nicht weiter ein in meine Überlegungen.«»Aber du, Chef, also Sie, haben doch selbst gefragt!« Davon will er nichts wissen und liest schon wieder.

Aber er muss das doch wissen von mir und seinem Vater! »Alfons?«»Hm.«»Hast du noch fünf Minuten, zum Zuhören, meine ich?«»Okay, fünf Minuten.« Er streift die Uhr ab, legt sie vor sich hin auf das Buch. »Kürze ist erforderlich, um den Gedanken fortlaufen zu lassen, Horaz.« Was? Egal. Ich erzähle alles so schnell und so kurz, wie es geht. Dass ich abgehauen bin, Ärztin werden will, aufs Gymnasium, dass Lilli und Pablo mir helfen, dass ich bei Pablo im Treppenhaus wohne und das Beste: Dass sein Vater und meine Mutter mich jetzt fürs Gymnasium anmelden! Ich kriege fast keine Luft mehr. »Du hast noch eine ganze Minute, bravo Toni.« Er zieht die Uhr auf, legt sie wieder hin. »Du wohnst also bei Pablo im Treppenhaus? Und willst Abitur machen?«»Lilli hätte mich eigentlich zu sich genommen, aber die ist selbst ...«»Jaja, schon recht. Warum wohnst du nicht bei meinem Vater?«»Wohnen?« Meint er das ernst? Bei seinem Vater, bei Konstantin Kaiser? Seelenruhig schnallt er die Uhr um, nimmt ein Papier zur Hand, murmelt schon halb in Gedanken. »Er ist einsam und braucht eine Aufgabe. Immer nur Frau Saueressig und diese Japanerin. Ein bisschen männlicher Beistand würde ...« *Minimax trixitrax, Bauch.* »Ich bin aber ein Mädchen!« Er schaut auf, kneift die Augen zusammen und sieht mich ganz genau an. Dann hängt er sich wieder über den Schreibtisch. »Du könntest in meinem Zimmer wohnen, das ist ungenutzt. Sollte er Bedenken haben, sag Bescheid, dann spreche ich mit

ihm.« »Ehrlich, Alfons? Du meinst wirklich, Sie meinen ...«
Alfons zeigt auf die Eule, guckt auf die Uhr. »Sechs Minuten und 47 Sekunden. Du weißt, was die Eule sagt, Toni. Bleib wachsam.«

Auf der Straße steigt mir ein Riesenschwall Glück vom Bauch in den Kopf. Wenn ich meinen eigenen Lateinlehrer hätte! In Alfons' Zimmer! Aber dann fängt es an, im Oberstübchen zu rattern. So unverschämt kann ich doch unmöglich sein und jetzt auch noch fragen, ob ich bei ihm einziehen kann! Und wenn er denkt, ich wollte ihn ausnutzen? Wenn er dann keine Lust mehr hat, mit dem Gymnasiumsdirektor zu sprechen und mich anzumelden? ›Man soll nicht so viel wollen‹, hat Tante Sigrid im Kindergarten immer gesagt. Aber wenn Alfons findet, sein Vater brauche Gesellschaft. Und wenn Konstantin Kaiser sich vielleicht sogar freuen würde. Aber es kann auch schiefgehen und dann wird womöglich alles nichts. So geht das die ganze Zeit weiter in meinem Gehirn. Was sagt denn die Eule? Die sagen doch beide nichts, seine ist tot und meine aus Glas. Ach was, ich frage einfach! Ich lade ihn zum Eis ein und frage!

Ich hätte ja lieber Waffeln gekauft und wäre herumgelaufen, aber sie wollen sich hinsetzen. Frau Kimura-Baum bestellt ein Bananensplit und kichert hinter dem weißen Handschuh. Konstantin Kaiser nimmt gemischten Eisbecher mit Sahne und ich nur Schoko und Mokka. *Minimax trixitrax, ganz viel Luft tief in den Bauch.* Und dann wiederhole ich, was Alfons gesagt hat, das mit dem Wohnen in seinem alten Zimmer und so, wegen dem Abitur. Das mit der männlichen Verstärkung behalte ich für mich, bin ich ja nicht. »So ungefähr, äh, also nicht dass Sie denken, es war wirklich nicht meine Idee, ich, äh, ich dachte nur, also ...« Konstantin Kaiser schiebt sein Eisschälchen von sich weg, obwohl noch viel Eis drauf ist. »So, das war Alfons' Idee.« Mehr sagt er nicht. Ich glaube, er ist sauer. Frau Kimura-Baum legt ihren Löffel fast ohne Geräusch auf die Untertasse. »In meiner Heimat, wenn ich das sagen darf, ist es durchaus üblich, dass ein Kind aus einer Familie, die eine höhere Bildung nicht ermöglichen kann, in die Obhut einer anderen kommt. Mein Onkel und meine Tante hatten ein Kind vom Land aufgenommen. Der Junge hat einen ausgezeichneten Abschluss gemacht und ist ein tüchtiger Anwalt geworden.« Sie lächelt und fängt wieder an, ihr Bananensplit abzulöffeln. Konstantin Kaiser ist in Gedanken. Vielleicht hätte ich doch besser nicht gefragt. Er macht ein ernstes Gesicht und sagt: »Aha, ist das in Japan so üblich.« Eine Weile sagt niemand etwas.

An der Theke machen ein paar Kinder Krach und streiten, wer als Erster drankommt. Endlich hebt Konstantin Kaiser den Kopf. »Mein Sohn Alfons ist vor neun Jahren bei mir ausgezogen, seitdem lebe ich allein.« »Das ist es ja gerade, deshalb meint Alfons doch ...!« Es ist mir so rausgerutscht, einfach so. Fast werfe ich vor Schreck mein Eis um. Aber Konstantin Kaiser sieht wieder nur vor sich hin. Erst als Frau Kimura-Baum leise sagt: »Tama migakazareba hikari nashi«, sieht es aus, als hätte er geschlafen und würde von ihrem Zauberspruch aufwachen. Die Japanerin bewegt ein bisschen den Kopf. Und sagt wieder ganz leise: »Wenn man den Edelstein nicht schleift, hat er keinen Glanz.« Die beiden sehen sich an, als wäre ich nicht da. Na gut. Ich hab Zeit. »Und Sie glauben, mit 67 Jahren bin ich noch zum Schleifen berufen? Vielleicht für den letzten Schliff, zum

Polieren, aber ...« Er zuckt die Schultern, schaut zu mir rüber. Was soll das heißen? Mir wird wieder mulmig. Ich muss das jetzt sagen: »Also, wenn das keine so gute Idee war von Alfons, kann ja sein, der kann sich ja auch mal irren, also nicht oft, aber ich meine nur. Ich wollte ja nur, macht ja nichts, wenn ...« Hätte ich bloß nie gefragt. Frau Kimura-Baum sagt wieder etwas Japanisches. Dann auf Deutsch: »Gute Erziehung ist mehr wert als vornehme Herkunft.« Ganz kurz sehen die beiden aus wie Tony, der Astronaut, und ›Bezaubernde Jeannie‹. Dann löffelt sie wieder. Auch Konstantin Kaiser zieht sein Eis wieder zu sich heran, kratzt einen Kringel von einer Kugel, steckt ihn aber nicht in den Mund. Er setzt sich zurecht. Er scheint irgendetwas entschieden zu haben. Jetzt kommt's. »Nun, was im Land der aufgehenden Sonne, der üppigen Schilfgefilde, der 1000 Herbste und fruchtbaren Reisähren ...« Es fühlt sich an wie bei mir, wenn ich die Namen aller vier Stones hersagen kann: Mick Dschägger, Kies Ridscherts, Ron Wud und Mick Täiler. »Was im Land der Mitte und der großen acht Inseln Sitte und Brauch ist, das war auch in Mitteleuropa vor gar nicht so langer Zeit keineswegs unüblich. Was in Ihrer Familie, Frau Kimura-Baum, mit Erfolg praktiziert wurde, hat es auch in meiner Familie gegeben. Es ist genau dreiundfünfzig Jahre her, ich war dreizehn Jahre alt. Andernfalls säße ich nicht hier und wäre niemals Lehrer geworden.« Hat er nicht schon am Werderplatz gesagt, dass er auch weggelaufen ist? Er zündet sich eine Ernte an und spricht weiter. »Was bedeutet das nun? Ich denke, was sich bewährt hat, ist wert, fortgeführt zu werden. Und wenn hier und heute der Ort und der Zeitpunkt sind, dann soll es so sein.« Was jetzt? Frau Kimura-Baum lächelt. Sie hat das ganze Bananensplit weggeputzt. Jetzt nimmt sie das geblümte

Papier-Schirmchen von ihrem Unterteller, spannt es auf und reicht es Konstantin Kaiser über den Tisch. Er wird rot! Das habe ich noch nie gesehen, richtig rot. Das gefällt mir. Aber was ist jetzt mit Alfons' Idee? Die Japanerin nimmt ihr kleines Seidentuchbündel von dem freien Stuhl. »Ich freue mich, Herr Dr. Kaiser, für Sie und für dich, Tonichan.« »Heißt das, ich meine, haben Sie sich's überlegt, darf ich –?« Konstantin Kaiser zieht seine Handschuhe an. »Toni, du darfst.« »Hurra!« »Wenn es deine Mutter erlaubt!«

Drei Tage nach der Entscheidung im Auerhahn und zwei nach dem Eiscafétreffen hat Konstantin Kaiser bei Lilli angerufen und ausrichten lassen, er habe beim Direktor des KFG ›die außerplanmäßige Zusage, dass ich als Schülerin angenommen würde und damit einer formalen Anmeldung nichts mehr im Wege stünde‹. Ich schiebe Konstantin Kaiser über die Brücke in die Neckarstaden 2 zum Kurfürst-Friedrich-Gymnasium. Endlich habe ich ihm das frisch gewaschene, leider schon wieder verkrumpelte Taschentuch zurückgegeben. Mama kommt nur ein bisschen zu spät. Eine große Plastiktüte mit Sachen für mich hat sie mitgebracht, ihr Taschentuch von Konstantin Kaiser allerdings nicht. Wahrscheinlich hat sie es vergessen oder sie weiß gar nichts von dieser Bringschuld, mit der uns der Lehrer immer ermahnt hat.

Der Schulflur ist dreimal so breit und hoch wie der im Dorf, nur der Geruch ist derselbe, nach Putzmittel, Turnschuhen, Kreide und Leberwurstbrot. Auf ihren wackeligen Pumps zerrt Mama an der Zuziehtür mit dem Schild ›Sekretariat‹. Eine alte Sekretärin steckt schnell ihr angebissenes Brötchen in die Tüte zurück, setzt sich zurecht und drückt an ihrer Frisur herum. Da geht plötzlich eine Tür an der anderen

Seite auf und aus dem Zigarrenrauch kommt ein Mann, der kein anderer sein kann als der Schuldirektor persönlich. Mit Handschlag und Diener begrüßt er Konstantin Kaiser, fragt nach seinem Befinden und so. Dann gibt er Mama und mir die Hand. Ich kann kaum noch atmen, nicht wegen der Luft, sondern wegen der Aufregung. Aber das merkt er nicht, weil er streng zu der Sekretärin schaut, auf einen bestimmten Ordner zeigt und sagt: »Anmeldeformulare Marilyn Hauser bitte«. Dann verschwindet er wieder hinter der Tür im Nebel. Das Papier wird auf die Theke gelegt. Konstantin Kaiser schaut hoch. Jetzt ist es so weit! Jetzt nimmt meine ›Erziehungsberechtigte‹ den Stift, presst die Lippen zusammen, füllt die Anmeldung aus und – unterschreibt! Mit allen vier Namen, ich sehe das an ihren Lippen, Anna Maria Elisabeth Hauser.

Der Himmel ist blau, ein Lüftchen streichelt mir das Gesicht, ich schiebe den Rollstuhl über den Schulhof. Ich habe es geschafft, ich habe gewonnen, ›mir wird nichts mangeln‹! Jetzt nur noch die eine kleine Frage, die eine Erlaubnis, dann wird alles gut. Genau so, wie ich es mir wünsche. Viel Zeit bleibt nicht, bis Mama in den Bus steigen muss. Sie ist eigenartig still. Wenn ich die Frage im falschen Moment stelle, wenn Mama mit der Anmeldung schon alle Kraft verbraucht hat, wenn es ihr plötzlich zu viel wird, kann alles noch schiefgehen. Selbst das mit der Anmeldung. Ich kenne sie. Ich habe gesehen, wie sie einmal am Spülstein stand, in ihrer Hand zitterte ein Packen Rechnungen, Mahnungen und so. Dann hat sie die Augen geschlossen und die Papiere ganz langsam ins dreckige Spülwasser getaucht. Sie hat aufgeschrien, das nasse Bündel hochgerissen und in der Luft zerfetzt. Dann ist sie ins Schlafzimmer gerannt, hat auf dem Weg die Reste wie etwas Ekelhaftes von sich geschüttelt und war tagelang krank.

Der Plastiksack, den ich am Rollstuhl eingehakt habe, schlägt mir bei jedem Schritt an die Brust. Ich sehe schon die Kreuzung, an der Mama abbiegen muss. Sie läuft schnell und macht ein ernstes Gesicht. Wie soll ich nur anfangen? Nur noch ein paar Schritte, dann ist es zu spät. Da bleibt sie mit einem Mal stehen und sagt, dass sie nun aber noch sehen will, wo und wie ich denn wohne. Ich will etwas sagen, mein Hals ist zu, ich schlucke. Da dreht Konstantin Kaiser den Rollstuhl alleine ein bisschen in ihre Richtung und – lädt sie auf ein Glas Sekt ein, ›aus gegebenem Anlass‹. Er sieht mir mit Agentenblick in die Augen und spricht mit Mama geschwollen. Überrascht tippt Mama sich mit dem Finger ans Kinn, ihr Gesicht wird locker und schon schlüpft sie in ihre Hollywoodrolle, wird wieder Grace Kelly.

So etwas wie den Europäischen Hof habe ich noch nie gesehen, gestreifte Tapeten, verschnörkelte Möbel und überall Spiegel mit Rahmen aus Gold. Und die Leute erst, wie im Film! Auch Mama sieht sich um, wenn sie meint, keiner merke es. Der Sekt kommt schnell. Sie stoßen an, Mama mit abgespreiztem kleinen Finger. Ich bekomme Coca-Cola mit Eiswürfeln, außerdem schwimmt ein Zitronenschnitz drin. Sie reden über das Wetter. Jetzt raucht Mama sogar wieder, sofort bin ich sicher, jetzt wird alles gut, auch wenn es Ernte 23 sind und keine HB. Aber dann kommt der letzte Schluck, Konstantin Kaiser bestellt die Rechnung. Habe ich den Agentenblick missverstanden? Mich zu früh gefreut? Hat er nur Zeit herausgeschlagen, damit ich selbst davon anfange? Nein! Jetzt fragt er plötzlich, ob sie es nicht ›begrüßenswert fände, wenn Toni, nein, Marilyn im Jugendzimmer seines erwachsenen, längst ausgezogenen Sohnes logieren würde, wo er in Ruhe seinen, Verzeihung, wo SIE in Ruhe IHREN schulischen Pflichten nachkommen könne?‹ Sobald Toni Marilyn ›installiert‹ wäre, schätze er sich glücklich, sie, Mama, zum Kaffee begrüßen zu dürfen. Loschieren, installiert? Hat er jetzt gefragt oder nicht? Doch, ich glaube schon, wegen Jungendzimmer und so. Mama zieht ihre Tasche an sich, schaut auf, schnappt nach Luft, lächelt ihr Grace-Kelly-Lächeln und – willigt ein.

Explosionsartige Vermehrung

September 2016, Heidelberg, Marktplatz
In meinem Knochenmark wuchern die Leukozyten, eine explosionsartige Vermehrung, die mein Blut überschwemmt. Das neue Medikament, das dagegen angehen soll, greift andere, gesunde Funktionen in meinem Körper an. Mein Mund ist trocken, ein ständiges Unwohlsein, ich kann mich nur schwer konzentrieren. Dabei ist noch nicht einmal klar, ob das Präparat überhaupt etwas Positives ausrichtet. Die zweite Woche ist um. Nach dem erneuten Nasenbluten während einer OP hatte ich plötzlich doch das Gefühl, ich sei der Arbeit nicht mehr gewachsen. Eine Woche bin ich krankgeschrieben, die Stunden ziehen sich hin, vier Tage liegen noch vor mir. Je mehr Zeit vergeht, umso klarer wird mir: Ich sollte Clea sehen, so bald wie möglich. Sie sollte mich sehen, solange ich noch einigermaßen – beisammen bin. Und ich frage erst gar nicht umständlich an, wann es ihr passt. Die jungen Leute haben doch ständig Termine und Vorhaben. Ich buche ihr einfach einen Flug über das nächste Wochenende, an dem ich frei habe. Online, mit Rücktrittsversicherung, nur für den Fall. Ich maile ihr das Ticket und kann dann nur hoffen, dass es klappt und sie wirklich hierherkommt.

Oma, lüfte deinen Arsch

September 1972, Heidelberg, Altstadt
Wir haben einen durchgezogen! Mit ein paar von den Fußballjungs habe ich gekifft! Zum Abschied haben sie mich eingeladen. Morgen ziehe ich bei Konstantin Kaiser ein und in vier Tagen komme ich in die Sexta am KFG! Dann werde ich Arzt und heile Romy. Erst musste ich furchtbar husten. Nein erst mal musste ich das hinkriegen, wie man das macht. Die Jointspitze unten am Pappfilter zwischen Zeige- und Mittelfinger klemmen, eine hohle Faust machen und dann mit den Lippen vorne ans Loch zwischen Daumen und Fingerschnecke. Wir haben gut versteckt gehockt, hinter einem Gebüsch auf den Grünflächen neben dem Parkplatz in der Ebert-Anlage. Oben und unten rauschten die Autos vorbei. »Du musst ganz langsam ziehen. Und ganz lange drinlassen.« Ritchi hat schon mal gekifft, mit seinem großen Bruder, Wolle und Gerd auch, die sind auch schon dreizehn. Die anderen zwei haben nur so getan. Die haben auch gehustet. Dann habe ich es doch geschafft, langsam rein und lange drinlassen. »Merkt ihr was? Ich bin schon voll drauf«, hat Ritchi behauptet. Mir war nur schwindlig, sonst nichts, aber ich habe nicht so blöd gefragt wie der Wolle. »Nö, wieso, was sollen wir denn merken?« Da hat Ritchi sich voll aufgeregt. »Ihr seid solche Spackos!« Wir haben uns ein bisschen ausgestreckt und in die Bäume geguckt. Da ging es plötzlich los. Ich habe mich gefühlt wie ein Luftballon. Alles war irgendwie egal. Sogar der Vogelschiss, der direkt neben meinem Kopf gelandet ist. Auch das Gequatsche der anderen war mir egal. Die haben die ganze Zeit gleichzeitig geredet, einen Mordswirbel gemacht, wegen der Demo vor ein paar Wochen, Anti-Fahrpreiserhöhung.

»Mann war das irre, alles voller Leute, der ganze Uniplatz, die Hauptstraße, rammelvoll.« Gerd hat sich ganz seltsam angehört, der kiekst so, ich glaube, der kriegt bald den Stimmbruch. Unter der Nase bei dem habe ich auch schon Flaum gesehen. »Auf der einen Seite die Revoluzzer und wir, auf der anderen die Bullen. Mit Schlagstöcken! Ey, solche Knüppel! Und was die immer gebrüllt haben. O-ma, lüf-te dei-nen Arsch, reih dich ein in un-sern Marsch!« Wenn er laut spricht wie jetzt, eiert die Stimme wie ein alter Puppenwagen. Dann hat der kleine Kai sich gemeldet, der nie den Ball abgeben will. »Ja und: Bür-ger lasst das Gaf-fen sein, kommt her-unter, reiht euch ein!« Ritchi hat langsam gesprochen, als würde er gleich einschlafen: »Aber die Omas haben nur doof aus'm Fenster geglotzt. Keine Sau ist runtergekommen.« Aber Kai ließ sich nicht rausbringen, als wäre er bei einem Wunder dabei gewesen oder so was. »Alles war vollgestellt mit Mülltonnen, Bettgestellen, Krempel, das kannst du dir gar nicht vorstellen, so ein Berg.« Ich glaube, er hat mit dem Arm bis zum Himmel gezeigt, aber ich habe ja nicht hingeguckt. War mir egal, wie hoch das Gerümpel getürmt war. »Sie wollten die Schienen versperren, damit die Bahn nicht fahren kann! Zuerst sind Studenten mit ihren Plakaten ganz mutig auf die Bullen zu, wollten diskutieren, über die Fahrpreiserhöhung und so ...« Dann grätschte der dicke Wolle rein. »Aber dann kam schon der Wasserwerfer angerollt und hat losgespritzt. Mit einem Monsterrohr, sooo ein Strahl und tschang.« Er sprang auf, klatschte sich mit den Händen vor die Brust und kippte nach hinten um. »Zwei aus der ersten Reihe sind voll umgemäht worden, zack, weggepustet. Und die anderen mussten heulen. Da war nämlich nicht nur Wasser drin, die vermischen das mit so Chemie, dass die Augen brennen. Und dann war überall Dampf. Wie in ›Ein dreckiger Haufen‹ mit Michael Caine.« Ritchi stieß Wolle mit dem Ellenbogen an. »Hast du den etwa gesehen, tu doch nicht so, der ist doch ab 18.« Wolle klopft sich die unsichtbaren Spuren von Ritchis Ellbogen ab. »Was denkst du denn! Ich kenne alle Kriegsfilme, Mann!« Hans-Werner und Robbi hatten noch gar nichts gesagt, aber die mussten natürlich auch noch zeigen, dass sie mitgemacht haben. Mir doch egal. Ich habe mich gefragt, wieso die sich das überhaupt alles erzählen, wenn sie doch sowieso alle dabei waren. Robbi legte los: »Die Leute von vorne haben sich schnell in die Gassen verkrümelt, wegen Augentropfen und Rotzfahnen, dann wieder raus auf die Hauptstraße. Der gepanzerte Bullenwagen ist über die Straße gerollt, mit Gitter dran zum Wegstoßen. Ist direkt auf die zu gefahren!« Ritchi wieder verschlafen: »Na, so dolle war es auch wieder nicht, der ist ja im Schneckentempo gekrochen.« Hans-Werner schlug sich mal wieder auf Robbis Seite. Die zwei sind ja immer wie Kopp und Arsch. »Ja, aber voll drauf zu! Du hast dich ja an die Mauer gedrückt, du Pflaume, du hast es ja gar nicht richtig gesehen. Wir waren genau vorne, als der Panzerwagen immer näher kam und näher.« Ritchi maulte herum: »So ein Blödsinn, ich war selbst ganz vorne, ihr habt doch gar keine ...« Da krächzte Gerd wieder los. »Jedenfalls haben die Bullen riesige Megaphone gehabt und gebrüllt. Räumen Sie die Straße, immer wieder, räumen Sie unverzüglich die Straße. Dann wieder tschang, der Wasserwerfer und die Bullen marschieren los, in einer Reihe wie die Römer bei Asterix. Die Studenten sind alle abgehauen«, sagte er verächtlich, aber Ritchi wusste es wieder mal besser: »Du hast ja wohl gar nichts mitgekriegt, du Blindschleiche, du. Es sind nämlich welche wieder zurückgekommen, nicht so viele, aber immerhin, und die haben weiter geschrien, Ausbeutersystem und so was. Denen haben sie dann einen übergebraten mit dem Knüppel und sie weggeschleift. Der eine hat richtig geblutet.«

Irgendwie muss ich doch zugehört haben, ich konnte mir alles ganz genau vorstellen, als wäre ich genauso dabei gewesen, noch besser eigentlich. Bei mir war auch irgendwie Pablo dabei, neben mir. Wir haben dem Panzerwagen einen Riesenarschtritt verpasst, der ist ins Weltall geflogen wie Raumschiff Orion. Die Bullen sind rausgepurzelt und auf die Dächer geklatscht. Dann hat sich Pablo zwei aus der vordersten Reihe geschnappt, am Schlafittchen gepackt und wie Lassos herumgeschleudert, einen rechts, einen links. Denen sind die Augen aus den Köpfen gequollen. Wie Popcorn sind die Goldknöpfe abgeplatzt, hat nicht viel gefehlt und die wären aus ihren Uniformen gerutscht. Als sie richtig in Fahrt waren, immer im Kreis, hat Pablo losgelassen und sie sind in hohem Bogen ins Neckartal abgeschwirrt. Dann hat sich Pablo die nächsten zwei vorgeknöpft. Die Langhaarigen haben geklatscht und gejohlt. Wir hätten die ganze Demo plattmachen können, ich und Pablo, ich hatte es genau vor Augen. Aber mittendrin fing Ritchi wieder zu quasseln an. »Abends hat sich mein Alter total aufgeregt.« Er versuchte, mit tiefer Stimme zu reden. »Die sollten lieber studieren, statt den starken Mann zu markieren, die Muttersöhnchen. Die haben doch keine Ahnung, von nichts. Was wissen die schon, Kälte, Hunger, das kennen die doch nur vom Hörensagen. Die haben doch noch nichts geleistet. Die kriegen es doch vorne und hinten reingeschoben. Zahlt doch alles der Papa. Und das wollen die Anführer von morgen sein, die Betriebsleiter, Direktoren? Krawallmacher sind das. Verwöhnte Krawallmacher!« Ritchi knallte sich wieder neben mich auf den Boden, war wieder er selbst, mit Ritchistimme. »Der ist doch bescheuert, mein Alter, ich fand die Demo stark. Passiert doch sonst nie was Spannendes. Kommt, los jetzt, ihr Heinis, wir spielen eine Runde.«

Wir sind dann zum Karlsplatz. Der Weg kam mir unheimlich lang vor, laufen und laufen, dabei ist das nicht weit, aber alles war gummimäßig. In der Plöck hat es nach Essen gerochen, nach Braten mit Soße, nach Hühnchen und Spiegeleiern mit Speck. In den Gassen habe ich ein bisschen gefroren. Dann wieder die Demo im Kopf, Pablo holt aus und verpasst einem Dicken den Kinnhaken seines Lebens. Drumherum fangen immer mehr an zu ringen und zu boxen, es breitet sich aus wie im Westernsaloon. Plötzlich, huch, wo sind wir denn jetzt? Hat wohl doch gewirkt, der Joint. Vor der Kornmarkt-Madonna hat Ritchi Luftgitarre gespielt, sich gekrümmt und Grimassen geschnitten, als wäre sein Gehirn schon woanders. Wir haben gegrölt:

> Das hat doch keinen Zweck –
> Der Boss geht besser weg!
> Dann bau'n wir für uns selber
> Ein schönes Haus mit Keller!
> Da zieh'n wir alle ein –
> Au, Schwein!

Als wir da waren, haben wir gekickt. Dauernd danebengeschossen, gestolpert, hingeflogen und so. Und haben uns beölt und kaputtgelacht. Echt bärenstark. Im Laden am Eck haben wir uns Schokolade und Coca-Cola gekauft, weil der Mund ganz trocken war. »Flokatizunge. Ist ganz normal«, hat Ritchi gesagt. Beim Rausgehen habe ich eine Karotte geklaut.

Ich weiß auch nicht warum. »Hey Toni, was 'ne dünne Karotte, Mann. Haste so eine auch in der Hose?« »Komm, lass mal sehen!« Die hätten mir beinah die Hose runtergezogen. Aber nicht mit mir! Ich habe Wolle einen Schubs gegeben, dass er auf den Hintern geflogen ist. Zum Glück haben wir keinen richtigen Krach gekriegt, alles nur Spaß. Karotte mit Schokolade und Coca-Cola schmeckt komisch. Dann ist langsam alles wieder normal geworden, bisschen traurig sogar, der Abschied von den Jungs.

Um halb zwei fährt Pablo mich in die Lutherstraße. Er hat mir auch angeboten, mich nach Hause zu Mama zu fahren, meine restlichen Sachen holen. Ich habe an die Schatztruhe gedacht und an ›Der Körper des Menschen‹, die hätte ich schon gerne bei mir. Aber ich habe mich dagegen entschieden. Vielleicht ist der Alte schon da. Außerdem sollen sie ja denken, dass ich bei Tante Ingrid bin.

Lilli und Micha musste ich gestern schon Auf Wiedersehen sagen. Micha war traurig, aber auch bisschen stolz, weil er jetzt alleine vom Kinderladen nach Hause, also zum Laden gehen darf. Trotzdem wollte er nicht loslassen, als ich ihn hochgehoben und zum Abschied gedrückt habe. Er hat seine Arme um meinen Hals geklammert, ich konnte mich nicht mehr aufrichten. Lilli stand etwas weiter weg hinter uns in der Ladentür, ich wollte nicht, dass sie was merkt. Da habe ich mich schnell im Kreis gedreht, mit Micha am Hals. Seine Beine sind hochgeflogen. Wir waren ein Propeller und haben gebrummt. Lilli hat streng geguckt. »Aber er strengt sich nicht an!« Beim Stehenbleiben hat er einfach weiter geklammert. Ich habe ihn auf der Fensterbank abgesetzt, und als er immer noch weitermachte, habe ich geflüstert: »Pass auf, ich habe was in der Hosentasche für dich, aus meiner Schatztruhe, du darfst es behalten für immer. Komm schon, ich kann hier nicht ewig so über dir hängen mit meinem A… , mit dem Po in der Luft.« »Arsch, Arsch«, hat er gelacht und endlich losgelassen. Ich habe mich neben ihn gesetzt und zum letzten Mal meine kleine, dicke Eule aus der Hosentasche geholt, sie war warm und ganz ohne Kratzer, ich habe sie zwischen den Händen hoch und runter gerollt, dann angehaucht und sie Micha auf den Schoß gelegt, in einen Hosenkrumpel. »Sie sieht ganz normal aus, wie eine Eule, guck, aber das ist sie nicht, sie ist magisch, verstehst du, sie bringt dir Glück, Ehrenwort. Pass gut auf sie auf!« Micha hat wieder so geguckt, mit so traurigen Augen, dass einem das Herz wackelt. »Ich bin doch nicht aus der Welt, nur da drüben auf der anderen Neckarseite, in Neuenheim, du weißt doch wo.« Ich habe ihn angezwinkert, aber es nützte nichts. »Wenn ich zu Alfons gehe, kann ich bestimmt mal vorbeikommen, ich besuche dich, dann spielen wir, okay?« Er hat nicht geweint!

Ich freue mich auf Konstantin Kaiser und aufs Gymnasium, aber ich habe auch Schiss wegen der alten Hexe, der Saueressig. Und weil ich da gar keinen kenne.

Aufklärung

1972–1981, Heidelberg, Lutherstraße
Gymnasiastin! Auf dem direkten, unfehlbaren Weg zum Medizinstudium!
Allerdings, einen Schreckmoment muss ich noch überstehen, gleich am ersten Tag. Ich gehe auf das weit geöffnete Schul-

tor zu, erwartungsvoll, stolz, mit den besten Wünschen von Konstantin Kaiser und einer fast leeren Lederschultasche von Alfons, als mir plötzlich einfällt, dass die Strebertochter vom Doktor doch auch aufs KFG gehen soll. Abrupt bleibe ich stehen und werde prompt angerempelt. Wenn Myriam mich sieht, wenn wir womöglich in dieselbe Klasse gehen, dann erfährt bald das ganze Dorf, dass ich hier bin und nicht in Hannover bei Tante Ingrid. So unauffällig wie möglich schleiche ich durch das Gedränge, schaue mich überall um, auf dem Schulhof, im Gang, an der Klassentür, nichts, ich kenne keinen Einzigen hier. Auch in der Pause entdecke ich Myriam nirgendwo. Später erzählt mir Gina, dass die Streberin auf dem Von-Thadden-Gymnasium ist. Es geht auch ohne Eule, ein Glück!

Ich darf nicht nur Alfons' Zimmer bewohnen, ich darf auch das alte Fahrrad seiner Mutter benutzen, ein wuchtiges, weißes Damenrad, so groß, dass ich zwei Jahre lang nicht bis zum Sattel reiche. Doch das stört mich nicht im Geringsten. Wie schnell ich vorankomme, wie die Entfernungen schrumpfen und meine Stadtwelt wächst! Auf- und niedergehend wie ein Kolben sause ich jeden Morgen zur Schule, zweimal pro Woche zu Alfons.

Der Schock, als ich zum ersten Mal die Prothesen sehe, abends in Konstantin Kaisers Schlafzimmer neben dem Rollstuhl. Ein künstlicher Unterschenkel und ein ganzes Bein mit abgeknicktem Kniegelenk, beigefarben und hohl. Die schwarzen, polierten Schuhe feste Bestandteile der Kunstglieder. Konstantin Kaiser sitzt auf dem Bett. Ich will mir nichts anmerken lassen, aber er hat meinen Blick schon bemerkt. Unwillkürlich schaue ich zu den leeren Schlafanzughosen. Konstantin Kaiser und ich sehen uns an. Er sagt nichts, nickt nur. Verwirrt nicke ich zurück. Ein Moment vergeht, dann greift er nach der Bettdecke und fängt an, sich hinzulegen. »Gute Nacht, schlaf gut, Toni.«

Ein paar Wochen später sehen wir uns zusammen eine Dokumentation über den Zweiten Weltkrieg im Fernsehen an. Nur ausnahmsweise, weil ich das Thema gerade in der Schule durchnehme, ansonsten meidet er alles, was damit zusammenhängt. Schreckliche Bilder. Die verheerenden Bombendetonationen, die Tellerminen, die Schützengräben, die überfüllten Feldlazarette mit den notdürftig versorgten Verwundeten. Fleckige Kopfverbände, blutige Gliedmaßen, Verstümmelungen. Die Nahaufnahmen ihrer Gesichter, manche schmerzverzerrt, andere apathisch, viele vollkommen leer. Konstatin Kaiser spricht mit mir über alles, den Faschismus und den Rassismus, die Macht und den Widerstand, Tote, Verletzte, Versehrte. Kein Wort über seine eigene Geschichte. Ich nehme allen Mut zusammen und taste mich heran. Zum ersten und letzten Mal. »Es muss furchtbar gewesen sein, wenn man dabei war, wenn man ...« Ich bringe den Mut auf, den Blick auf seine Beine zu senken, und wieder aufzuschauen in seine Augen. »... so etwas erlebt.« Er sagt nichts. Das respektiere ich.

Pablo treffe ich nicht mehr, seit ich in Neuenheim wohne. Ganz am Anfang hat er öfter angerufen und sich erkundigt, ob alles okay ist und wie es läuft. Dann ist er nach München gegangen aufs Konservatorium.

Lilli und Micha habe ich auch nur noch drei- oder viermal gesehen, im Laden, an meinem Geburtstag und dann noch ein einziges Mal, nur Lilli allein, da wusste ich noch nicht, dass es das letzte Mal sein würde.

Als ich in den Laden komme, ist Lilli allein, sie sind schon aufs Land gezogen, und Micha bleibt jetzt immer dort, bei den anderen Kindern und Mamas. Auch Kunden sind keine da. Sie dreht das Willkommens-Schild andersherum auf ›Bin gleich zurück‹ und schließt die Tür ab. Sie setzt sich mit mir draußen auf den Schaufenstersims und sagt, sie müsse mir etwas erzählen: »Als du zu Konstantin Kaiser gezogen bist, war Micha furchtbar traurig, weißt du, er wollte nicht essen, konnte nicht einschlafen, ist nachts immer wieder aufgewacht. Im Kinderladen hat er herumgestrampelt und niemanden an sich herangelassen. Ich dachte, es geht vorbei, zuerst sah es auch so aus, aber dann.« Nach meinem ersten Besuch war dasselbe passiert, er weinte und war tagelang am Boden zerstört. Und so jedes Mal, wenn er mich wiedersah. »Dann kam der Umzug, nicht leicht für Micha, die neue Umgebung, den ganzen Tag ohne mich und ohne den Kinderladen. Kaum gewöhnte er sich etwas ein und fing an, mit den Kindern vom Hof zu spielen, da kam die Einladung zu deinem Geburtstag. Er konnte es kaum abwarten.« Sie spielt mit dem Schlüssel herum, legt ihn schließlich neben sich. »Es war ja dann auch ein toller Tag, eigentlich.« Sie lächelt. Das kann man wohl sagen, ein wunderbarer Tag sogar, obwohl es die ganze Zeit regnete. Konstantin Kaiser hatte Mama eingeladen, meine liebe Mama, dazu Micha und Lilli und Frau Kimura-Baum, fast die ganze Auerhahn-Runde, außer Pablo, weil wir keine Adresse hatten und auch keine Telefonnummer. Frau Saueressig tat nett, guckte aber giftig und knallte in der Küche mit den Schranktüren und schepperte mit dem Geschirr. War egal, trotzdem schön, alle zusammen am Wohnzimmertisch. Mama musste nach dem Kaffee schnell wieder heim. Ich nahm Micha mit auf den Spielplatz zu meinen neuen Freunden aus dem Viertel und vom Gymnasium. Abwechselnd haben fünf meinen Geburtstags-Ball ausprobiert und zwei dafür gesorgt, dass sich der Kleine nicht anstrengt. Wir haben ihn geschaukelt und gewippt, auf den Schultern herumgaloppiert und sind dabei durch die Pfützen gepatscht. Es hat Spaß gemacht, alle fanden es schade, dass es so schnell vorbei war und sie nach Hause mussten.

»Danach ging es Micha richtig schlecht.« Lilli stockt und schluckt: »Zweimal ist er einfach umgefallen, sein Herz.« »Was?« Mir wird heiß, wie im Sommer auf dem Weg zu Konstantin Kaiser, als er plötzlich nicht mehr stehen konnte und kreidebleich aussah. »Keine Angst, es geht ihm gut.« Lilli nimmt meine Hand. »Es ging schnell vorbei. Vielleicht hatte es auch gar nichts mit dem Geburtstag zu tun. Aber dass er wieder so niedergeschlagen war, das bestimmt. Tagelang hat er nur in der Ecke gesessen, hat an der Glaseule geleckt und ToniToniToni gewimmert.«

Wir haben es nicht ausgesprochen, Lilli und ich, aber wir haben beim Abschied beide geweint, weil wir wussten, dass wir Micha das nicht mehr antun wollen, dass er mich besser vergisst.

Erstaunt stelle ich fest, dass Konstantin Kaiser nicht alles weiß. Ab der Untertertia kann er mir in Mathe und bald danach auch in Chemie und Physik nicht mehr helfen. In allem anderen schon. Ich liebe die Nachmittagsrituale, wenn er die Hausaufgaben nachsieht, Vokabeln abfragt und mir am beleuchteten Globus kleine Vorträge hält über das Land oder die Stadt, die gerade in Geografie dran ist. Seine Beschreibungen und Anekdoten über die Schriftsteller, die wir in Deutsch lesen, seine Geschichten vom römischen Alltag. »Was tun sie, um in dieser bedrohlichen Situation schnellstmöglich Soldaten zu rekrutieren? Na was, Toni? Feuerchen machen, Grill aufbauen, Fässer anrollen. Wenn der Duft der brutzelnden Wildsäue die Hungrigen der Gegend anlockt, schwingt sich der Redegewandteste auf: Salve, ihr Männer, seid mir gegrüßt, hier kommt die Gelegenheit eures Lebens! Ihr unterschreibt, und dann: Verpflegung, Wein und Weiber gratis und obendrauf 900 Sesterzen Sold per anno, auch dann, wenn nicht gekämpft wird! Wer unterschreibt, ist gleich hier und jetzt eingeladen. Willkommen in der glorreichen römischen Truppe. Heil Caesar! Du kannst dir vorstellen, wie die Tagelöhner und Hungerleider in Scharen dem Schreiber ihre Namen gestammelt und ihre Kreuzchen gemacht haben, egal ob in Gallien, Germanien oder Ägypten.«

Begeistert stürze ich mich hinein in diese aufregende Welt, die sich sprunghaft ausdehnt, zeitlich, räumlich, gedanklich. Irgendwann ist mein Dorf nur noch ein verblassender, dunkler Fleck, meine Mutter und Geschwister nur noch ein kurzer Sehnsuchtsschmerz hin und wieder.

Doch die Faszination lässt nach, je älter ich werde, bis ich mit 14, 15 das Lernen und Zuhören regelrecht hasse und die Schule am liebsten schmeißen würde. Ich will richtiges Geld verdienen, nicht nur das, was bei Alfons herauskommt. Im Vergleich gehöre ich zwar zu den ›Besserverdienenden‹ meiner Klasse, wobei die meisten meiner Mitschüler es gar nicht nötig haben zu jobben, aber ihr Taschengeld ist doch geringer als mein ›Einkommen‹. Trotzdem kommt diese Phase, in der ein paar Freunde und ich davon träumen, ganz unabhängig zu sein, erwachsen und frei! Ich zeige das nie so offen vor Konstantin Kaiser wie einige bei ihren Vätern. Überhaupt halte ich mich nach außen immer bedeckt. Die Schule ist streng auf andere Werte als materielle bedacht. Auch der Zeitgeist ist Anti-Konsum. Wenn überhaupt geprotzt wird, dann eher mit dem Auto und dem Beruf des Vaters. Unsere Autonomiekrise dauert allerdings kein halbes Jahr. Die Entzauberung kommt, als wir Georg besuchen, unser heimliches Vorbild, der wegen Schwänzens und schlechter Noten geflogen und danach ein paarmal samstags am Schulhoftor aufgetaucht ist, um mit seinem Geld und seinem Job anzugeben. An einem Februarmorgen beschließen wir nachzuschauen, wie sie ist, seine Erwachsenenwelt, seine neue ›Wirkungsstätte‹, eine Kfz-Werkstatt, draußen im richtigen Leben, zwischen Baracken und Arbeiterhäuschen, wo er die Lehre macht. Selbst im Inneren der Halle ist es so kalt, dass man den Atem sieht. Georg kriecht unter einem aufgebockten Opel Kadett hervor, wischt betreten die ölverschmierten Hände an seinem fleckigen Blaumann ab und blickt sich unsicher um. Prompt taucht der Lehrherr auf, verweist ihn an seinen Platz, beschimpft uns als Gammler und Herrensöhnchen und wirft uns hinaus, während Georg sich hastig unter das Auto schiebt. Mir fällt plötzlich der Alte wieder ein, wie er brüllte und wie es auf seiner Arbeit im Sägewerk zuging. Auch meine Freunde wirken verstört. Wir ziehen die Handschuhe an und trotten zu unseren Fahrrädern. Wir machen uns klar, dass Georg in dieser eisigen Werkstatt jeden Tag acht Stunden lang unter schmierigen Autos liegt, während wir fünf, höchstens sechs Stunden aufrecht und sauber im wohltemperieren Klassenraum sitzen. Er für den Rest seines Lebens, wir mit der Chance, wer weiß was zu werden, Arzt, Anwalt, Lehrer. Das Ende der Illusion, wir sind fürs Erste geheilt.

Nach dem Besuch bei Georg weiß ich wieder, worum es geht, was ich will und für wen ich es tue, für Romy, für meine Mutter und mich. Ich bin wieder auf Kurs, aus eigenen Stücken, ohne Predigten und Skandale, wie ich sie in anderen Familien erlebe. Und mit einem Mal liebe ich Konstantin Kaiser noch stärker als vorher und schwöre mir mit Inbrunst, ihn nie zu enttäuschen. Trotzdem bleibt vieles verlockend. Ohne die Rituale des Hausaufgaben-Nachsehens und -Korrigierens, des Vokabeln-Abfragens und gemeinsamen Übersetzens wäre ich sicher auch später gefährdet, hängenzubleiben und vielleicht sogar wie Georg von der Schule zu fliegen.

Die ersten zwei Jahre bei Konstantin Kaiser sehe ich meine Mutter nur ein paarmal kurz in der Stadt. Dann kommt der Anruf, der Alte sei wieder weg, diesmal endgültig. In den Ferien soll ich zum ersten Mal für drei Wochen zurück zu meiner Familie. Ich freue mich auf Mutter und die Geschwister, sogar auf Elvis. Auf das Drunter und Drüber in der Wohnküche, das Toben im Garten, die Katzen, die Hunde und Kühe im Dorf. Aber ich fürchte mich auch. Es war schwer genug zu entkommen. Jetzt gehöre ich nicht mehr dazu. Unser Umgang in diesen Ferien hat etwas Bemühtes, das sich jeden Sommer verstärkt. Am schwierigsten ist es mit Romy. Sie kann mir nicht verzeihen, dass ich gegangen bin. Und ich kann es auch nicht, obwohl ich ihr immer wieder erkläre, dass es doch nur für sie war, um ihretwillen, um sie von den Windeln zu befreien. Sie hört mir trotzig zu, sie bemüht sich zu verstehen. Sie ist fast sechs Jahre jünger als ich. Sie ringt sich ein Lächeln ab, aber ich sehe, dass das Gefühl überwiegt, verlassen worden zu sein. Mein schlechtes Gewissen bleibt bis zum Schluss.

Trotzdem flammt in diesen Ferienwochen auch die alte Nähe zwischen meinen Geschwistern und mir wieder auf. Bei den Wasserschlachten hinter dem Haus. Wenn wir spielen, herumstromern und flüsternd in unseren Verstecken hocken. Alles in allem schlagen wir uns tapfer, allen voran unsere tapfere Mutter, die das Radio aufdreht, Kakao und Kuchen serviert, die alten Filme erzählt und mit uns vor dem Fernseher einschlummert.

An meinem sechzehnten Geburtstag erklärt Konstantin Kaiser, dass ich von jetzt ab ›selbstverantwortlich‹ sei und tun könne, was ich wolle. Meint er das ernst? Von einem Tag auf den anderen soll ich erwachsen sein? Wie von der Hand losgelassen, plötzlich auf mich allein gestellt?

Nach der ersten Verwirrung rauscht ein Freiheitsgefühl in mir auf, das die Zumutungen des Alltags mit sich wegschwemmt. Für einen euphorischen Moment ist es, als sei alles möglich, ein Leben in reiner Spontaneität. Ich erschrecke, als mir Konstantin Kaisers Anwesenheit wieder bewusst wird. Mit seinem Geschenk auf dem Schoß (Hermann Hesses ›Narziss und Goldmund‹) sitzt er noch immer abwartend vor mir. Ich bedanke mich mit einem neuen Gefühl von Ernsthaftigkeit und Würde, das mein Verhältnis zu ihm und in gewisser Weise auch zu mir selbst nachhaltig prägen soll. Daran ändert auch die Tatsache nichts, dass er trotz aller Selbstbestimmung die Hausaufgabenkontrolle ganz selbstverständlich beibehält.

Das Tor zur Erwachsenenwelt hat Konstantin Kaiser an diesem Morgen geöffnet, und noch am selben Tag trampelt Frau Saueressig für mich ein Stück Weg frei. Bevor meine Freunde zum Kaffee eintreffen, ruft mich die Haushälterin zu sich in die Küche, wo der Geburtstagskuchen neben dem

Backofen ausdampft. Sie fängt an zu spülen, ich trockne ab, und was kommt, ist wohl das, was sie sich unter Aufklärung vorstellt. Einiges habe ich mir längst aus dem Geflüster auf der Schultoilette zusammengereimt, es gibt auch schon knutschende Pärchen unter den Gleichaltrigen und wilde Gerüchte von Schwangerschaften und was dagegen zu tun sei. Frau Saueressig bringt nun hochoffiziell Ordnung ins Ganze.

»Ich weiß schon, es hört sich schlimm an, dass der Mann sein Ding da unten reinsteckt. Ist aber ganz normal, Toni. Der Pimmel und die Muschi sind nun mal nicht nur zum Pipimachen da. Und manchmal ist es auch schön, das kannst du mir glauben, also der Klaus-Dieter zum Beispiel, ach nee, das, jedenfalls, nicht alle Männer sind egoistisch und nur rein und raus. Es gibt immer noch Kavaliere, die Gefühl haben und so. Sind allerdings wenige, kann man, ehrlich gesagt, mit der Lupe suchen gehen. Also, nicht, dass ich viel Erfahrung hätte, aber … Guck genau hin, bevor du einen ranlässt! Und wenn er noch so schön Süßholz raspelt, dein Fahrgestell lobt und so weiter. Immer ganz genau hingucken. Was macht der, was ist das für einer, auf was hat er es abgesehen. Und immer verhüten! Mit Gummi. Wenn du später die Pille nehmen willst, sagste Bescheid, dann gehe ich mit dir zum Frauenarzt. Ich mach mir nix vor, von wegen bis zur Ehe warten und so. Wir haben ja auch heimlich, na ja. Und heutzutage, die mit ihrer freien Liebe und sexuellen Revolution! Plötzlich soll ja alles erlaubt sein!« Mir wird heiß und kalt. Am liebsten würde ich im Boden versinken. Zwischendurch muss ich auch grinsen, was ich natürlich nicht zeige. »Wenn er fettige Haare hat oder Trauerränder, dann kannste dir vorstellen, wie es bei dem untenrum aussieht. Äh …« Sie verstummt erschrocken und fährt sich unbeholfen mit der Hand übers Haar, wo ein Schaumzipfel hängen bleibt und bei jedem weiteren Wort zittert. Ich bin zu befangen, um sie zu unterbrechen und darauf aufmerksam zu machen. Dann geht die Routine des Spülens und Abtrocknens weiter. Sie holt Luft. »Nicht jeder, der nett tut, ist auch wirklich ein netter Kerl. Ich sag nicht, die wollen alle nur das eine, das sage ich nicht. Aber ist schon was dran, also. Eigentlich stimmt's. Na ja, wenn du das Gefühl hast, er will das eine und dich, dann kannste schon mal einen Blick riskieren. Wirst schon den Richtigen finden, bist doch ein kluges Mädchen. – Aber auf jeden Fall auch Obacht mit Krankheiten.« Sie trocknet sich die Hände ab, beim Herumdrehen bebt der Schaum und dehnt sich kurz in die Länge. Wir sind fast fertig. »Und noch was, du weißt schon, dass es auch Männer gibt, die Männer lieben, und sogar Frauen Frauen. Ist zwar verboten, Paragraf 175, früher gab es Zuchthaus dafür, gilt jetzt nur noch, wenn so einer sich an Jugendliche ranmacht.« Der Schaumzipfel tropft ab und vergeht. »Erwachsene können machen, was sie wollen. Ist auch gut so. Homos hat's immer gegeben und wird's immer geben, kann man nix machen, jedem das Seine. Wie die es genau treiben, miteinander im Bett, keine Ahnung, will ich mir auch gar nicht vorstellen. Braucht man nicht wissen, nicht unsre Welt. Sind aber auch nur Menschen, wie gesagt. Dann gibt's noch alte Knacker, meistens reiche Bonzen, die hinter frischem Fleisch her sind. Auch da sage ich nur, Alarmstufe Rot. Die versuchen, junge Mädchen einzuwickeln mit Geschenken, schmierigen Sprüchen und leeren Versprechungen. Dafür biste ja hoffentlich zu gescheit. Jetzt wird es aber höchste Zeit zu decken.« Sie bindet sich die Schürze ab. »Und, Toni, wenn du mal Kummer hast, kommste zu mir, oder wenn du Blödsinn gemacht hast. Mit Kummer und Blödsinn kenn ich mich aus, nix ist so schlimm, dass man nicht drüber reden könnte, verstanden?«

Dieser Vortrag wäre ohne eine entscheidende Wende in unserer Beziehung undenkbar. In der ersten Zeit nach meinem Einzug spricht sie nämlich gar nicht mit mir. In Anwesenheit von Konstantin Kaiser gibt sie sich zwar normal, energisch, ein bisschen mürrisch, doch kaum bin ich mit ihr allein, zeigt sie mir unverhohlen Ablehnung und Groll. Sie wirft meine Sachen herum, nörgelt ständig, schon wieder Flecken auf der Hose, Zahnpastaspritzer am Spiegel, du pinkelst doch nicht etwa im Stehen, die Jacke nicht aufgehängt, die Tür geknallt. »Habt ihr zu Hause Säcke, oder was? Was bist du nur für ein Kind! Wenn ich an meinen Oskar denke, der hat in deinem Alter schon Fahrräder repariert. Und du, zu nichts nutze! Ballast, dahergelaufenes Pack!« Manchmal zerwühlt sie sogar mein Bett, das ich jeden Tag ordentlich mache. Sie bleibt aus der Nähe dieselbe Hexe, die Micha und mich vom Fenster herunter beschimpft hat. Am schlimmsten ist es, wenn Konstantin Kaiser mit Frau Kimura-Baum unterwegs ist, mittwochs nachmittags, wenn die Japanerin keine Klavierstunden gibt, und die beiden ihren Spaziergang machen, Ausstellungen oder Konzerte besuchen. Dann genügt die kleinste Verfehlung, und es bricht aus ihr heraus. »Du und diese Japsin, ihr bringt mich ins Grab. Ein hergelaufener Rotzlöffel und eine Geisha. Womit habe ich das verdient? Ich wünsche euch die Krätze an den Hals!« In der Küche lärmt sie mit den Töpfen und wiederholt immer die gleichen Beschimpfungen. »Ich weiß gar nicht, was die überhaupt mit dem Herrn Doktor zu schaffen hat, die hat doch selbst einen Mann daheim. Sollte sich besser um den kümmern! Wer weiß, was die Schlitzaugin alles im Schild führt. Denen kann man nicht trauen. Die haben doch im Krieg schon, die macht eines Tages noch Harakiri bei ihm, oder wie das heißt, wenn die mit den Messern rumschlitzen. Womöglich schubst sie den hilflosen Mann irgendwo runter oder so was. Würde mich nicht wundern, die sind unberechenbar mit ihren Käsegesichtern ...« Lauter Blödsinn, das ist mir bewusst, doch ihre Tiraden sind zu einschüchternd, als dass ich die Komik darin hätte wahrnehmen können. Anderthalb Jahre lang geht das so. Ohne die äußerlich stoische, innerlich störrische Haltung, die ich mir bei den Ausbrüchen und Demütigungen meines Vaters angewöhnt habe, wäre ich verloren. Dann auf einmal wird alles besser. Frau Saueressig hat Klaus-Dieter kennengelernt. Sie verbringt die Wochenenden mit ihm, mal fährt sie mit dem Zug zu ihm nach Kaiserslautern, wenn die ›Roten Teufel‹ spielen, mal kommt er mit seinem Motorrad hierher. Sie sieht besser aus, singt sogar manchmal vor sich hin und trägt neuerdings Hut. Ihre Feindseligkeit gegen mich lässt nach, die Wut auf die Japanerin scheint zu verflachen. Eine unerwartete Phase großer Erleichterung beginnt. Sie fängt an, mit mir über Fußball zu reden, weil Konstantin Kaiser das nicht interessiert und ich ihr erzähle, dass ich auch mal Fußballer war, fast fünf Wochen lang, in der Altstadt, bevor ich hierhergezogen bin. Einmal sehe ich die beiden die Uferstraße entlangrattern, vorne Klaus-Dieter mit Bomberjacke und Bommelmütze, hinten sie, fest an ihn geklammert, einen rot-weißen FCK-Schal um den Kopf gewickelt. »2 zu 0 gegen Fortuna, war wieder ein Hexenkessel der Betze, mit dem Toppmöller im Sturm kann den Lautrern keiner was«, solche Sachen sagt sie montags, und ich tue so wissbegierig wie möglich. Dann entdecke ich eines Morgens auf der Schultoilette Blut in meinem Schlüpfer. Erschrocken radele ich nach Hause, ohne zu wissen, was mir gerade passiert. Ich spüre, wie das Toilettenpapierknäuel langsam aufweicht. Ich habe Angst, tief in meinem Körper könnte eine Wunde entstanden sein, eine schwere Verletzung, aus der das Blut nur so herausläuft. Ich weiß, dass Blut, wenn man es heraushustet, lebensgefährlich sein kann, eigentlich schon ein Zeichen des sicheren Todes. Bei mir fließt das Blut unkontrolliert aus einer anderen Öffnung. Zu Hause renne ich auf die Toilette, zu meiner Erleichterung ist noch kein Fleck in der Hose zu sehen. Ich wickele eine dicke Lage frisches Papier ab und wasche mir zitternd die Hände. Mit Konstantin Kaiser kann ich unmöglich darüber sprechen. Ich nehme allen Mut zusammen und schließe hinter Frau Saueressig und mir die Küchentür. Voller Scham vertraue ich mich ihr an. Sie kriegt sich gar nicht ein. »Wie, nein ... das ist ja wohl, das kann ich nicht glauben. Und da haste die ganze Zeit ... du bist'n Mädchen? Ich habe mich schon über die komischen Unterhosen gewundert. Weiß das Herr Dr. Kaiser?« Ich nicke. Sie glotzt mich an, setzt sich umständlich hin und macht auch mir ein Zeichen zum Stuhl. »Tja, Toni, dann biste jetzt 'ne Frau, auch wenn du alle vergackeiert hast. Aber der Körper, der lässt sich nicht vergackeiern. Der bringt dir die Flötentöne schon bei. Ich gebe dir jetzt erst mal Watte, die stopfste dir in eine frische Unterhose. Danach nicht ins Klo werfen, in den Eimer daneben, verstanden! Den Schlüpfer weichen wir kalt ein, danach mit der Hand rauswaschen mit Kernseife, das kriegste schon hin. Ist alles normal, nennt man Mentru... also Periode. Kommt alle vier Wochen, dauert drei bis fünf Tage. Haste Bauchweh? Kannste kriegen. So ist das halt bei uns Frauen, hat mit dem Kinderkriegen zu tun, mach dir nichts draus.«

Als ich von der Toilette komme, ruft sie mich wieder zu sich und löchert mich mit Fragen. Vorher wollte sie gar nichts von mir wissen, jetzt, wo ich ein Mädchen bin, alles. Vom Dorf und vom Alten und Mama, von meinen Geschwistern und am meisten von Elvis. Da fragt sie genau nach. Und als ich ihr alles erzählt habe, holt sie aus dem Schrank ganz hinten eine Flasche Schnaps, gießt sich und mir, ja auch mir, einen ein, prostet und lässt nicht den Blick von mir, bis auch ich trinke. »Stell dich nicht an, wir saufen ja nicht jeden Tag. Du bist jetzt eine Frau! Das Gläschen bringt dich nicht um. Ich sag es auch niemand.« Es brennt vom Mund die Speiseröhre hinunter und bis in den Magen. Ich muss schlucken und schlucken, ich gebe mir nicht die Blöße, mich vor ihr zu übergeben. Dann fängt sie an zu erzählen. Dass auch sie einen älteren Bruder hatte, den der Vater vor allen vorzog, der alles bekam, alles durfte, was sie und ihre zwei Schwestern nie bekamen und durften. »Aber an einem Tag im Mai 43, als die Sirenen heulten und alle in den Luftschutzkeller rannten, trödelte er herum wie immer, das Prinzchen, und, was soll ich dir sagen ...« Sie schenkt noch einen Schnaps ein, immerhin nur für sich. »Die Bombe fällt kerzengrade aufs Haus, nicht auf unsers, aber das nebenan. Und ein Brocken trifft den Trottel genau am Kopf. Wir haben's zwar nicht mit eigenen Augen gesehen, zum Glück oder leider, wir hockten ja schon mit der ganzen Bagage aus der Nachbarschaft im stickigen Luftschutzkeller. Aber so muss es gewesen sein. Zwei Wochen lang haben sie noch alles probiert. Doch der war wohl schon ziemlich hinüber. Im Krankenhaus war er ja auch nicht der einzige Wundersohn, da gab es sie massenweise, die zusammengeflickt werden mussten. Jedenfalls, zwei Wochen später ist er abgekratzt, aus und vorbei, für immer weg, paff.« Sie kippt den Schnaps, knallt das Glas auf den Tisch und füllt sich nach. »Doch das war nicht das Ende vom Lied, oh nein. Da ging es erst richtig los. In jedem Zimmer ein Foto von ihm mit Kerze und Jesusbildchen und so. Jeden Tag auf den Friedhof, monatelang, beten für seine Seele.

Die Mutter, seitdem eine wandelnde Leiche, der Alte nur noch gesoffen und bald so tyrannisch wie der Adolf selbst. Auch nach dem Krieg, in der schlechten Zeit, mindestens dreimal die Woche ab zu dem Toten unter der Erde hinter der Mauer, belämmert rumstehen, dumm gucken, als hätte es nichts Wichtigeres gegeben, als hätten wir nicht Kohldampf geschoben und gefroren, als hätten wir nicht besser Kartoffeln geklaut oder Pullover gestrickt, na ja oder irgend so was. Du liebes bisschen, die Stammhalter! Wenn ich da an meinen Oskar denke, war zwar ein Betriebsunfall, zugegeben, der Vater hat sich postwendend verdünnisiert, na und? Habe ich den Bub halt allein großgezogen. Der hat mir nie Schande gemacht, ist mir immer zur Hand gegangen, seit seinem siebzehnten Lebensjahr schafft er bei den Anilinern, jetzt ist er schon Vorarbeiter …« Sie stutzt, guckt mir ins Gesicht. »Kennste nicht, die Aniliner? Also, ganz ehrlich, immer nur Latein und Mathematik, aber noch nie vom größten Chemieareal der Welt gehört haben, einen Katzensprung von hier, direkt auf der anderen Rheinseite? B-A-S und F.« Ich nicke heftig. »Ja doch, klar.« »Also, jedenfalls kommt er jeden Monat, bringt mir die Wäsche, repariert den Ausguss, kittet die Fenster und alles. Ein ganz anderes Kaliber, mein Oskar, als diese Schnösel, die meinen, sie wären Gott weiß was. Elvis, dass ich nicht lache.«

Sie kippt das Glas und gleich noch eins hinterher. Beim Aufstehen torkelt sie leicht. Ich helfe ihr, die Flasche wieder ganz hinten im Schrank zu verstauen. »Nichts für ungut. Ich geh dann mal heim. Mach du deine Hausaufgaben. Ich besorg dir einen Vorrat Binden. Kannst auch mal ein Tampon probieren von mir, vielleicht klappt's ja. Wir Frauen müssen zusammenhalten, sonst hält nämlich überhaupt nichts.« Seitdem lief es richtig gut mit uns beiden.

Körperliches

1981, Heidelberg, Lutherstraße
»Ich werde Ärztin, in ein paar Wochen fange ich das Studium an, wieso darf ich nicht dabei sein und nie etwas machen?« Die Krankenschwester hält inne, Konstantin Kaiser schiebt seine Hand, die schlaff neben ihm auf dem Bett liegt, in meine Richtung. Ich nehme sie. Er schaut zur Tür, dann zu mir, nickt leicht und schließt kurz die Augen. Ich lege seine Hand vorsichtig zurück, gehe aus dem Zimmer.

»Als wäre ich irgendeine Fremde und hätte gar nichts mit ihm zu tun!« Im Flur wienert Frau Saueressig den Garderobenspiegel. »Toni, jetzt hör mal gut zu. Dr. Kaiser will von dir nicht gepflegt werden. Er möchte das nicht. Das ist doch nicht so schwer zu verstehen, das müsste doch auch in deinen Dickschädel reingehen! Das Körperliche will er eben für sich behalten. Wenn schon jemand ranmuss, dann lieber jemand von außen. Das kann man ihm doch lassen, da muss man doch nicht ...« Frau Saueressig kann einem ja manchmal ganz schön auf die Nerven gehen mit ihren Kalendersprüchen, ihrem Fußball und ihrer verqueren Logik, trotzdem – das Körperliche, natürlich! Sie ist einfach einer der klügsten Menschen der Welt. Sie flappt mit dem Lappen und meint noch: »Außerdem, noch bist du nicht Ärztin, noch lange nicht! Schaff erst mal dein Abi, Frollein. Sind doch nur noch acht Tage, oder? Also, setz dich mal lieber hin und sieh zu, dass du uns nicht blamierst!« Sie schüttelt den Kopf, dass die Lockenwickler unter dem Kopftuch hüpfen. Seit sie in der Kammer schläft, hat sie die Dinger fast ständig drauf. »Wenn ich jetzt schon Haussklave bin, dann sehe ich auch aus wie zu Hause!« Haussklave, absurd, sie beschwert sich, dabei hat sie ganz alleine entschieden, dass sie erst mal hier einzieht. Ich glaube, sie kriegt nicht mal Extralohn dafür. Konstantin Kaiser und Frau Kimura-Baum hat sie erklärt: »Damit die Ärzte zufrieden sind. Bis wir das Schlimmste überstanden haben.«

Als es passiert ist, vor drei Wochen, Konstantin Kaiser im Krankenhaus, Zusammenbruch, bin ich total fertig. Ich kann an nichts anderes mehr denken, mich auf nichts konzentrieren, schon gar nicht, solange ich nicht weiß, was ihm fehlt. Die ersten zwei Tage wollen die Ärzte nichts sagen, weil wir nicht blutsverwandt sind. Auch Frau Saueressig und Frau Kimura-Baum erfahren nichts Konkretes. Erst als er wieder bei sich ist und einigermaßen sprechen kann, erklärt er den Ärzten bei der Visite, dass wir seine nächststehenden Personen sind. Natürlich habe ich gleich am ersten Tag Alfons in Mexiko angerufen. Er will so schnell wie möglich kommen, muss vorher noch irgendwas abklären, etwas Juristisches. Wir telefonieren jeden Tag. Zweimal hat er selbst mit seinem Vater gesprochen, aber der soll nicht telefonieren, um sich nicht aufzuregen. Es war ein Schlaganfall, sagen sie. Nach einer Woche besteht Konstantin Kaiser darauf, entlassen zu werden. Er muss unterschreiben, auf eigene Verantwortung usw. Alfons schickt Geld für zwei Pflegerinnen, die sich abwechselnd um ihn kümmern. Frau Saueressig schläft, wie gesagt, seitdem bei uns in der Kammer, damit rund um die Uhr jemand da ist. Sogar am Wochenende, nur einmal hat sie sich sonntags ein paar Stunden mit Klaus-Dieter getroffen und natürlich schaut sie die FCK-Spiele im Fernsehen und telefoniert hinterher mit ihm. Als könnte nicht ich Konstantin Kaiser genauso gut helfen, wenn er nachts etwas braucht oder wenn man den Notarzt verständigen muss! Das ist ja nichts

Körperliches. Er bekommt starke Medikamente, kann nicht alleine essen, sieht blass aus. Wenn er etwas sagt, ist es schwer zu verstehen. Manchmal versucht er zu zwinkern oder eines unserer alten Späßchen zu machen, dann schaue ich in sein verzerrtes Gesicht und grinse so fröhlich wie möglich zurück. Manchmal muss ich auch rausgehen und schlucken. Er ist so tapfer, ich könnte ihn küssen und drücken und streicheln. Aber ich denke, das würde er nicht mögen, ist ja auch etwas Körperliches.

Heute in einer Woche beginnt das schriftliche Abitur. An vier Tagen hintereinander schreiben wir Deutsch, Mathe, Latein und, je nach alt- oder neusprachlichem Zug, Griechisch oder Französisch. Ich habe Französisch gewählt. Der Numerus clausus für Medizin liegt bei 1,2, schlechter darf ich auf keinen Fall abschneiden. Bis Konstantin Kaiser krank wurde, war ich mir sicher, dass ich das hinkriege, in den Hauptfächern sowieso und in den Nebenfächern eigentlich auch, außer vielleicht in Chemie, ausgerechnet! Wegen eines dämlichen Fehlers hat es im letzten Test nur für eine Vier gereicht. Ich wollte mit dem Lehrer sprechen, damit er mir nicht die Gesamtnote versaut. Aber dann war mir so elend wegen Konstantin Kaiser, ich war einfach nicht in der Verfassung für ein solches Gespräch. Jetzt sind die Vornoten fertig, zu spät, um noch etwas zu ändern. Schlafen konnte ich auch nicht mehr. Bis vorgestern, bis zur Paniknacht.

Ich liege abends im Bett, und weil ich wieder nur grüble, stehe ich noch einmal auf, lausche durch die angelehnte Tür in Konstantin Kaisers Zimmer, lege mich wieder hin und hoffe, dass ich einschlafen kann. Und da kam es über mich ohne Vorwarnung: Schweißausbruch, Herzklopfen, Zittern, eine

Art Angstanfall: Angst um Konstantin Kaiser, Angst vor den Prüfungen, Angst vor der Nacht und der Zukunft. Einfach vor allem. Wie ganz früher, als ich klein war und im Dunkeln zu Gina gelaufen bin. Wenn die Tür angelehnt war, zu ihr ins Bett. Wenn sie zu war, zu Mama. Die hat dann im Kinderzimmer solange bei mir gesessen, bis ich wieder einschlafen konnte. Aber daran will ich jetzt auf keinen Fall denken. Ich versuche, überhaupt nichts zu denken. Ich schwitze und zittere, es wird schlimmer, verworrener, die Angst immer größer, unheimlicher. Ich muss hoch, etwas machen. Mich anziehen, leise raus aus der Wohnung, das Fahrrad aufschließen, noch mal zurück und einen Zettel schreiben für Frau Saueressig. Die steht aber schon in der Diele, im Nachthemd. Ich sage ihr, dass ich Luft brauche. Das versteht sie. Und dann radele ich wie der Teufel auf leeren Straßen, alles still, nur das Rauschen, das man immer hört. Recevoir, empfangen, je reçois, j'ai reçu, je recevais. Die unregelmäßigsten Verben schießen mir durch den Kopf wie Kometen. Cadere, fallen, cado, cecidi, casurus. Die Handschuhsheimer Landstraße Richtung Neckar, über die Brücke, rechts um die Kurve unten durch, am Iqbalufer entlang, da wird es heller. Aus der Stadthalle strömen Leute in Abendkleidung. Vorbei an Taxis und anderen Autos. Wegen mit Genitiv, wegen des Wetters, nicht wegen dem Wetter. Wer nämlich mit h schreibt, ist dämlich. Rhythmus mit zwei h, mysteriös ohne. Transitiv, intransitiv. Ich versuche, schneller zu sein als meine Gedanken. Strahlensatz, binomische Formeln. Ich sause unter der Alten Brücke hindurch, am Wehr vorbei, aus der Stadt. Bonus, melior, optimus, gut, besser, am besten. Der Abstand der Straßenlaternen wird größer, trostlose, gräuliche Funzeln, die sich bleich im Wasser spiegeln. Nur auf der anderen Seite im Stift Neuburg warmes, gelbliches Kerzenlicht in mehreren

Fenstern. Quand j'étais petit, je n'étais pas grand. Je montrais mon derrière a tous les passants. Es wird immer idiotischer. Auch der Quatsch fällt mir ein: Penis campus, der Feldstecher, vehiculum sexualis, der Triebwagen. Weiter, weiter. Dann plötzlich höre ich mich keuchen. Ich keuche und merke, mein Kopf ist leer. Vollkommen leer, ich bin frei. Ich reiße die Arme hoch, lasse nur noch rollen.

Hat da ein Blaulicht geblitzt? Ganz kurz? Ein Polizeiwagen taucht neben mir auf. Das Fenster heruntergekurbelt. Ich beuge mich zum Lenker herunter und greife wieder zu. »Alles in Ordnung bei Ihnen?« »Alles in Ordnung, mir geht's gut.« Der Bulle ist jung, lacht zurück. Sie geben Gas und rauschen davon. Schweiß tropft mir aus den Haaren übers Gesicht, das T-Shirt klebt mir am Rücken. Ausgepumpt biege ich ein auf die Brücke nach Ziegelhausen, radle am Haarlass vorbei, Hirschgasse, Alte Krone und heim. Im Bett muss ich dann doch noch ein bisschen weinen, aber nur still, ohne große Gefühle.

Als Frau Saueressig die Vorhänge aufreißt, helllichter Tag, merke ich, wie tief ich geschlafen habe. Zum ersten Mal, seit Konstantin Kaiser krank ist. »Jetzt aber raus aus den Federn, Frau Doktor! Wer nachts feiern kann, der kann tagsüber auch was schaffen. Oder weißt du schon alles?«

Am Nachmittag kommt Konstantin Kaisers Hausarzt, er gibt ihm eine Spritze. Er sieht besorgt aus. Warum bin ich nicht älter und Ärztin und kann auch etwas für ihn tun? Ich wusste nicht mal genau, was ein Schlaganfall ist, bis ich im ›Großen Brockhaus‹ nachgeschlagen habe.

Vorwegnahme des Schmerzes

September 2016, Odenwald
Normalerweise erzählt meine Tochter Clea nicht gerne, sie handelt lieber. Heute sprudelt es aus ihr heraus. Sie tritt durch die automatische Tür in die Flughafenhalle, umarmt mich stürmisch und legt sofort los. Meine Befürchtung, sie könnte sich überrumpelt oder genötigt fühlen durch das Ticket für den Kurztrip nach Hause, hat sich als unbegründet erwiesen, ihre Antwort kam schnell und begeistert. Auf der Fahrt von Frankfurt erzählt sie von den Begegnungen und Erlebnissen, die sie in den letzten fünf Monaten in Barcelona hatte, so viele außergewöhnliche Menschen, schwärmt sie. »Es war höchste Zeit, dass ich mal rauskam aus dem Bermuda-Rhein-Neckar-Dreieck.« Sie erklärt mir Projektideen, an denen sie arbeitet. Und natürlich kommt sie immer wieder auf Rashid: »Ihr würdet euch ganz bestimmt mögen, Rashid und du!« Sie hat die Füße zum Schneidersitz an sich herangezogen, die von der Sonne gebleichten Haare flattern im Fahrtwind, zwischendurch streckt sie den Kopf aus dem Fenster. Es fühlt sich wunderbar an, sie bei mir zu haben. Als Lilli erfuhr, dass ich Clea über ein kurzes Wochenende ›einfliegen lassen‹ würde, musste ich versprechen, bei ihr vorbeizukommen im Odenwald, wo sie seit dem Herbst 72 wohnt, fast genau 44 Jahre. Clea will unbedingt für uns kochen, für Lilli und mich und die ganze Hausgemeinschaft, katalanische Hausmannskost. Ein paar Zutaten hat sie mitgebracht, für den Rest während des Fluges eine Einkaufsliste geschrieben und so halten wir unterwegs an einem Supermarkt und packen den Kofferraum voll. Großes Hallo bei der Ankunft, sogar ein Willkommensschild über der Tür des Hauptgebäudes. Bei herrlichem Wetter essen wir an der großen Tafel unter den Bäu-

men, alle zusammen, wie früher. Clea quirlt den ganzen Abend herum, unterhält sich mit jedem, macht kurze Handy-Videos, sammelt die ersten bunten Blätter zu einem Strauß und steckt ein paar späte Rosen dazu. Ich hatte vergessen, wie energiegeladen ein Mensch mit dreiundzwanzig ist. Anders als ich, die gegen die Schwere ankämpfen muss, gegen die Kopfschmerzen, obwohl die Zeit doch so kostbar ist. Wir beschließen spontan, bei Lilli zu übernachten.

Am nächsten Morgen stapfen wir über die Hügel einer verschleierten Sonne entgegen. Auf der Bank ein Selfie, drei Frauen, drei Generationen, das Licht auf unseren Gesichtern. Ich weiß nicht, wie wir darauf gekommen sind, aber mit einem Mal sind wir beim Thema Terror. Und Lilli wird leidenschaftlich wie selten. »Dieser mit Religion aufgeladene Hass, diese Feindseligkeit – alles Angst. Angst angeblich vor Gott, vor dem Fremden, Angst vor Verlust. Jeder steckt seine Angst in irgendein monströses Gedankengebilde und fühlt sich berechtigt, um sich zu schlagen, seine eigne Angst zu verbreiten, die wieder Angst erzeugt. Wo bleibt der Mut, die Zivilcourage? Natürlich sind die Dinge komplexer als auf den ersten Blick, aber … Ach, was rede ich. Wir drei sind hier, zusammen, das ist doch das Einzige, was zählt.« Sie legt Clea und mir die Arme um die Schultern. Am frühen Nachmittag fährt sie mit uns in die Stadt.

Erstes Herbstlicht auf den Fassaden. Sonntägliche Ruhe, nur ein paar Jogger, Spaziergänger und eine chinesische Reisegruppe. Lilli schließt ihren Laden auf. »Bevor ich ihn endgültig abgebe, zum Siebzigsten. Dann bin ich den Einkauf und den Papierkram los und habe endlich mehr Zeit für euch!« Wir stöbern ein bisschen, Lilli schenkt Clea einen breiten, silbernen Armreif mit eingepunzten Löwen, den sie gleich überstreift. Ob wir ihr eine Stunde zugestehen? Sie will ganz kurz Anna und Leonie treffen, ihre besten Freundinnen. Lilli und ich gehen zu mir und legen die Beine hoch.

Ich stelle zwei Gläser vom Quittengelee für Clea heraus und schenke auch Lilli eins. Als Clea klingelt, ist es schon fast wieder Zeit, zum Airport zu fahren. Knapp zwei Stunden noch. Aus alter Liebe gehen wir auf eine Portion Spaghetti ins ›La Bruschetta‹ in die Plöck. Zum herzzerreißenden Klang italienischer Opernarien vom Schallplattenspieler zeigt Clea uns Fotos auf ihrem Tablet. Als wir losmüssen, ist es, als würde ich aus einer ganzen Welt herausgerissen. Auch Lilli scheint überrumpelt und beschließt, uns zu begleiten.

In der Flughafenhalle beim Abschiedskaffee wissen wir plötzlich nicht mehr so recht, was wir noch sagen sollen. Es war so viel seit gestern Mittag und doch viel zu wenig, natürlich. Mir fällt ein Zitat von Flaubert ein: ›Es kommt ein Augenblick beim Abschiednehmen, wo in der Vorwegnahme des Schmerzes der geliebte Mensch schon nicht mehr bei einem ist.‹ Wenn ich Clea doch noch ein wenig bei mir haben könnte! Aber wenn der Abschied schon sein muss, dann wäre es besser, es ginge jetzt schnell. Als der Aufruf kommt und sie durch die Sperre nach hinten läuft, stehen Lilli und ich eine Zeit lang einfach nur da, bevor wir schweigend zurückgehen zum Parkhaus und schweigend losfahren. Erst auf der Autobahn wendet sich Lilli an mich: »Toni?« »Ja?« »Jeder hat seine Geheimnisse, nicht wahr?« Ich werfe ihr einen Blick von der Seite zu. Sie schaut mir kurz in die Augen und sagt: »Vielleicht geht es mich ja nichts an.« Ihre Stimme wird noch etwas tiefer als sonst. »Seit Micha nicht mehr da ist ... Ich weiß, der Verlust war für uns beide unendlich schwer. Ich als Mutter und du – nach neunzehn Jahren Ehe, sogar ein Jahr länger, als ich ihn hatte. Ich will nur, dass du weißt, meine Güte, es soll nicht pathetisch klingen, ich meine einfach, wenn du mit jemandem reden möchtest, egal ...« »Ich habe eine chronische myeloische Leukämie, CML.« Lange Stille. »Und du hast Clea nichts davon gesagt? Du verheimlichst es vor ihr?« »Hättest du es Micha gesagt, wenn es dich erwischt hätte?« »Er wäre der Erste gewesen, mit dem ich gesprochen hätte. Wie lange weißt du es schon?« »Bist du da sicher? Ich denke, ich sehe erst mal, wie die Behandlung verläuft. Vielleicht bekommen wir es mit Medikamenten in den Griff. Warum sie beunruhigen, gerade jetzt, wo sie das erste Mal richtig losmarschiert, du hast es doch selbst erlebt. Ich will nicht, dass sie sich unnötig Sorgen macht. Sie hat weiß Gott lange genug getrauert, ihr Vater war immer, die beiden ... Und jetzt ist sie auch noch verliebt!« Lilli lächelt. »Vielleicht hast du recht.«

Wortloses Gespräch

1981, Heidelberg, Altstadt & Neuenheim
Konstantin Kaiser hat recht. Am letzten Tag zu versuchen, noch irgendetwas in den Kopf zu kriegen, was man bis dahin nicht drin hat, ist sinnlos. »Rausgehen, austoben«, hat er gestern Abend nach dem Vorlesen gesagt mit seiner immer noch schwachen Stimme. Ich habe dann gleich Marion angerufen, ob sie mitmacht beim Nichtstun, und noch ein paar andere fragt. Jetzt ist es zehn Uhr Vormittag, beim Treffpunkt am Bismarckplatz-Büdchen hat sich die halbe Klasse versammelt. Kaum ist das Ende in Sicht, bekommen wir plötzlich noch mal richtigen Gruppenzusammenhalt. In den letzten Wochen haben wir uns außerhalb der Schule kaum gesehen, jeder

büffelte allein vor sich hin. Die meisten sehen blässlich aus. »Haste auch so schöne Ringe wie ich? Klar, um die Augen! Dabei nicht mal gefeiert, eine Schande, Mann.« Einer schlägt vor, zum Wolfsbrunnen hochzuradeln, im Wald hinter dem Schloss. Wer als Erster da ist! Wir strampeln wie die Verrückten am Neckar entlang und dann die steile Straße den Berg hoch. Das Restaurant ist geschlossen, auf dem Brückchen über dem Bach lassen wir die Beine baumeln, reden Blödsinn, kicken ein bisschen mit einem Tannenzapfen herum. Hauptsache nicht an die nächsten vier Tage denken. Und schon gar nicht darüber reden, als hätten wir's abgesprochen. Astrid und Sonja wollen dann unbedingt noch Glücksbringer kaufen, es gäbe da so ein Geschäft am Uniplatz. Glücksbringer, sind wir dafür nicht langsam zu alt? Große Lust hat keiner, aber auch keine bessere Idee. Also, los. Während die beiden den Andenkenladen durchstöbern, gönnen wir uns die Henkersmahlzeit, Currywurst mit Pommes. Die ersten zischen nach Hause. Nur noch zu fünft gehen wir zu Kai in die Ingrimstraße, weil seine Eltern nicht da sind. Musik hören, Zappa und Queen. Kai baut eine Tüte, aber keiner raucht mit. »Wenn ich gekifft habe, bin ich einfach ein besserer Mensch«, behauptet er, Bine darauf: »Das glaubst du doch selbst nicht.« »Doch. Ich habe schönere Gedanken, freundlichere. Ich betrachte die Welt mit mehr Liebe. Vielleicht ist die Konzentration nicht die beste, die Wahrnehmung eher multipel als linear, eher assoziativ als logisch, aber manche Sachen gehen auch besser als ohne.« Er inhaliert, wartet und bläst eine Schwade aus dem offenen Mund. Bine lacht. »Besser, hört, hört! Zum Beispiel das Matheabi morgen um acht?« »Theoretisch schon, nur die Zahlen, die stören natürlich.« Ich schaue auf die Uhr. »Ich zieh dann mal los. War doch ganz nett, bis morgen.« Um sieben erwartet mich Konstantin Kaiser zum Vorlesen. Früher war es nur ein Gedicht, meistens nach dem Abendbrot oder den Nachrichten. Ich weiß noch, wie er gelacht hat, als ich einmal Marilyn Monroe zitiert habe: ›Ich lese Lyrik. Das spart Zeit.‹ Seit er krank ist, lese ich ihm auch die Zeitung vor, nicht alles natürlich. Gestern wollte er nach den Überschriften einen Artikel über Lew Kopelew hören, der den Friedenspreis des Deutschen Buchhandels bekommt, über seine Zeit im Gulag, dann als Dissident, seine Ausbürgerung und vor allem seine Leistungen für die Völkerverständigung. Manches habe ich nicht ganz verstanden, aber Konstantin Kaiser hörte so konzentriert zu, dass ich nicht unterbrechen wollte. Danach sah er müde aus, und ich dachte schon, das Gedicht wegzulassen. Aber er wollte doch eins. Rilkes ›Der Panther‹. Dazu brauchte ich das Buch nicht, das kann ich auswendig.

Ich schiebe das Fahrrad in den Hausflur, irgendetwas ist anders. Die Wohnungstür aufschließen, keiner da, ein umgefallener Stuhl, das Bett leer, der Rollstuhl und die Prothesen daneben. Auf dem Küchentisch ein Zettel, Frau Saueressigs Schrift. ›Sind ins St. Elisabeth, komm schnell.‹ Ich fahre, so schnell ich kann. An der Pforte frage ich nach ihm, ich höre meine Stimme ganz fremd. »Intensivstation. 1. Etage, erster Gang, rechts. Die Dame, die dabei war ...« Die Nonne schaut über den Tresen zu den Besuchertischen im Eingangsbereich. »Eben hat sie noch da vorne gesessen, muss wohl gegangen sein.« An der Station muss ich klingeln, auf den Stühlen davor sitzen Leute, bedrückt, niemand redet. Seit ich den Zettel gelesen habe, hatte ich nur eins im Kopf, komm schnell, komm schnell, komm schnell. Jetzt verlässt mich plötzlich die Kraft. Jemand öffnet das Fensterchen in der Tür, ich muss sagen, zu wem ich will, wer ich bin. Die Krankenschwester macht auf. »Zimmer 3 hinten links, bitte gründlich die Hände waschen und desinfizieren.« Sie zeigt auf das Waschbecken mit dem Behälter an der Wand und geht weg. Ich wasche mir die Hände wie in Trance. Am Ende des Ganges hält eine andere Schwester im Gehen inne, sieht zu mir her. Wenn ich jetzt zulasse, dass mich jemand anspricht, mich etwas fragt, sich irgendwie um mich kümmert, dann weiß ich nicht, ob ich das aushalte. Ich schaue weg, desinfiziere mir die Hände, gehe zu Nummer 3, die Tür steht halb offen.

Sein eingefallenes Gesicht, die Augen geschlossen, tief in den Höhlen, blutleere Lippen. Überall Schläuche und Apparaturen. Mir wird schwindelig, Brechreiz. Dann wie ein Stromschlag der Impuls loszurennen, weg, nur weg! Aber ich gebe nicht nach, ich bleibe stehen, schaue auf die leere Wand gegenüber, atme tief durch den Mund. Vorbei. Ich setze mich auf den Stuhl neben dem Bett, nehme seine Hand. Langsam lässt das Herzklopfen nach. Ich werde so ruhig wie er. Ich, wie soll ich es sagen, begegne ihm. Wir führen ein langes, wortloses Gespräch.

Ich bleibe die ganze Nacht wach. Zwischendurch sieht die Schwester nach ihm. Nichts verändert sich. Er liegt da, die Augen geschlossen. Die Apparate ticken. Morgens um sechs Uhr kommt Frau Saueressig, dann Frau Kimura-Baum. Ich gehe raus, trinke eine Cola aus dem Automat. Auf einem Stuhl im Flur vor der Station schlafe ich kurz ein. Nacken und Schulter tun weh, als Frau Saueressig mich weckt um halb neun, die beiden Frauen gehen Kaffee trinken, ich wieder rein. Es gibt nichts zu sagen. Es gibt nichts zu tun, nur Konstantin Kaiser und ich. Gegen halb zehn stirbt er.

Bei allen Befürchtungen

September 2016, Heidelberg, Marktplatz
Die Rechnung ist einfach: Wenn ich die Stammzellentransplantation akzeptiere, vorausgesetzt es findet sich ein Spender, besteht eine reelle Chance zu überleben. Keine besonders große, gering sogar im Vergleich zu den Erwartungen, die man in die medikamentöse Behandlung setzt. Immerhin belegen Ergebnisse der im Jahr 2000 begonnenen Langzeitstudie, dass mehr als neun von zehn der mit TKI-Präparaten behandelten Patienten nach zehn Jahren noch am Leben sind. Nach spätestens drei Monaten mit dem neuen TKI-Mittel wäre ein unauffälliges Blutbild der Normalfall gewesen. Spätestens nach sechs Monaten sollte ... wäre, sollte, hätte. Die Kontrolle heute Vormittag hat etwas anderes ergeben: Weder die Leukozyten noch die Thrombozyten sind zurückgegangen, im Gegenteil. Noch immer sind auch unreife Zellvorstufen in erheblicher Menge im Blut nachweisbar und die Milz wird immer größer. Fazit: Die Therapie hat nicht angeschlagen. Ich gehöre zu der verdammten winzigen Minderheit. »Da die Werte sich nicht in der gewünschten Weise verändert haben, kann die Akzelerationsphase jederzeit eintreten.« Ich weiß, dass der Hämatologe nur ausgesprochen hat, was offensichtlich ist. »Damit würde die Erkrankung erheblich an Dynamik gewinnen. Das sollten wir nicht abwarten. Es sind sogar Fälle bekannt, in denen die Blastenkrise ohne Zwischenstadium direkt auf die chronische Phase gefolgt ist. Nach meinem Dafürhalten ist Eile geboten, Frau Dr. Laun. Die Voraussetzungen für eine Stammzelltransplantation sind gut. Sie gehören keiner Risikogruppe an. Es bestehen, soweit wir wissen, keine organischen Vorerkrankungen. Gemessen am Durchschnitt der Betroffe-

nen sind Sie noch jung.« Er überlegte einen Moment. »Wissen Sie, bei allen Befürchtungen, die sicher berechtigt sind, machen Sie sich immer wieder klar, dass die Transplantation bislang die einzige Chance auf eine echte Heilung bietet. Wir sollten möglichst sofort mit der Suche anfangen. Ideal wäre ein Spender aus dem direkten familiären Umfeld. Sprechen Sie am besten noch heute, spätestens morgen, mit Ihren Geschwistern. Wenn wir in der Familie keinen geeigneten Spender finden, werde ich die Anfrage bei der internationalen Spender-Datenbank stellen.« Er stand auf und setzte sich wieder. »Wir wissen beide, dass die Transplantation kein Spaziergang ist. Es liegt mir fern, die Risiken kleinzureden. Aber wir wissen auch, dass eine reelle Heilungschance besteht. Schlafen Sie eine Nacht drüber, und dann sprechen wir noch einmal. Wenn Sie sich entschließen, handeln wir umgehend. Haben Sie Vertrauen, wir können das gemeinsam durchstehen.«

Unbehandelt ist die CML binnen weniger Jahre, in meinem Stadium eher binnen weniger Monate, tödlich. Mein Mann ist gegangen, meine Tochter erwachsen. Ich habe, obwohl alles dagegenstand, den ersehnten Beruf erlernt und mehr als fünfundzwanzig Jahre ausgeübt. Ist mein Leben jetzt noch so bedeutend? Aegroti salus suprema lex. Das Wohl des Patienten ist das höchste Gesetz. Als Ärztin würde ich keinen Augenblick zögern, einem Patienten in meiner Lage die Transplantation anzuraten. Eine 50-prozentige Erfolgschance ist 100 Prozent mehr als gar keine Chance.

Klappergestell

1981, Heidelberg, Bergfriedhof
Von dem Moment, als Frau Saueressig mich von der Intensivstation Zimmer 3 hinten links weggeschickt hat, bis zur Beerdigung war ich die ganze Zeit zu Hause mit Pink Floyd und Can, ununterbrochen. ›Mary, Mary, so quite contrary Mary Mary Mary Mary Mary Mary Mary‹. Anders hätte ich es nicht ausgehalten. Alles war weg. Was passiert ist im Krankenhaus, das Abi, was werden soll, alles weg. Frau Saueressig hat sich gekümmert und organisiert. Ich habe nur mit Alfons telefoniert. Sie will ja nicht mit ihm sprechen, und einer musste es ihm sagen. Mein Herz hat sich zusammengekrampft. Ich konnte es nicht aussprechen, dass sein Vater … Ich habe gehört, wie er am anderen Ende schwer geatmet hat. Der Hörer hat an meinem Ohr gezittert, der Griff war schweißnass. Wir konnten beide nicht sprechen. Irgendwann sagte er: »Ich werde nicht kommen können. Es ist nicht möglich.« Dann hat er aufgelegt. Später musste ich noch mal anrufen wegen der Trauerkarten, wegen des Sarges, der Ausstattung, schreckliche Fragen des Beerdigungsinstituts, eine ganze Liste. »Entscheidet ihr das. Ich bin mit allem einverstanden. Ich zahle das, ich überweise das Geld. Danke Toni.« Zum ersten und einzigen Mal hat er sich bei mir bedankt.

Ich weiß, dass die anderen jetzt gerade die Abiarbeiten schreiben. Ich kann nachschreiben, mit anderen Aufgaben vom Oberschulamt. Auch das hat Frau Saueressig geklärt. Sie hat wirklich die ganze Zeit durchgehalten. Jetzt geht sie neben mir her und ich höre sie weinen, höre es überdeutlich wie alles um mich herum. Alles flutet in mich hinein wie in ein Gespenst ohne Körper. Das Schuhknarzen des Pfarrers vor mir, die Gummireifen des Sargwagens, das Flüstern hier und da, das Rascheln im Gebüsch irgendwo rechts, ein unterdrücktes Gähnen weiter hinten, und noch weiter das Tocken eines Gehstocks. Alles glasklar in meinem Ohr. Genau wie das, was ich sehe. Die Bewegungen, die Beine, die Fußschritte auf dem Waldweg, die Pflanzen und die Grabsteine, die Figuren, die Stämme, die Baumkronen oben. Fast wie in Zeitlupe. Meine Mutter und Gina sind bei mir. Ich bin froh, dass Lilli nach der ganzen Zeit gekommen ist, wenn auch ohne Micha. Sie muss es in der Zeitung gelesen haben. Über acht Jahre haben wir uns nicht gesehen. Da ist auch Frau Kimura-Baum, sie geht im schwarzen Kimono neben ihrem Mann her. In der Kapelle habe ich sie gar nicht gesehen, es war voll, alle Bänke besetzt, hinten mussten sogar welche stehen. Herr Dietz, der Direktor des KFG, hat gesprochen. Der ganze Schulchor war da, außer den Abiturienten. Sie haben das Ave Maria gesungen und am Ende ›Großer Gott, wir loben dich‹. Es hat nichts genutzt, aber es hat doch – irgendwie – aufgerichtet, ganz kurz. Mein Sozialkundelehrer ist da, und ein anderer älterer Lehrer, ein paar Eltern, der Auerhahn-Wirt, der Nachbar von oben. Die vielen anderen kenne ich nicht. Für Konstantin Kaiser ist es egal, wer hier ist. Der kann nicht mehr ›Abschied nehmen‹. Es ist nur für uns, das Ganze, damit wir Abschied nehmen und dabei nicht allein sind. Wie Alfons in Mexiko. Von ihm ist nur der riesige Kranz mit Schleife hier, der auf dem Sarg liegt. Für Konstantin Kaiser egal. Für wen ist der Kranz dann eigentlich? Jetzt kommt alles zum Stehen, da vorne das Loch. Jetzt wird der Sarg heruntergelassen. »Jesus Christus spricht: Ich bin die Auferstehung und das Leben. Wer an mich glaubt, der wird leben und wenn er auch stirbt.« Ich schaffe das nicht. Ich kann keine Erde auf den Deckel werfen, unter dem er liegt. Nicht als Erste. Überhaupt nicht. Der Pfarrer segnet den Sarg, gleich bin ich dran. Ich drehe mich um zu Frau Kimura-Baum. »Bitte, könnten Sie zuerst?« Sie schaut auf den Boden. »Lilli, du. Bitte!« »Aber Toni, ich kannte ihn doch kaum.« Ich fange an zu zittern. Sie warten. Da löst sich meine Mutter aus der Reihe, geht mit gesenktem Kopf ans Grab, steht einen Augenblick da, bekreuzigt sich und tut es. Sie kommt zu mir und reicht mir die Schaufel. Ich muss es ihr einfach nur nachmachen.

Jeder, der weggeht vom Grab, gibt mir die Hand. ›Beileid, Mitgefühl, Kraft‹. Dann bewegen sich alle langsam zum Ausgang. Meine Mutter fragt, ob ich mit ihr und Gina mitkommen will. Das kann ich nicht, jetzt woanders hingehen. Frau Saueressig und ich fahren mit der Straßenbahn nach Hause.

Später erzählt mir Marion, dass einige aus der Klasse auch sehr traurig im Abitur saßen. Bob Marley starb am selben Tag wie Konstantin Kaiser, am 11. Mai 1981. Ich schreibe nach. Wie ein Roboter mache ich weiter. Und tatsächlich, irgendwie schaffe ich den nötigen Notendurchschnitt, 1,2. Vielleicht sind sie auch gnädig, die Prüfer, ich weiß es nicht. Ganz selbstverständlich wohne ich während dieser Zeit weiter ›zu Hause‹, in Konstantin Kaisers Wohnung. Ich sitze in meinem Zimmer und komme nicht auf den Gedanken, dass es anders sein könnte. Ich komme auf gar keinen Gedanken. Der Verlust, der Prüfungsstress. Selbst dass Frau Saueressig jeden Tag zweimal vorbeischaut, einkauft, wäscht und kocht, mich nötigt, etwas zu essen, auch das bemerke ich nicht. Ich bin eine Maschine, ohne Seele und in gewissem Sinne auch ohne Verstand.

Erst als die Arbeiten geschrieben, das Mündliche absolviert und die Noten da sind, als meine Mutter kommt und wir zusammen das ›Zeugnis der Reife‹ abholen, danach im

Café sitzen und sie vorsichtig fragt, wie es nun weitergehe, da wache ich mit einem Mal auf. Ich bin 20 Jahre alt, ich habe das Abitur, sonst nichts. Keinen Mentor, keine Wohnung, kein Geld, nichts. »Vielleicht ziehst du erst mal wieder zu uns? Du kannst eine Ausbildung machen und später vielleicht …« Ich kann nur leise ›Nein‹ sagen und ›Danke, Mama‹. Sie winkt vom Bus aus und lächelt, obwohl ich nur dastehe mit meiner Zeugnis-Kladde. Und dem Sträußchen, das Gitte für mich gepflückt hat, dem Schmetterlingsfoto von Gina, einer Gummifledermaus von Romy und dem Matchboxauto von Freddy.

Frau Saueressig empfängt mich mit einer Flasche Sekt. Sie lässt sich das ›Zeugnis der Reife‹ zeigen, geht jede einzelne Zeile durch. Wir weinen ein bisschen. Wir lachen kurz. Wir schweigen. Wir trinken die Flasche leer. »Du musst mit Alfons telefonieren. Sprich mit ihm. Ihm gehört die Wohnung. Bestimmt will er sie jetzt vermieten. Vielleicht aber auch nicht. Ist ja schwierig von Südamerika aus. Ich helfe ihm jedenfalls nicht. Ich weiß nicht, ob Herr – ob Dr. Kaiser, also, ob er noch irgendwo Geld hat. Ein Konto jedenfalls gibt es bei der Sparkasse, von da kam immer die Überweisung für mich. Sechsundzwanzig Jahre und vier Monate lang, seit 1955, mein Oskar war noch kein Jahr alt, ich einundzwanzig. Wie finde ich jetzt nur was Neues? So ein Chef, so ein feiner Mann, das gibt's heute gar nicht mehr. Na ja, Klaus-Dieter ist auch in Ordnung. Aber kein Chef.« Sie schnäuzt sich, nimmt einen großen Schluck. »Aber du, Toni, du wirst Ärztin. So wahr mir Gott helfe. Oder so ähnlich. Das bist du ihm schuldig, ich meine Herrn Kaiser. Und mir auch.«

Am nächsten Tag haut es mich um. Kopfschmerzen, Halsschmerzen, Schüttelfrost. Ich kann kaum stehen. Abends zwingt mich Frau Saueressig, Fieber zu messen, 40,2 Grad. Sie macht mir kalte Wadenwickel, der Arzt verschreibt Penicillin. Angina, von lateinisch ›angor‹ Beklemmung. Tage und Nächte im Halbschlaf, gejagt von wirren, bedrückenden Bildern von Konstantin Kaiser in den letzten Stunden, von der mündlichen Prüfung, sogar der Alte und Romy tauchen auf. Mehrmals phantasiere ich vom Krieg. Frau Saueressig kommt wieder dreimal am Tag, wechselt die Wadenwickel, lüftet, bringt Suppe. Meine Mutter, die immer noch einen sechsten Sinn für mich hat, ruft außer der Reihe an und kommt noch am selben Tag mit einer Thermoskanne selbst eingekochtem, heißem Holundersaft mit Honig gegen den Husten. Sie sieht gehetzt aus. »Wirst du auch wirklich gut versorgt?« »Frau Saueressig«, sage ich matt. »Aber jetzt, wo hier niemand mehr ist, wo Herr Kaiser doch ...« Der heiße Holundersaft schwappt mir auf die Bettdecke. Meine Mutter verstummt. Ich bin zu benebelt, um zu begreifen. Sie deckt ein Handtuch über den Fleck. Sie kann nur kurz bleiben. Irgendwie bin ich froh, dass sie Frau Saueressig nicht begegnet. Als sie weg ist, trinke ich den ganzen Saft und bekomme Durchfall.

Nach zwei Wochen stehe ich zum ersten Mal auf. Ich schalte den Fernseher an, und schnell wieder aus. Lesen kann ich auch nicht, nicht einmal Musik hören. Alles zu viel. Zurück ins Bett.

Aber heute früh bin ich auf einmal in die Wirklichkeit aufgewacht: Konstantin Kaiser ist nicht da. Er wird nie mehr da sein. In meinem ganzen Leben werde ich ihn nie wieder sehen. Nicht mal kurz, zu Besuch. Auch nicht irgendwann, wenn ich alt bin vielleicht. Nie mehr, nie mehr. Ich heule.

Frau Saueressig und ich umarmen uns zum ersten Mal. »Ach du meine Güte, ein Klappergestell. Jetzt ist aber Schluss mit Süppchen. Jetzt gibt's was Ordentliches und ich guck mir das an, wenn du isst. Hast du denn immer noch gar keinen Hunger?« »Doch. Und wie.« Wir müssen lachen.

Als sie weg ist, versuche ich, Konstantin Kaisers Schlafzimmertür aufzumachen. Ich stehe davor, muss Kraft sammeln. Ich klopfe, idiotisch, aber für mich ist es richtig. Ich klopfe, warte, drücke die Klinke herunter und öffne. An den Türrahmen gelehnt schaue ich ins leere Zimmer, mit dem gemachten Bett, dem Rollstuhl und den Prothesen. Das Buch ›Das Gedicht‹ auf dem Nachttisch. Die Tränen laufen und ich lasse sie. Dann schließe ich leise die Tür. Im Wohnzimmer will ich einen Sessel an die leere Stelle rücken, wo er immer im Rollstuhl saß, bringe es dann aber nicht fertig. Es ist immer noch sein Platz.

Und dann fällt mir schlagartig alles ein. Dass ich hier gar nicht wohnen kann. Dass ich von irgendetwas leben muss. Dass Frau Saueressig nicht meine Mutter ist und bezahlt werden muss für das alles, was sie für mich getan hat. Dass nichts so weitergeht. Dass alles vorbei ist. Dass ich schnellstens irgendetwas unternehmen muss. Einen Moment habe ich Panik. Dann schlinge ich ein Brot herunter. Ich muss eins nach dem anderen angehen. Frau Saueressig hat recht, ich muss mit Alfons sprechen. Das ist der erste Schritt. Ich nehme das Telefon, setze mich hin und wähle. »Kaiser.« »Hallo Alfons.« »Toni?« »Ja, also, ich ...« »Bist du noch in der Lutherstraße?« »Ja.« »Gut, das lassen wir erst mal so.« »Wirklich? Ich kann aber gar nichts, also die Miete ...« »Jaja, schon gut, du wohnst als Verwalter dort.« »Als was?« »Du passt auf die Wohnung auf. Gibt es sonst noch was? Das Abitur ist doch durch, bist du schon eingeschrieben? Du wirst doch Arzt, oder? Hallo?« »Doch, nein, also ...« »Vorläufig bleibt alles beim Alten, bis es mir möglich sein wird zu kommen. Dann regele ich die Dinge. Du immatrikulierst dich jetzt und beantragst Bafög. Bis es genehmigt ist, kannst du dich aus dem kleinen Tresor bedienen im hinteren Schrank im Schlafzimmer meines Vaters. Schreib auf.« »Moment.« Er gibt mir die Kombination. Ich notiere. »Es müssten 10.000 Mark sein. Nimm, was du brauchst.« »Alfons! Ich zahle alles zurück, wenn, also sobald, du glaubst nicht, wie dankbar ...« »Jaja. Gut, Toni. Bleib wachsam.«

Sozusagen kerngesund

September 2016, Heidelberg, Marktplatz
Seit dem Moment der Entscheidung geht alles unglaublich schnell. Meine Schwestern Gina und Gitte waren beide zu allem bereit und haben sich sofort testen lassen. Je genauer Spender und Empfänger in bestimmten Gewebemerkmalen, den sogenannten HLA-Antigenen, übereinstimmen, desto größer ist die Wahrscheinlichkeit einer erfolgreichen Transplantation. Mit jeder Abweichung steigt das Risiko des Empfängers, an einer sogenannten Graft-versus-Host, also Transplantat-gegen-Wirt-Reaktion zu erkranken, einer umgekehrten Abstoßungsreaktion der übertragenen Immunzellen gegen das Gewebe des Empfängers. Die kann zwar meist mit Medikamenten unterdrückt und kontrolliert werden, doch sie kann auch Organschäden hervorrufen oder zum Tod führen. Die HLA-Übereinstimmung mit Gittes Blut war ausreichend. Schon am nächsten Tag bekam sie die erste Infusion mit Wachstumsfaktoren, die das Blutzellenwachstum fördern und vermehrt Stammzellen in ihr Blut schwemmen sollten. An fünf aufeinanderfolgenden Tagen wurden ihre Stammzellen im

Blutzellenseparator, einer Art Zentrifuge, herausgefiltert. Nach drei, vier Stunden erhielt sie das restliche Blut zurück und konnte nach Hause gehen. Dass das so glatt ablief, war nicht selbstverständlich. Gittes Kalender war voll mit Kundenterminen. In dem Hörgeräteakustiker-Studio, wo sie arbeitet, sind sie nur zu zweit. Als Gitte kurzfristig Urlaub oder wenigstens die Nachmittage freinehmen wollte, stellte sich die Bereichsleiterin der Ladenkette quer und drohte, wenn auch nicht explizit, mit Entlassung. Aber Gitte hat das riskiert für mich, hat argumentiert und diskutiert, wollte nicht den Weg des geringsten Widerstands gehen, klein beigeben und sich krankschreiben lassen. Ich wusste immer, dass sie die Stärkste unter meinen Geschwistern ist. Dass sie das jetzt auf diese Art unter Beweis stellt, sich für mich einsetzt, berührt mich. Und es macht mich auch stolz auf meine kleine Schwester, die früher nie so wichtig für mich war. Sie hat sich nicht einschüchtern lassen, und so hat ihre Chefin den legitimen Wunsch schließlich doch akzeptiert.

Während Gittes Stammzellen für mich gewonnen und aufbereitet werden, habe ich einen gründlichen Check-up. Der Ultraschall zur Beurteilung von Leber, Galle, Bauchspeicheldrüse und Nieren zeigt keine Auffälligkeiten. Das EKG zum Testen der Pumpfähigkeit des Herzens ist in Ordnung. Die Lungen arbeiten korrekt. In den Nasennebenhöhlen und im Mundraum kann jede Infektion ausgeschlossen werden. Witzig, wenn man von der Leukämie absieht, bin ich sozusagen kerngesund. Beste Voraussetzungen also. Fehlt nur noch die gynäkologische Untersuchung heute Nachmittag. Drei Tage vor der stationären Aufnahme, also voraussichtlich kommenden Dienstag, habe ich dann nochmals einen Termin in der Transplantationsambulanz zur Schlussuntersuchung. Danach beginnt die Chemotherapie oder fachsprachlich Konditionierung. Innerhalb von sechs Tagen werden mein Immunsystem und die Blutbildung komplett ausgeschaltet. Nur so kann die Abstoßung des Transplantats verhindert und langfristig eine restlose Beseitigung der bösartigen Zellen aus meinem Körper erreicht werden. Sowohl das Immunsystem als auch das Blutbildungssystem erneuern sich dann aus den später übertragenen Stammzellen.

Zu treuen Händen

1983, Heidelberg
Jetzt habe ich das Physikum gerade geschafft, und ausgerechnet da kommt Alfons und ich sehe mich schon mit mehreren Jobs, die mir viel zu viel Zeit für das Hauptstudium stehlen, wenn ich es überhaupt schaffe. Bafög allein reicht nicht, und in Heidelberg ein bezahlbares Zimmer zu finden, ist beinah unmöglich.

Ich erkenne ihn kaum wieder. Zwei Jahre nach Konstantin Kaisers Tod ist er gekommen, für einen Tag, nicht länger, um alles persönlich zu regeln. Er wollte partout nicht bei mir, in seiner eigenen Wohnung, übernachten, sondern hat sich im Badischen Hof eingemietet. ›Zentrale Lage, strategisch günstig, Taxen gleich um die Ecke‹, hat er am Telefon gesagt. Als ich die Lobby betrete, sitzt er bereits in einem der Ledersessel, im hellbeigen Anzug, leicht gebräunt, vertieft in ein Taschenbuch, immer noch massig, aber nicht mehr dick. »Wie ich sehe, geht es dir gut, Toni.« Die Goldrandbrille ist neu, nur die Frisur noch wie früher, das dicke, aschblonde Haar auf

Ohrläppchen-Höhe glatt abgeschnitten, die Maxfrisur. »Ausgezeichnet. Dann suchen wir jetzt das Grabmal aus.« Davon hatte er gar nichts gesagt. Aber tatsächlich gibt es an Konstantin Kaisers Grab immer noch keinen Stein, nur das einfache Holzkreuz der Friedhofsverwaltung. Frau Saueressig hat sich schon aufgeregt. »Das hat Dr. Kaiser nicht verdient. Eine Schande, aber dieser unmögliche Sohn, na gut, na gut, du hast recht, immerhin lässt er dich wohnen, trotzdem ...«

Im Taxi liest Alfons in seinem Buch. An der Ecke zum Bergfriedhof lässt er halten bei Grabmale Laudenbach, marschiert in den Hof und schaut vor sich hin. »Na, welchen nehmen wir?« »Ich, äh – tja. Also, ich – schaue mal.« Schnell an der linken Seite mit den Figuren vorbei, wo mich alles an Romy erinnert, an die kitschige Engelsfigur aus spanischem Sandstein, die Tante Ingrid, ohne uns einzubeziehen, ausgesucht und vor allem bezahlt hat. Eine fette Putte, ausgerechnet für Romy. Auf der anderen Seite die Marmorblöcke, die Findlinge, die behauenen Quader. Deprimierend. Kreuze in allen möglichen Größen und Ausführungen, unpassend für Konstantin Kaiser. Weihnachten und Ostersonntag sind wir zwar in die Kirche gegangen, er respektierte den Glauben der anderen, aber Hölle und Paradies waren für ihn ›Formen des menschlichen Handelns‹, religiös war er nicht. Alfons räuspert sich, steht da und wartet. »Den hier finde ich ganz gut, der hätte ihm vielleicht ge...« »In Ordnung, den nehmen wir.« Es ist ein schmaler, hoher Stein mit einer polierten schwarzen Frontseite, die Seiten sind rau, grob behauen, die Ecken leicht abgerundet. Alfons bezahlt in bar und im Voraus. Der Steinmetz fragt nach der Inschrift. »Nur den Namen und die Daten in schlichten Lettern. Frau Hauser hier macht die Abnahme. In 14 Tagen? In Ordnung.«

Mit dem Taxi fahren wir zurück nach Neuenheim, ins Café Frisch. Ich bin ehrlich gesagt erleichtert, dass wir nicht noch ans Grab gegangen sind. Trotzdem frage ich mich, ob Alfons überhaupt auf dem Friedhof war oder es noch vorhat. Er bestellt Cappuccino, Herrentorte und Schwarzwälder Kirsch für sich, Ochsenschwanzsuppe für mich. Umständlich nimmt er die Brille ab, putzt sie gründlich und steckt sie weg. »Also. Da ich laut Testament Alleinerbe bin, mein Vater mich aber brieflich gebeten hat, dafür zu sorgen, dass du den gewünschten Beruf ergreifen kannst, schlage ich Folgendes vor. Oder halt, nein, was schlägst du vor?« Man sieht, dass er sich zur Geduld zwingt. Die Bedienung kommt, bringt die Bestellung. Er greift zur Gabel, ich rühre in der Ochsenschwanzsuppe. Als er fertig ist, sieht er auf. Was soll ich sagen? »Ich, äh, also, bisher habe ich ja als Verwalter auf die Wohnung aufgepasst und ...« »In Ordnung, Toni, so machen wir es. Du bewohnst weiterhin die Wohnung Lutherstraße 47 a.« »Ehrlich?« Darum hätte ich ihn nie bitten können. Alfons nimmt sich das zweite Stück Kuchen vor. »Ich stelle dir frei, das ein oder andere Zimmer zu vermieten, um eventuell anfallende Instandhaltungskosten zu decken. Sollten Überschüsse entstehen, kannst du diese für deine Lebenshaltung verwenden.« Früher war er immer kurz angebunden, jetzt spricht er fast wie sein Vater. Trotzdem muss es wohl schnell gehen, er bestellt zwei Kirschwasser und gleich auch ein Taxi. »In zehn Minuten hier vor der Tür. Sind von den 10.000 Mark aus dem Tresor noch Restbestände vorhanden?« »Selbstverständlich! Genau 7.680 Mark.« Er kippt das erste Glas Kirschwasser. »Die würde ich dir zu treuen Händen belassen, falls größere Reparaturen anfallen sollten.« Er deutet auf das zweite Kirschwasser. Ich schüttele den Kopf. »Oder falls du in eine Notlage gerätst.« Er kippt auch das zweite Glas. »Vielen Dank, das ist ...«

»Wäre noch folgende Frage zu klären: Falls du aus irgendwelchen Gründen ein anderes Quartier bevorzugst, wärst du bereit, bis zu meiner Rückkehr die Verwaltung der Wohnung weiterzuführen? »Ja, natürlich! Ohne Frage, sehr gerne, aber ich will bestimmt nicht anderswo ...« Er holt das Brillenetui aus der Tasche. »Nun, dann lasse ich dir die entsprechenden Unterlagen zukommen. Volljährig bist du ja?« »Ich bin 23!« Er bezahlt und steht auf. Beim Hinausgehen versuche ich, mich ordentlich zu bedanken und zu verabschieden. »Gut, gut, Toni. Viel Erfolg.« »Willst du die Wohnung denn gar nicht sehen?« »Nicht nötig. Du weißt, Misstrauen ist ein Zeichen von Schwäche, Mahatma Gandhi.« Er öffnet die Taxitür und steigt ein. »Und deine Möbel im Keller?« Der Fahrer startet den Motor. »Hat mich gefreut, Toni, bleib wachsam.« Der Wagen rollt an. »Alfons, Moment noch, stopp!« Er dreht die Scheibe herunter. »Ja?« »Was sagt die Eule?« Lächelt er etwa? »Du meinst – die Eule der Minerva? Nun, sie sagt ...« Der Motor brummt auf, Abfahrt, weg sind sie.

Die Ungeduld des Herzens

1984, Heidelberg, Lutherstraße
Romy starb plötzlich, mit sechzehn. Offiziell an einer schweren Infektion. Gina war immer der Meinung, Romy habe sich selbst und ihre Krankheit gehasst, sich den Tod gewünscht und es schließlich geschafft. Als sie mich anrief und es mir sagte, wollte ich weinen, wie ich um Konstantin Kaiser geweint hatte, aber es ging nicht. Es war nicht der gleiche Schmerz, nicht das gleiche klare Gefühl von Verlust und Verlassenheit. Es war vielschichtig, widersprüchlich, durchsetzt von Schuldgefühlen, Abwehr, auch Selbstmitleid. Ich war

aufgebrochen, um für Romy zu kämpfen, um ihr die Würde zu geben, ohne Windeln zu leben. Der heroische Lebensplan, mit neun Jahren gefasst, mit elf entschlossen und im naiven Glauben in Angriff genommen, bis heute mit verbissener Zähigkeit weiterverfolgt, implodierte ins Nichts. Hätte ich sie nicht alleine gelassen, als sie mit ihren vier Jahren gerade begann, das Versagen einer elementaren Körperfunktion zu begreifen, als sie zu spüren bekam, was es heißt, anders zu sein, wäre ich damals bei ihr geblieben, vielleicht hätte ich sie vor sich selbst schützen können. Für Romy war mein Start in ein neues Leben nie etwas anderes als Verrat. Jetzt kam es mir vor, als hätte sie letztlich recht gehabt. War die erklärte Absicht fortzugehen, um sie zu heilen, vielleicht doch von Anfang an nichts anderes als eine billige Rechtfertigung? Um mich zu befreien aus der Familienumklammerung, der Verantwortung gerade ihr gegenüber, der kleinen, kranken Schwester? Ein hehres Ziel, um mich wichtig zu machen? Die Ungeduld des Herzens, die auch bei Stefan Zweig eine Behinderte das Leben kostet. Weil es leichter ist, in einem geliebten Menschen mit großen Versprechungen falsche Hoffnung zu wecken, als ihn auf dem langen, unsicheren Weg des Sich-Abfindens geduldig und mitfühlend zu begleiten. War ich später nicht einfach nur eine Lügnerin, weil ich selbst kaum noch daran glaubte, ein Mittel zu finden, aber weiter so tat, als sei es nur eine Frage der Zeit? Ich war es, ich habe Romy die Chance genommen, ihre Krankheit zu akzeptieren. Und zu leben. Wieso musste alles so sein, so absurd, so zerstörerisch? Wieso traf es ausgerechnet mich? War Konstantin Kaisers Tod nicht schwer genug? Die Leere, die er hinterließ, das Gefühl, für immer in seiner Schuld zu stehen wegen allem, was er für mich getan hatte. Um die Trauer um Romy nicht spüren zu müssen, haderte ich mit dem Schicksal. Sterben mit sechzehn! Wieso war sie dann überhaupt auf die Welt gekommen? Welcher erbärmliche Gott schuf eine so erbärmliche Existenz, sah sechzehn Jahre mit an, wie sie sich quälte, um sie dann zu zerstören? Und ich? Was war mit mir? Welchen Sinn konnte mein Leben jetzt noch haben? Worum sollte es gehen? Worauf hinauslaufen? Wozu überhaupt noch studieren? Die Anstrengung auf mich nehmen? Die Unsicherheit, die Abhängigkeit?

Ich lief durch die Wohnung und wollte im Grunde nur weg. Neu anfangen, irgendetwas, egal was. »Ich schmeiße hin.« Ich wiederholte den Satz wieder und wieder, hypnotisch. Am siebten Tag im Morgengrauen, ich lag im Bett und starrte blicklos zur Decke, da erschien mir plötzlich ein Bild. Ich sah eine langstielige Rose, kopflos, die Blüte abgeschnitten, nur der dornige Stängel ragte absurd in die Höhe. Endlich konnte ich weinen. Ich verzieh Romy, dass sie gegangen war. Ich versuchte, mir selbst zu verzeihen. Ich riss die Fenster auf und fragte mich: Wie geht es weiter? Was ist meine Mission? Ich sah auf der Straße Autos und Fußgänger zielstrebig ihre Dinge verfolgen. Ich erhielt keine Antwort. Auch der Himmel blieb stumm. Doch mit einem Mal kam sie aus mir, die undramatische, aller Heroik entkleidete Frage: Was interessiert mich mehr als die Medizin? Die Antwort war einfach: nichts.

Teil 2

Eine fast italienische Nacht

August 1993, Heidelberg, Altstadt
Die frühen Neunziger: Deutschland war wiedervereinigt und Fußballweltmeister, Girlies und Boygroups hatten längst Emanzen und Rocker abgelöst, die Loveparade wuchs jedes Jahr, es gab weiße Drogen statt grüne, mehr TV-Sender brachten mehr Soaps. Wir telefonierten mobil, kauften Computer sogar für zu Hause, und kaum jemand dachte dabei an eine ›digitale Revolution‹. So wie sich auch niemand bei den zehn Toten des ersten Terroranschlags auf das World Trade Center vorstellen konnte, was acht Jahre später, am 11. September, geschehen würde. Reich-Ranicki verriss, die Lämmer schwiegen und um die Ecken sausten die Kids auf Inlinern statt auf Rollschuhen.

Ich war zweiunddreißig. Ein wenig ernüchtert nach einer schwierigen Beziehung, ein wenig einsam, sehr einsam sogar, aber auch stolz auf meine Arbeit als Anästhesistin. Ich konnte meine Mutter unterstützen, die allein mit ein paar Katzen durch das alte Haus geisterte und die Videos der Fünfzigerjahre-Hollywoodstreifen in perfekter Intonation mitsprechen konnte. Meine Geschwister waren erwachsen. Gina, Hausfrau mit einem depressiven, kränklichen Mann und zwei Kindern im Nachbardorf meiner Mutter. Gitte, Hörgeräteakustikerin, alleinerziehend mit Sohn in Ludwigshafen. Mit Freddy hatte ich selten Kontakt, er war ständig unterwegs, Asien, Südamerika, hielt sich mit Gelegenheitsjobs über Wasser. Von Elvis hatte ich seit Jahren nichts mehr gehört. Genau wie vom Alten. Der war damals nach seiner Rückkehr irgendwann wieder verschwunden, es ging das Gerücht, er habe eine neue Familie und saufe noch immer.

Den Schmerz über Romys Tod hatte ich einigermaßen überwunden. Der zweite schwere Verlust. Etwas mehr als ein Jahr nach dem ersten, als mich Konstantin Kaiser verließ. Frau Saueressig backte mir noch immer zu jedem Geburtstag meinen geliebten Mandelkuchen mit Schokostückchen, an Feiertagen trafen wir uns an Konstantin Kaisers Grab. Die Wohnung in Neuenheim war verkauft. Bis ich als Assistenzärztin anfing, hatte Alfons sie mir mietfrei überlassen. Ein Luxus, drei Zimmer plus Kammer, denn untervermietet hatte ich nur hin und wieder, kurzfristig, wenn das Geld knapp war. Dass ich spontan am südlichen Neckarufer unter dem Schloss nach etwas Neuem suchte, lag wohl an den intensiven, weichenstellenden Wochen im Sommer 72. Seit drei Jahren lebte ich jetzt in der Altstadt, direkt am Marktplatz und fühlte ich mich wohl, trotz des Touristentrubels.

Es war mein erster von vier freien Tagen, nach einer Serie anstrengender Schichten in der Uniklinik. Der 15. August 1993, ein sonniger Freitag.

Wahrscheinlich waren wir schon mehrfach aneinander vorbeigelaufen, ohne uns zu erkennen. So groß ist die Altstadt nicht. Wahrscheinlich wäre es auch so weitergegangen. Es gab praktisch nur einen einzigen Ort, an dem es möglich war, dass einer von uns dem anderen auffiel. Und da ich nur sehr selten Eis esse, höchstens ein- oder zweimal im Jahr, hatte der reine Zufall kaum eine Chance, uns nach zwanzig Jahren wieder zusammenzubringen. Eine Art Regie aus dem Hintergrund? Ich weiß nicht warum, aber ich habe mir immer verboten, es Schicksal zu nennen oder Fügung. Es war Glück, einfach Glück!

Ich schlief bis weit in den Vormittag, ließ das Fahrrad stehen und wanderte über die Alte Brücke, auf der anderen Seite am Neckar entlang bis zu dem Kiosk mit dem Abfalleimer, der mich als Elfjährige für ein paar Tage ernährt hatte. Von der Theodor-Heuss-Brücke schaute ich auf die ballspielenden, plaudernden, dösenden Wiesenbesucher am Fluss und lief ohne Hektik und Kauflust durch die geschäftige Hauptstraße zurück. Ich versuchte, den Tag zu genießen, mich treiben zu lassen, und es klappte ganz gut. In der Eisdiele hinter der Kirche stand ich schräg hinter einem Mann, der irgendwie nicht dahin passte, in diese glatte, kühle Umgebung mit den Pastellfarben und den gebräunten Leuten in T-Shirts und abgeschnittenen Jeans. Er war groß, das Gesicht blass mit Hornsonnenbrille, das wellige blonde Haar nach hinten gekämmt, über dem kragenlosen Hemd ein verknittertes Leinenjackett. Er weckte in mir eine tiefe Erinnerung, kein Bild, nur ein Gefühl, das ich nicht einordnen konnte. Als ich neben ihn trat, unsere Blicke sich trafen, kein verlegenes Wegsehen, auch kein Stieren, ganz ruhig drehte er den Kopf wieder geradeaus. Ich suchte in der Erinnerung, fand aber nichts Konkretes, nur die Gewissheit, dass ich ihn kannte. Etwas Bestimmtes stieg immer höher an die Oberfläche, aber es ließ sich nicht greifen. Ich sah nach vorne. Ich gab es auf. Da bestellte er Mokka und

Erdbeer im Becher. »Micha!« Fast hätte ich ihn stürmisch umarmt. In seinem Gesicht ein kurzes Aufleuchten des Wiedererkennens, das aber sofort erlosch. »Micha!« Als könnte ich damit seinem Gedächtnis auf die Sprünge helfen. Ein Hauch von Verlegenheit in seinem Lächeln, wie früher. »Ich bin es, Toni!« Der Eisverkäufer verschränkte die Arme, ein gespanntes Ein-Mann-Publikum. »Toni – eine Frau?« Der Eismann warf mir einen schwärmerischen Blick zu, dann sah er an Micha herunter, als wolle er sagen, komm schon, was soll das, du zweifelst an ihrer Weiblichkeit? Wie elektrisiert standen wir jetzt voreinander, wussten nicht, wie die Begrüßung aussehen könnte. »Also, ich nehme Mokka und Schokolade, in der Waffel natürlich!«

Der Eismann grinste und machte sich ans Werk. Wir eilten hinaus in die Sonne, neugierig beäugt von den anderen in der Warteschlange. Schweigend, wie abgesprochen schlenderten wir zum Neckar. Er löffelte, ich leckte, und alles fing an.

Die ersten Fragen, was, wann, wo. Die ersten einfachen Antworten. Statt von sich selbst zu erzählen, sprach Micha erst einmal lieber von Pablo, dem Riesen unserer Kindheit. »Er hat es geschafft, ist ein erfolgreicher Pianist geworden. Hast du nie von ihm gehört? Sein Jazztrio mit Schlagzeug und Kontrabass reist durch ganz Europa, sie waren auch schon in Japan und Australien. CDs und Auszeichnungen.« Ob Pablo Michas Vater ist oder nur sein Ersatzvater, wusste ich immer noch nicht, aber es war nicht der Moment, danach zu fragen. Zu früh, so weit waren wir noch nicht, zwei Erwachsene nach zwanzig Jahren. »Weißt du was, am Sonntag gastieren sie in Frankfurt! Ich fahre hin, vielleicht kann ich dir auch noch ein Ticket besorgen!«

Pablo hat dem fünfjährigen Micha eine einzige Klavierstunde gegeben, zum Abschied am letzten Tag, bevor er nach München ging. »Seitdem wollte ich unbedingt auch Pianist werden. Als ich zehn war, durfte ich endlich mit Unterricht anfangen, aber der Lehrer war eben nicht Pablo und, na ja, mit meinem Talent war es wohl nicht weit her. Auch Klavierbauer, was mir ersatzweise einfiel, sollte nicht sein, 1200 Einzelteile – zu unübersichtlich für mich.« Er lachte schelmisch-verschämt. Hinter dem Restaurantschiff, an dem schmalen Weg zwischen Mauer und Fluss hielt er mir seinen leeren Eisbecher hin, ich setzte meine Waffel mit der Spitze nach oben hinein, er ließ unser ›Schiffchen‹ zu Wasser und schnell drehten wir uns weg. Unser altes Ritual. Und tatsächlich, als wir bis zwölf gezählt hatten und wieder hinsahen, war unser rundes Schiffchen verschwunden. »Siehst du, es schwimmt, es segelt weit weg bis zum Meer!«, sagte Micha, obwohl das eigentlich mein Satz war. Also, sagte ich seinen: »Und es geht niemals unter, bis ans Ende der Welt!« Ich hatte ein intensives Gefühl, ohne zu wissen welches. »Ich bin auch nicht geworden, was ich als Kind werden wollte, Forscherin, um meine Schwester zu heilen. Meine anderen beiden Ideen, Kinderärztin oder Chirurgin, habe ich auch verworfen, glücklicherweise. Für das eine fehlt mir vermutlich die Geduld, für das andere das Geschick. Jetzt bin ich Anästhesistin.« »Und ich Geigenbauer. Wenn du willst, zeige ich dir meine Werkstatt.« »Ja, ich will!«

Hier passte er her, in diesen nach Holz, Leim und Sonne duftenden Raum voller Werkzeuge und Instrumententeile. In diese stille Ordnung. Schräge Bahnen staubflirrenden Lichts fielen auf den Dielenboden. Doppelte Fensterscheiben dämpften das Stimmengewirr der Fußgängerzone ganz am Ende der

Hauptstraße, noch jenseits des Völkerkundemuseums. Im hinteren Teil der Werkstatt ein Vorsprung mit einer winzigen Küchenzeile, rechts ein Abteil mit seinem Bett, seinen Büchern und einem Schallplattenspieler. »Nicht zeitgemäß, ich weiß, aber der Klang! Magst du was hören?« Er blätterte in der Schallplattenkiste. Neben dem schmalen Fenster, auf einem halbrunden Bord, entdeckte ich eine Skulptur aus hellem Holz mit dekorativ geschwungenen Linien im Jugendstil. Zwischen geöffneten Blüten war etwas Gläsernes eingearbeitet. Die Eule aus meiner Schatzkiste! Der einzige Nicht-Gebrauchsgegenstand, den ich bei meiner Flucht aus dem Dorf als Glücksbringer mitgenommen und Micha zum Abschied geschenkt hatte. Einen Moment schwankte der Boden unter mir.

Micha legte nicht, wie erwartet, eine Jazzplatte auf, sondern ein Klaviersolo, Brahms, vermutete ich. »Weißt du noch, wie früher immer die Nadel über die Rillen gehüpft ist, wenn die Straßenbahn kam?« »War das so? Was macht denn Lilli eigentlich? Wie geht es ihr? Ich war ein paarmal im Laden, seit ich wieder hier wohne, habe sie aber nie gesehen, und fragen wollte ich nicht.« Wie muss es für Micha gewesen sein, dass ich ihn nach unserer Trennung nie mehr besucht oder eingeladen habe? Hat Lilli das irgendwie begründet? Vielleicht war es normal für ihn, mit fünf Jahren, man zieht weg, sieht sich nicht mehr, etwas Neues beginnt, man vergisst. Wahrscheinlich wusste er nicht mal, dass Lilli bei Konstantin Kaisers Beerdigung war, damals, an meinem dunkelsten Tag vor zwölf Jahren. »Mama macht nur noch den Einkauf und das Büro, von zu Hause aus. Sie ist munter, bestimmt würde sie sich freuen, dich wiederzusehen, Toni.«

Die Bilder hingen in Paaren in dieser Werkstatt, jeweils zwei an drei Wänden. Anne-Sophie Mutter, in rotem Kleid, die Geige am Kinn, lachte in die Kamera, daneben schwarzweiß das kühne Profil des jungen Yehudi Menuhin. Auf der anderen Seite, viel größer, zwei Landkarten, Deutschland und Spanien. Und neben der Tür ein Stierkämpfer, den schmalen Kopf erhoben, den Hut grüßend nach vorne gestreckt, im Gesicht keine Spur von Triumph. ›Manolete 1917–1947‹. Daneben das Foto eines weißen Stierschädels auf einem Holz, ›Islero‹. Micha fuhr mit dem Finger die Hörner entlang. »Islero hat Manolete aufgespießt. Aber der Matador überlebte. Er starb erst im Sanitätszimmer der Stierkampfarena, es heißt, man habe ihm irrtümlich eine Transfusion der falschen Blutgruppe verabreicht. Wusstest du, dass Pablos Großvater Torero war?« »Ach komm, nimm mich nicht auf den Arm!« »Doch ehrlich! Leider kann er sich kaum an seinen Opa erinnern.« Micha kramte ein verblichenes Foto im ovalen Papp-Passepartout und einen uralten Zeitungsartikel heraus.

Auf dem Foto ein Torero in der typischen Tracht, paillettenbestickter Bolero, hautenge Hosen bis kurz übers Knie, weiße Seidenstrümpfe und schwarze Schühchen mit Schleife. Auf der vergilbten Stierkampfszene über dem Artikel in El Pais konnte man Matador und Stier nur noch schemenhaft erkennen. »Aber ihn hat es nicht erwischt, er ist mit 69 an irgendeiner Krankheit gestorben, im Kreise seiner Familie, als Pablo erst fünf war.« Die Platte war zu Ende, die Nadel hob sich mit einem leisen Knacken und schwenkte in die Gabel. »Pablo hat mich vorletztes Jahr eingeladen, als er auf Spanien-Tournee war. Das Trio ist in fünf großen Städten aufgetreten. Danach haben wir noch eine Woche bei seiner Familie in Salamanca verbracht. Nur gefeiert, die ganze Zeit, mit allen Geschwistern, Verwandten, Freunden, er hat allen Geschenke gemacht, es war …« Dann ist Pablo doch nicht Michas Vater,

›eingeladen‹, nicht ›mitgenommen‹ hat er gesagt, bei ›seiner‹ Familie in Salamanca. Aus einem verstaubten Gitarrenkasten nahm Micha das Instrument, stimmte es und spielte ein bisschen holprig ein spanisches Stück. Eine Strähne löste sich aus seiner straffen Frisur, fiel ihm in die Stirn. Plötzlich sah ich ihn wieder vor mir, den Fünfjährigen mit dem blonden Schopf und den Augen, die alles ausdrücken konnten. Alles, was er nicht tun durfte, was andere Kinder mit Zappeln ausdrückten, mit Stupsen, Boxen, mit Sich-auf-den-Boden-Schmeißen. In jedem Moment lag in seinem Blick, was man nicht sagen, nur fühlen konnte. Freude, Sehnsucht, Einsamkeit, manchmal Zorn oder Angst. Oder beides, wie beim letzten Mal, als ich ihn sah, bei meinem Geburtstag. Ich lehnte zum Fenster hinaus und hob wie immer die Hand, er hat nicht genickt, dann habe ich gewinkt und gewinkt, er nicht. Er lief mit Lilli die Lutherstraße hinunter, sah zu mir hoch mit diesem Ausdruck von Zorn und Angst und Enttäuschung. »Möchtest du ein Glas Rotwein, ich habe noch eine Flasche Navarra. Damit träumt sich's noch besser. Erinnerst du dich an Baggerführer Willibald?« Er zupfte die Melodie und fing an zu singen. Ich musste lachen.

> Der Willibald kriegt Wut.
> Er sagt: »Das ist nicht gut!«
> Er steigt auf eine Leiter:
> »Hört her, ihr Bauarbeiter,
> der Boss ist wie ihr seht
> zu blöd!«

»Findest du es nicht etwas früh für Wein?« »Auf das Wiedersehen!« Sein unwiderstehliches Gesicht.

Es war still geworden auf der Straße, als Micha den letzten Schluck auf die beiden Gläser verteilte. Geschliffene Kristallgläser, deren Klang Auftakt war für ein Gespräch mit Raum für Pausen. Unsere Gesichter und der Rest der Werkstatt lagen im Dunkeln, nur das Schachtischchen zwischen uns im Lichtkegel der Stehlampe. Die zusammengeschobenen Figuren erinnerten mich an die Terrakotta-Armee des ersten Kaisers von China. Unsere Beine bildeten ein V, wir hatten die Füße auf eine Holzkiste gelegt, jeder von seiner Seite. Bei der kleinsten Bewegung knarzten die Korbsessel. Lange hatte Micha nichts gesagt, abgewartet, dass ich anfange. Tausend Bilder im Kopf, trotzdem fiel mir erst mal nichts ein. »Jetzt bist du größer als ich, komisch.« »Und du bist Anästhesistin, auch komisch.«

Irgendwann kam das Gespräch doch in Gang. Von unserer gemeinsamen Zeit hatte jeder seine eigene Version. Wir beschworen die Bilder herauf. Die wilde Untere Straße, der lebendigste Ort der Stadt, der Weg zum Kinderladen, Micha als Jackie Stewart im roten Blechauto, ich sein Arzt, den er seit dem grausigen Unfall bei jedem Rennen dabeihatte, Pablos WG. Anders als ich hat Micha die Leute der musischen Studentenverbindung immer mal wieder gesehen, Nickel, den Chefideologen, mit seiner Uschi, Heinzi, den freundlichen Hellen, Rollo, den willenlosen Grafen der bretonischen Mark unter Karl dem Großen, Ritter mit bloßem Schwert. »Alfons war Dealer, das weißt du bestimmt.« »Nein, wieso? Woher weißt DU das?« Konnte das wirklich sein, Alfons, dem ich als ›Adjutant‹ gedient hatte, der mich großzügig unterstützt, mir jahrelang seine Wohnung zur Verfügung gestellt hatte, der geistesabwesende Denker, der schrullige Philosoph, Konstantin Kaisers Sohn? Ich hatte geahnt, dass etwas mit ihm nicht stimmte. Sein verächtlicher Umgang mit Geld, der plötzliche

Aufbruch nach Südamerika, die Abwesenheit bei der Beerdigung seines Vaters. War Pablo deswegen wütend geworden, als ich im CA ein ominöses Päckchen abgeholt habe? Toni, die kleine Drogenkurierin. Ich muss alarmiert ausgesehen haben, denn Micha beschwichtigte sofort. »Er selbst hat angeblich nie etwas genommen. ›Ein klarer Geist ist die höchste Ekstase‹, soll er in den entsprechenden Situationen immer gesagt haben.« »Ach, Alfons und seine Zitate.« (Doch wie sich später zeigte, irrte ich mich. Bei meiner Recherche fand ich an keiner einzigen Stelle den Satz: ›Ein klarer Geist ist die höchste Ekstase‹. Er muss tatsächlich von Alfons selbst gestammt haben.) »Er hat die Straßen- und Diskothekenverkäufer beliefert, im weiten Umkreis, bis Mannheim und Darmstadt. Dann soll er einen Tipp bekommen haben und konnte gerade noch nach Mexiko flüchten, bevor die Falle zuschnappte.« Ich sah Konstantin Kaiser vor mir, seine Bestürzung, als er erfuhr, dass sein Sohn abgereist war und voraussichtlich nicht zurückkommen würde. Ob er wusste, was Alfons tat und warum er weg war? Selbst während der Krankheit schien er nicht zu erwarten, dass sein Sohn ihn besuchte. Micha zündete eine Kerze an. »Und sein Vater, dein Mentor, ich habe gehört, dass er nicht mehr lebt?« »Ja, er … das erzähle ich dir ein andermal, okay?« Mir war schwindlig, der Wein, die Erinnerungen. Wie viele Stunden war ich schon hier? »Ich glaube, wir sollten etwas essen, was meinst du?« Micha nahm die Beine vom Hocker. »Ich würde gerne mit dir irgendwo hingehen, aber ich muss eine Nachtschicht einlegen, Stimmstock an einem Kontrabass tauschen und der letzte Schliff an einer Violine, beide Kunden wollen ihr Instrument morgen Nachmittag abholen.« Er stand auf. »Aber morgen Abend im Sole D'Oro, wie wär's? Ich lade dich ein. Und ich spreche mit Pablo wegen Sonntagabend, okay?«

Er bestand darauf, mich nach Hause zu begleiten, oder besser gesagt, er tat es einfach, obwohl ich mich sträubte, wenn auch nur schwach. Aus dem Eingang des Roten Ochsen quoll warmer Bier- und Bratenduft. Am Seppl gleich nebenan schloss eine stämmige Frau mit Zigarre gerade die Läden vor den Buntglasscheiben mit den historischen Corpswappen. Jemand spielte Klavier. Auf dem Marktplatz am Rathaus, wo Micha und ich früher zwischen parkenden Autos gespielt hatten, saßen jetzt, wie immer bei schönem Wetter, Touristen und Einheimische an Caféhaustischen unter Laternen bei Bier und Wein. Stimmengewirr, offene Fenster, das Plätschern im Herkulesbrunnen, eine fast italienische Nacht. Auf einmal hatte ich ein Bild von uns wie von schräg oben gefilmt. Ein Paar unter vielen anderen Menschen, unterwegs vom barocken Rathausgebäude zum Heck der Heiliggeistkirche. Angestrahlte Fassaden, Lichtinseln unter petrolblauem Sternenhimmel. Eine vollendete Kinoszene, die ich genoss, bis ich heftig ins Straucheln kam, das Pflaster, mein Absatz. Hätte Micha mich nicht abgefangen, ich wäre schon an diesem ersten Tag in aller Öffentlichkeit gestürzt. Achtsam lief ich weiter mit diesem vertrauten, fremden Mann an meiner Seite. Ungeschickt umarmten wir uns vor meiner Haustür. Schwer fiel ich ins Bett, ohne Essen, todmüde. Aber einschlafen konnte ich nicht.

Er war sechsundzwanzig. Ich zweiunddreißig. Zu alt. Wir waren wie Brüder damals. Vielleicht hatte er eine Freundin und nur nicht darüber gesprochen? Am nächsten Abend würden wir essen und dann – träfen wir uns vielleicht hin und wieder, wie Geschwister eben.

Schon beim Aufwachen musste ich mir jeden Gedanken an Micha und mich verbieten. Wie ferngesteuert brachte ich den freien Tag mit aufgeschobenen Pflichten hinter mich. Gegen Abend die alberne Suche nach etwas zum Anziehen, irgendwo müsste ich doch einen Lippenstift haben. Immer wieder der Blick auf die Küchenuhr, nur nicht zu früh losgehen. Versuche, die Haare in Form zu bringen, eine Jacke anziehen und wieder aus, die Schlüssel suchen. Nichts denken, sich nichts fragen, nichts vorstellen und diesen Zustand durchhalten, bis ich mit letzter Kraft die Restauranttür aufzog.

Ein vielversprechender Duft nach Kräutern, Gewürzen und erhitzten Tomaten, doch ich wusste sofort, dass ich in meinem Zustand keinen Bissen herunterbekäme. Ich konnte kaum richtig atmen, ich wusste nicht mehr, wie man läuft. Aus der Ecke am Fenster lächelte Micha mich an, und plötzlich fiel die gesamte Anspannung von mir ab. »Du stehst auf der Gästeliste für morgen, Festhalle Frankfurt, 20 Uhr!« Mit einem Mal war ich wieder ich. Vielleicht mehr als jemals. Leicht und lebendig. Wir aßen und tranken und redeten. Erwachsene in einer Erwachsenenwelt, unsere Arbeit und unsere Freunde, Vorlieben und Abneigungen, Politik und Religion. Ich ließ nicht zu, dass er für mich bezahlte. Zum Abschied vor meiner Tür, ein kurzes Zögern, dann eine Umarmung, nicht ganz so linkisch wie am Abend davor. »Ich habe Pablo nichts von dir gesagt, nur dass eine Freundin mitkommt. Bis morgen, ich freue mich!«

Es schien absurd, ich hatte noch zwei Tage frei, doch wäre am liebsten in die Klinik gegangen und hätte mich in die Arbeit gestürzt. Zur Ablenkung putzte ich die Wohnung, kaufte mir Blumen und – mein erstes kleines Schwarzes, eng anliegend, tief dekolletiert, eigentlich nicht mein Stil, jedenfalls sah ich schick darin aus, scharf-schick sozusagen. Der Rest des Nachmittags grübeln und grübeln vermeiden.

Mit Konstantin Kaiser und Frau Kimura-Baum war ich als Teenie oft im Konzert, in Mannheim im Nationaltheater, hier in der Stadthalle und im Sommer bei den Schloss-Festspielen. Mit vereinten Kräften hatten wir den Rollstuhl über das holprige Pflaster der ›schönsten Ruine der Welt‹ gequält, um uns nach Mozart, Strauß und Co. beseelt dem mühsamen Rückweg zu stellen. In der Festhalle Frankfurt war ich noch nie gewesen, in einem Jazzkonzert auch nicht. Pablo, nach zwanzig Jahren. Und das alles mit Micha. Ob er – es ging schon wieder los.

Am Abend, kaum dass ich Micha sah, löste sich wieder alles in Wohlgefallen auf, die Nervosität, die Verwirrung. Im anthrazitgrauen Anzug, das Haar sorgfältig frisiert, erwartete er mich vor der Werkstatt. Also, war ich nicht overdressed mit dem Kleid. Schwungvoll stieg er ein. Ein konventionelles Küsschen, Küsschen. »Toll, dass du fährst, ich habe noch nicht mal einen Führerschein.«

Kurz hinter Weinheim fing es zu regnen an, ein Wolkenbruch, der zum Langsamfahren zwang. Vom Parkhaus zur Festhalle waren es nur ein paar Schritte, aber ich hatte keinen Schirm im Auto. Micha breitete sein Jackett über unsere Köpfe, nahm meine Hand, wir rannten, so gut sich das bei mir mit den High Heels machen ließ. An der Garderobe bekam das Sakko einen Extraplatz zum Abtropfen. Im Foyer zwischen Anzugjacken, Cocktailkleidern und dunklen Shirts stach Micha im weißen Hemd unübersehbar heraus. Meine Schuhe hatten den Pfützen nicht standgehalten, meine Füße waren feucht und heiß, der BH kniff. Schön locker bleiben. Das erste Klingeln ertönte, eher ein Sirren. Unsere Sitze genau in der Mitte, die Instrumente schon auf der Bühne. Auftritt des ersten Musikers, Begrüßungsapplaus, der zweite folgte und dann Pablo. Er überragte die beiden anderen um ein beträchtliches Stück. Kurze Verbeugung. Mein Herz klopfte, sie nahmen die Plätze ein. Ausgerechnet der kleine Asiate begab sich zum Kontrabass, der Perkussionist verschwand hinter Becken, Tomtom, Trommeln und Hi-Hat, griff nach den Sticks. Pablo setzte sich sorgfältig zurecht, kein Laut mehr im Saal. Es erklang die Pink-Panther-Melodie, eigenartig schräg, im Publikum ein paar Lacher, Abbruch, Pablo beugte sich zum Mikrophon neben dem Flügel. »Ein Scherz, herzlich willkommen!« Und dann das erste Stück. Schnell, kompliziert, für mich eine neue, ganz fremde Art von Musik, messerscharf, unvorhersehbar. Kaum hatte ich mich etwas eingehört, da war es auch schon vorbei. Applaus. Wieder Pablo. »Das war Klüvers Kommode, eine Passage aus unserer neuen CD, als Nächstes …« Auch die folgenden Stücke waren schwer zu erfassen, eigenwillig, kantig, dann wieder groovig, mit sprunghaften Rhythmen. Die Musik widersetzte sich jeder Erwartung, jedem schlichten Verlangen nach Mitschwingen. Eine Absage an alles Gewohnte. Das Zusammenspiel der drei Musiker im stetigen Blickkontakt. Als Erster durfte der Asiate sein Kontrabass-Solo spielen, erstaunlich kraftvoll zupften die scheinbar zarten Finger die dicken Saiten. Im nächsten Stück bewies der Perkussionist, was Rhythmus sein kann, wenn er anderen Instrumenten nicht als Struktur dienen muss, sondern frei sein darf, ekstatisch und hemmungslos, dabei präzise bis auf den letzten Schlag. Micha saß aufrecht neben mir, die Strähne in der Stirn, vollkommen gebannt. Trotzdem ein kurzer Blick. Zum Abschluss, im letzten Stück Pablos Wahnsinnsritt über die Tastatur. Es hörte sich an, als säßen zwei Leute am Flügel. Er selbst wirkte präsent und abwesend zugleich. Als würde er von etwas gespielt. Der letzte Ton. Standing Ovations. Meine

Hände glühten, meine Füße auch. Wir klatschten und klatschten, begeistert nickte Micha mir zu.

Durch das Gedränge zu einer Seitentür. Der Ordner ließ fragen, jawohl, Herr Steiner-García empfängt. Und dann lag er da auf einem Ledersofa, in voller Länge. Die Füße ragten weit über die Armlehne hinaus. Das nicht mehr so dichte schwarze Haar klebte am Kopf. Wie alt mochte er sein, Mitte vierzig vermutlich. Das Gesicht verschwitzt, aber strahlend. Er sprang auf, schaute mich mit zusammengekniffenen Augen an. Micha fiel ihm in die Arme, herzliche Männerbegrüßung. Ich gratulierte zum wunderbaren Konzert. Er trat einen Schritt zurück, sah mir ins Gesicht, offensichtlich rätselte er. Micha amüsiert, dachte gar nicht daran, ihm auf die Sprünge zu helfen. Ich auch nicht. Pablo beließ es erst einmal dabei, griff sein Jackett. »Ich hab einen Bärenhunger, vamos muchachos! Wie geht's deiner Mutter, Micha?« »Gut, gut, sie lässt grüßen, das nächste Mal kommt sie mit.« »Versprochen?« »Versprochen!« »Ich drehe dir den Hals um, wenn nicht!« Theatralisch legt Micha sich die Hand aufs Herz: »Ehrensache!«

Im Aufzug zum Restaurant im obersten Stockwerk eines Hochhauses schlug Pablo sich plötzlich ebenso theatralisch gegen die Stirn. »Natürlich, jetzt sehe ich es. Toni! Unser blinder Passagier in der Unteren Straße. Zur erwachsenen Frau herangewachsen. Kompliment! Wie aufregend!« Er lachte mich an, berührte kurz meine Schulter. »Wart ihr beiden nicht wie Bruder und Schwester?« Ein Männerblick zu Micha, ironisch verwundert. Micha – verlegen? – ging nicht darauf ein und meinte trocken: »Eher wie Bruder und Bruder.«

Unser Tisch mit Blick auf die nächtliche Mainhattan-Skyline. Pablo bestellte Champagner. »Toni, erzähl, was machst du, wie geht es dir, bist du tatsächlich Ärztin geworden?«

Ein inspirierender, fröhlicher Abend. Das Essen war exquisit, der Wein und der Cognac offenbar auch, ich hielt mich ans Wasser und fühlte mich trotzdem beschwipst, fast berauscht. Micha und ich. Und Pablo! Vor vier Tagen waren die beiden zwar wichtige, aber ferne Figuren aus der Vergangenheit, und jetzt!

Auf der Heimfahrt gab ich ein bisschen Gas, die Nacht war klar, frisch gewaschen, die Richtung stimmte, nach Süden. Ich hätte weiter und weiter fahren können durch die Nacht bis ans Meer. Micha, ein stiller Begleiter, zum Aussteigen musste ich ihn wecken, wachrütteln geradezu. »Oh, tut mir leid, ich muss mich entschul…« »Hör schon auf. Geh rein und schlaf weiter!« Verdattert kletterte er aus dem Wagen. »Danke, Toni, komm gut nach Hause, bis morgen.« »Bis morgen?« Ich sah ihm nach, mit leichtem Wanken tastete er vor der Werkstatttür nach seinem Schlüssel, wie damals Pablo, aber – Micha fand ihn.

Im goldenen Schnitt

September 2016, Heidelberg, Neckarweise
Auf der Neckarwiese Strandatmosphäre, nur in Grün. Im Schatten der riesigen Pappeln drängen sich Jugendliche und Familien mit kleinen Kindern. Hier in der Sonne ist Platz. Für einen Tag ist der Sommer zurückgekommen. Die Wellen glitzern, die Tröpfchen der Dusche funkeln im Licht. Mein Badeanzug sitzt locker, schlackert beinah. Als ich ihn das letzte Mal trug, vor nicht einmal drei Monaten, bei einem Baggersee-Ausflug mit Clea, da wusste von nichts, hatte keine anderen Sorgen als ein paar Pfunde zu viel auf den Hüften und

ein bisschen Bangigkeit vor dem Alleinsein ohne mein Kind. Nur nicht melancholisch werden jetzt, dafür ist es zu schön hier. Ich strecke mich aus, schließe die Augen, nur das leuchtende Rot hinter den Lidern. Ein Stück weiter zum Weg hin schnarcht ein Mann, leise, dann lauter, noch lauter, ein röchelndes Grunzen und – aufgeschreckt und verwirrt sieht er um sich. Rasch wende ich mich ab, drehe mich auf den Bauch, schaue auf die Handyuhr. Clea hat ein Foto gewhatsappt.

Wie die kleine Meerjungfrau sitzt sie seitlich neben ihren Füßen am Strand und schaut in die Kamera. Ich zoome sie ran. Sie sieht ihrem Vater so ähnlich. Die hellgrauen Augen, die blonden Haare. Eine Strähne flattert im Wind. Und auf dem Gesicht dieser Ausdruck nachdenklicher Offenheit. Dabei ist um sie herum einiges los. Junge Leute mit zerzausten Frisuren zwischen Taschen, Tüchern und Flaschen, ein Gelage im Sand. Ich zoome einzelne Stellen heran. Zwei Mädchen zeigen mit aufgerissenen Augen auf das Batman-Zeichen, das sich ein Bärtiger aus der behaarten Brust herausrasiert hat. Ein Junge am Rand schaut verträumt zu einem Mädchen, das an einem Orangenschnitz lutscht. Ein kniender Asiate mit roten Haaren, vermutlich Japaner, hat einen aufblasbaren Alligator im Schwitzkasten. Dahinter entfernt Silhouetten im Blau-in-Blau von Himmel und Meer, wie Keith-Haring-Figuren. Es sieht aus, als ginge es Clea gut, das soll das Foto zeigen, sicher bin ich mir nicht. Seit dem Tod ihres Vaters ist schwer zu sagen, was sie wirklich bewegt. Jetzt hat sie Rashid, wahrscheinlich hat er das Foto gemacht mit Clea im goldenen Schnitt. Hoffentlich tut er ihr gut.

Unangemessene Gefühle

August 1993, Heidelberg, Neckarstaden
Trotz des Konzerts, des langen Abends und der Fahrerei wachte ich früh auf, sofort fiel mir ein, dass am nächsten Tag um fünf wieder der Frühdienst losging. Das machte mich unruhig. Ich arbeitete gerne in meinem Beruf, trotzdem, nach längeren Pausen immer diese leise Bedrohung. Am besten ich unternehme etwas Schönes, schließlich bleibt noch ein ganzer freier Tag! Ich ging los, um eine CD von Pablos Trio zu kaufen. Ein Bilderbuch-Sommertag, bayrischer Himmel, blau mit weißen Baiser-Wolken, Taubengurren, Musik aus offenen Fenstern. Zu Hause beim Anhören fühlte es sich an, als wäre Pablos Musik genau für diesen Moment gemacht, für mich in diesem Moment, mit dieser Unruhe, diesen Gefühlen, nach diesem Konzertabend. Fremd, brillant, unberechenbar schön. Dann rief Micha an. »Wie wäre es, wenn ich dir heute Nachmittag meinen Gemüsegarten zeige? Wir fahren mit dem Fahrrad nach Handschuhsheim, du hast doch ein Fahrrad, oder?« Ich wusste nicht, was mit mir los war, fast fing ich an zu heulen. Ich hatte einfach zu wenig geschlafen. »Du hast einen Gemüsegarten?« »Na ja, du weißt schon, Landkommunenkind, eigentlich geht es mehr ums Rauskommen, frische Luft, Wolken-Betrachten und so. Das Gemüse ist, sagen wir, der ökologische Unterbau.«

In sauberen Reihen wuchsen Tomaten, Zwiebeln, Salat und Kräuter. Zum Berg hin statt eines Schuppens wie in den andern Gärten nur ein kleines Dach auf vier Streben, mit einer einzigen Holzwand, wo Rechen, Spaten und Schaufel standen, ein großer Kasten, daneben ein winziger, nicht angeschlossener Kühlschrank, den Micha sogleich mit Eiswürfeln und Bierflaschen bestückte. Und die Gießkanne. »Gießen kann ich! Nur umgraben ist nicht mein Ding.« Im Dorf wurden die Vorgärten liebevoller gepflegt als die Kinder, vor den Türen blühende Akkuratesse, was dahinter war, ›ging niemand was an‹. Außerdem ist mir Erde unter den Fingernägeln ein Gräuel.

Wie lange hatte ich das nicht mehr gehört, dieses typische Wasserhahnquietschen, das unregelmäßige Trommelgeräusch im Hohlraum der Kanne, das nach und nach in ein Platschen und Gluckern mündet. Ich ließ mir den kalten Strahl über die Handgelenke laufen, befeuchtete mir Nacken und Stirn. Dazu der kühle Sprühregen aus der undichten Stelle zwischen Schlauch und Hahn an meinen Beinen. Micha hockte zwischen den Beeten, erntete mit routinierten Griffen. Ich schnipste ein paar Spritzer in seine Richtung, blitzschnell packte er mein Fußgelenk, knurrte, ließ aber gleich wieder los und machte weiter. Der Waldgeruch der gewässerten Erde unter dem Aprikosenbaum, ein Stück weiter plötzlich ein Schwall Basilikumaroma. Rosenduft von gelben Blüten am Zaun, das zarte Bukett des Jasmins, die krautige Ausdünstung des Knöterichs, der vom Nachbargrundstück herüberwucherte. Vier Kannen leerte ich, Micha füllte vier Spankörbchen, jedes mit sonnenwarmen Tomaten, Zwiebeln, Zucchini, dazu Petersilie, Kresse, Kerbel, Schnittlauch, Basilikum. »So viel? Belieferst du auch den Großmarkt?« »Eins bekommst du, eins ich, und zwei meine Nachbarin Maria. Die bringt mir das meiste davon fix und fertig zubereitet zurück, Salate, Pastasoße und Pizza. Gerade heute früh kam sie mit einer wunderbaren Frittata, reicht genau für uns zwei.« Setzt er dieses unwiderstehliche Lächeln als Mittel zum Zweck ein? »Ich muss aber zeitig nach Hause, um vier Uhr früh klingelt der Wecker.«

»Kennst du die noch? Vor ein paar Jahren habe ich Rollo besucht in der Unteren Straße, den Letzten von der alten WG. Und da habe ich sie gesehen, im Haus herumgefragt, wem sie gehört, und sie dann hierhergeschafft.« Er strich mit der Hand über das Holz des Kastens. Ich betrachtete das Monstrum. »Nein wirklich – meine Truhe?« An der hinteren Kante die Kerben, eine für jeden Tag, den ich auf ihr geschlafen habe, insgesamt 40, das muss ich nicht zählen, das weiß ich. Mein erstes eigenes Bett in Heidelberg! Die Schnitzereien an den Seitenteilen waren mir im Dunkel des Treppenhauses nie aufgefallen. Es berührte mich mehr, als ich zeigen wollte. Nur nicht sentimental werden jetzt! »Dass du die gerettet hast! Was war drin?« Leichthin sollte das klingen, kratzte aber im Hals. Umständlich, als wollte er mir Zeit lassen, klappte Micha zwei Liegestühle auseinander und platzierte sie im gesprenkelten Halbschatten unter den Ästen des Kirschbaums, dessen Früchte noch grün waren. »Rate mal!« »Ein Piratenschatz?« »Leider nein.« »Geheime CIA-Unterlagen?« Er lachte, half mir aber nicht weiter. »Keine Ahnung. Konservendosen mit Corned Beef? Na, sag schon.« Meine Gefühle hüpften, irgendwie war alles in mir ein bisschen außer Kontrolle geraten. Auf den Stühlen ausstrecken, das Bier wunderbar kalt. Zum Tropfen des Wasserhahns zwitscherten die Vögel. Micha schien vollkommen in sich zu ruhen, mit geschlossenen Augen, die Lippen entspannt. Und mit einem Mal wurde mir mein überwacher Zustand bewusst, eine Dünnhäutigkeit, fast Alarmbereitschaft, schon die ganze Zeit, seit drei Tagen, seit dem Wiedererkennen in der Eisdiele. Es kam eine Müdigkeit über mich, der ich kaum widerstehen konnte, die kurze Nacht, die Sonne, das Kannenschleppen, das Bier. Nur jetzt nicht wegdämmern, womöglich anfangen zu schnarchen, mit offenem Mund oder so. »Guck mal da, sieht aus wie Afrika, siehst du?« Micha stocherte mit dem Finger in die Luft. Tatsächlich, der Wolkenhaufen ähnelte dem Kontinent. »Und da, ein galoppierender Elefant, wie bei Dali, jetzt zieht er sich auseinander – ein geflügeltes Pferd mit Reiter, der die Arme hochreißt.« »Wo?« »Na da, neben der nackten Frau.« Er grinste, nahm meine Hand zwischen den Liegen, schaukelte ein bisschen damit. Ich zitterte doch hoffentlich nicht!

Auf dem Heimweg hätte ich Micha beinah verloren. Vom täglichen Radfahren war Tempo zu einer Routine geworden. Wie unsensibel von mir. Betreten hielt ich Ausschau. Er bog um die Ecke, gemächlich auf seinem Hollandrad und winkte freundlich.

Zwei Körbchen der heutigen Ernte reichte Micha im Nebenhaus durch das Fenster hinein. Eine Maria um die fünfzig mit lebhaften Augen wünschte ›Buon appetito‹ für die Frittata und schaute uns vielsagend hinterher. In der Werkstatt machte Micha den Campingherd an, entkorkte eine Flasche Rotwein, ich durfte nicht mal den Tisch decken, nur auf dem Korbstuhl sitzen. Zu Bachs Italienischem Konzert und dem ersten Schluck versuchte ich mir einzureden, dass unsere Wiederbegegnung ein wunderbarer Zufall war. Das Dinner im Restaurant, das Konzert mit Pablo in Frankfurt, der Garten und die Wolken, diese ganzen vier intensiven Tage eine Art erwachsene Wiederbelebung der fünf Wochen vor einundzwanzig Jahren, ein Comeback, das an diesem Abend mit dieser Frittata zu einem würdigen Abschluss kommen würde. Und ab morgen, ab morgen früh um fünf, eigentlich schon ab gleich, wenn ich nach Hause ginge, würde alles wieder normal. Die Arbeit, der Alltag, die Vernunft. Vermutlich sähen wir uns wieder, das schon, vielleicht würden wir mal essen gehen, wir könnten Lilli besuchen. So versuchte ich, mich gegen alles andere zu wappnen. Aber gegen was eigentlich? Micha deckte den Tisch neben der Terrakotta-Armee. Er bereitete einen Salat zu. Ich betrachtete das Stierschädelbild und bohrte innerlich nach. Was war es, gegen das ich mich so angestrengt wappnen musste? Die Ahnung, etwas könnte passieren, etwas Unkontrollierbares. Nur mutig weiter, ich war auf der richtigen Spur. Etwas, das verheißungsvoll anfängt und schmerzhaft zu Ende geht? Etwas, das ganz offensichtlich ist, und nur noch gelebt werden muss, Nähe, Berührung, Sex. Ich war über dreißig und brauchte so lange, um zu begreifen, was vorging mit mir, mit ihm, mit uns. Es blitzte auf, einen Moment, dann verschwamm es und ich landete wieder bei Micha, zwischen den Werkbänken, Instrumententeilen und Bildern. Ein Mann und eine Frau, eine Frittata, Salat und Wein. Wir aßen und tranken und sprachen wenig. Aus einem zischenden Pöttchen goss Micha gesüßten, türkischen Mokka in reizende Goldrandtässchen. So fühlt sich Gegenwart an. Und dann, als wir das letzte Stück Geschirr auf der Spüle abgestellt hatten, legte er mir ohne Getue den Arm um die Schulter und führte mich wie selbstverständlich zum hinteren Teil der Werkstatt.

Mein Herz pochte, sein Körper so nah, sein Geruch. Es durfte passieren. Ich war bereit. Es musste. Und dann das Idiotischste, was man sich vorstellen kann: Ich blieb mit dem Absatz hängen, ich stolperte, Michas Auffangversuch misslang und ich schleuderte halbverdreht auf den Boden. Trotz des stechenden Schmerzes im rechten Fuß brach kein Schrei, sondern Gelächter aus mir heraus, aus der Spannung des ganzen Abends, des ganzen Tages, der ganzen Zeit. Es schüttelte mich unkontrolliert. Die Geräusche aus meinem Mund schrill, hexenhaft wiehernd. Ich wand mich, konnte mich nicht wehren und wollte es auch nicht mehr. Wie eine Irre klopfte ich auf die Dielen. Micha kniete neben mir, lachte kurz mit. Er wusste nicht, ob er besorgt oder erleichtert sein sollte. Als der Anfall verebbte, blieb nur der Schmerz. Ich richtete mich auf, so gut es ging, befühlte den Fuß. Kein Zweifel, gebrochen. Micha rief ein Taxi. Ich quer auf der Rückbank, er trieb den Fahrer zur Eile. Im Wartebereich der Notfall-Ambulanz saßen wir nebeneinander wie ertappte Kinder. Mit brutalem Ruck wurde der Fuß gerichtet, Gipsverband, Schmerztabletten. Ja danke, ich bin vom Fach. Wieder ins Taxi, das gegipste Bein auf einer Zeitung, damit dem Sitz nichts passiert. Vorne gab Micha seine Adresse an. Ich protestierte. »Es ist nur ein gebrochener Fuß!« »Aber bei mir kann ich mich viel besser um dich kümmern!« »Ich kümmere mich schon alleine.« »Wie willst du dich denn bewegen?« »Ich komme zurecht, bestimmt.« Es ging weiter hin und her, bis der Taxifahrer sich einmischte. »Was denn jetzt? Hüh oder hott?« Micha gab nach, unter der Bedingung, dass ich ihm einen Hausschlüssel gäbe, damit er jederzeit ›nach mir sehen kann‹. »Natürlich nicht unangemeldet, versteht sich!« »Ach, Micha.« Er schleifte mich die Treppe hoch, bettete mich, stellte das Telefon auf den Nachttisch. Er lächelte. »Wir haben Zeit. Jetzt, wo wir uns wiedergefunden haben.« Sein Abschiedskuss streifte meine Wange, ich dämmerte weg. »Sei vorsichtig mit den Krücken!«

Ein gebrochener Fuß und was für Gefühle! Micha kommt morgens, mittags und abends. Jedes Mal könnte ich aufspringen und ihm entgegenrennen. Stattdessen liege ich auf meiner Couch festbetoniert mit dem albernen Gipsbein, das schmerzt, und kann nur zusehen, wie er umherläuft, werkelt,

Essen serviert und abräumt. Seit meinem Sturz nach dem verheißungsvollen Moment unzweideutiger Nähe vor einer Woche ist Micha in eine eigentümlich muntere Freundschaftlichkeit gefallen, die mich verrückt macht. Eisern versuche ich, die Schuld dafür ganz allein dem gebrochenen Fuß zuzuschieben und nicht etwa meinem enthemmten Gelächter. Ich will mir nicht vorstellen, wie es auf Micha gewirkt haben mag. Eben noch eine wiedergefundene, willige Kindheitsliebe im Arm, und plötzlich eine Irre, die sich fuchtelnd und wiehernd um ihren unnatürlich angewinkelten Fuß wälzt. Hätte ich die Selbstbeherrschung in dieser Nacht doch auf andere Weise verlieren dürfen!

Gestern, Micha saß auf meinem Lieblingssessel, die Füße neben dem Gips, und ich spielte ihm Stücke aus meiner kleinen, erratischen CD-Sammlung vor, Chansons, Rockballaden, Chopin und Ambient, da hätte ich ihn beinah gepackt und an mich gerissen, doch ich habe mich beherrscht. Vielleicht war der Moment vor dem Sturz, der mich so aufgewühlt und in diesen Ausnahmezustand versetzt hat, vielleicht war dieser Moment für Micha nichts anderes als irgendeine Gelegenheit, die ich durch meine Ungeschicklichkeit verpatzt und so den Geschwisterstatus wieder in Kraft gesetzt und auf ewig zementiert habe. Plötzlich kommt es mir vor, als flirte Micha mit mir, aber ich traue nicht einmal mehr meiner eigenen Wahrnehmung. Dann das Gefühl, zu viel zu lächeln. Oder zu wenig? Auf jeden Fall scheint mein Verhalten irgendwie unangemessen. Oder nicht? Ich weiß nicht, was ich mit meinem Gesicht machen soll. Und mit meiner Stimme. Ich weiß gar nichts mehr.

Wenn Micha nicht da ist, setze ich alles daran, nicht zu warten. ›Ein intelligenter Mensch wartet nicht. Er memoriert ein Gedicht oder liest‹, das hat Alfons einmal gesagt. Aber ich kann nicht lesen. Ich versuche zu erledigen, was im Sitzen möglich ist, Bürokram, Protokolle. Es funktioniert nicht. Es IST Warten. Noch nie habe ich mich meinem Körper und meinen Gefühlen so ausgeliefert gefühlt. Nicht einmal als Kind, während der ungeduldigen Zeit in der Unteren Straße, als ich oft warten musste, auf eine Gelegenheit, eine Entscheidung. Aber mit elf konnte ich immer irgendetwas tun. Jetzt sitze ich zum ersten Mal wirklich fest. Ich versuche mir vorzustellen, wie es für Micha gewesen sein muss, von Geburt an immer wieder Tage und Wochen im Krankenhaus zu verbringen. Ich denke an meine Patienten. Doch es gelingt mir nicht, den Beispielen vorgelebter Geduld zu folgen. Ich bin wütend – auf einen gebrochenen Fuß! Und bestürzt – wegen eines brachialen Gelächters. Unangemessene Gefühle, gemessen an was? Wie viel Verantwortung hat man für seine Gefühle? Wenn man die unerwünschten, schlechten zu unterdrücken versucht, gehen die guten mit unter. So ist doch die Theorie. Es gibt keine Wahl. Man fühlt oder man fühlt nicht. Also, hat niemand das Recht, mir die Wut abzusprechen! Nicht einmal ich selbst. Ich kann lachen und durchdrehen, wie es mir passt oder wie es aus mir herausbricht. Wenn der Anblick einer enthemmten Toni in Michas Seele eine schöne Illusion zerstört hat, bitte sehr! Ich hätte Lust, Geschirr zu zerdeppern. Die Vorhänge herunterzureißen, die Schränke umzustoßen und das Krachen zu hören, bevor sie zersplittern. Dann heule ich eben! Vielleicht ist Micha ja auch nur rücksichtsvoll gegenüber einem fußkranken Opfer? Will die Rekonvaleszenz nicht gefährden? Vielleicht ... Nicht einmal einen Spiegel habe zur Hand, bestimmt sehe ich furchtbar aus. Gleich 19 Uhr, gleich müsste er da sein. Serviette mit Mineralwasser tränken, aufs Gesicht legen et voila: alles frisch. Und noch etwas: Wenn mir niemand die Wut, das Lachen, das Durchdrehen absprechen kann, dann auch nicht die Angst. Diese Angst, mein Ausbruch könnte Micha tatsächlich abgestoßen und unerreichbar gemacht haben.

Vollständige Sorglosigkeit

Oktober 2016, Heidelberg, Marktplatz
›Vollständige Sorglosigkeit und unerschütterliche Zuversicht sind das Wesentliche eines glücklichen Lebens.‹ Bemerkenswert, an was für entlegene Dinge man denkt, wenn man aus starken Erinnerungen in eine schwierige Gegenwart fällt. Seneca, Konstantin Kaisers umstrittener Lieblingsstoiker. Erst beim dritten Anlauf gelang ihm die Selbsttötung, die er auf Geheiß seines Schülers Nero vornehmen musste. Nach dem Öffnen der Pulsadern trank er den Schierlingsbecher, starb aber erst durch Ersticken im Dampfbad. Ein stoischer Akt. Vollständige Sorglosigkeit und unerschütterliche Zuversicht. Ich tue mein Bestes, auch wenn die Milz weiter anschwillt, der Kopfschmerz pocht und ich todmüde bin. Tod- oder lebensmüde? Nein, nur todmüde!

Manchmal ringe ich mich zu einem kurzen Sonnenbad auf einer Bank am Neckar durch, aber meistens liege ich bei offenen Fenstern zu Hause herum, wie damals, nur ohne Gips, ohne Micha und ohne die Kraft für große Gefühle. Kein Tanzen, kein Yoga, keine Mädelsrunde im Restaurant Tati. Verabredungen sage ich mit vagen Notlügen ab. Pflichtschuldig schaue ich die Nachrichten, um mich nicht ganz abzukoppeln von allem, um meine Leukämie nicht für den Nabel der Welt zu halten und mich selbst nicht für den einzigen Menschen mit einem größeren Problem. Aber das Einzige, was mich in diesen Tagen außer der Krankheit wirklich berührt, sind meine Erinnerungen.

Neunzehn Jahre, drei Monate und zwölf Tage

August 1993, Heidelberg, Marktplatz
Der erste Kuss, eine Erlösung. Der Moment der ersten Berührung. Der Mut, sich berühren zu lassen, selbst zu berühren. Jede Bewegung ein Abenteuer, Zutrauen fassen, sich weiter wagen. Bis die Körper mit einem Mal von alleine losgehen. Weg mit der Kleidung, während die Lippen nicht loslassen können. Elektrisiert Haut auf Haut. Umklammert aufs Bett sinken. Der Gipsklotz am Bein, der mich fixiert auf der Stelle, den ich nicht abstreifen kann, der sich nicht austricksen lässt, auch nicht im Furor der Gier. Eine gemeinsame Lachattacke über uns selbst. Ergeben, mit zittriger Eilfertigkeit die einzig geeignete Stellung ausfindig machen und – sich vereinigen! Einen Atemzug lang nur spüren, dann langsames Aufschaukeln. Wider den Klumpfuß, der plump und beharrlich aufragt im Meer der Gefühlswallung. Trotzdem die Welle reiten, in Schräglage, fast bis zum Kentern. Waghalsig weiter hinaussegeln. Immer wieder den Kurs korrigieren, um nicht über Bord zu gehen. In der Umarmung siegesgewiss Täler und Kämme durchpflügen. Unerwartet schon Abgrund in Sicht und jäh das gemeinsame Stürzen.

Ein Lidschlag im Nichts. Verwundert erwachen wie von weit her auf dem schmalen Sofa. Sich wiederfinden, in ein gelöstes Gesicht schauen. Umschlungene Atempause. »Im Grunde habe ich immer nach dir gesucht, Toni, ohne es wirklich zu tun. Ich habe dich vermisst, seit dem Abschied am Heumarkt mit fünf.« Er fragt nicht, wieso ich ihn nach den ersten Malen nie mehr besucht oder eingeladen habe. »Lilli hat immer gesagt, du müsstest viel lernen, du hättest keine Zeit, mich zu sehen. Als Teenager dachte ich tatsächlich, ich sei schwul, weil ich mir auch nach zehn Jahren niemand anderen vorstellen konnte als dich.« Er legt seinen Kopf an meinen, spricht leise zur Decke »Einmal habe ich es sogar ausprobiert mit einem Jungen, der mich an dich erinnerte.« »Ehrlich? Und?« »Nichts und.« Er stützt den Ellenbogen auf, sieht mich von oben an. »Danach habe ich beschlossen, das alles – zu vergessen, aufzuhören an dich zu denken.« Er lässt sich wieder sinken, legt seine Hand auf meinen Bauch. »Etwa ein Jahr danach habe ich durch Zufall von Lilli erfahren, dass du ein Mädchen warst.« Er lächelt ein eigenartiges Lächeln. »Ziemlich absurd, nicht wahr, zehn Jahre verliebt in einen Jungen, und wenn man es endlich hinter sich hat, erfährt man, dass er ein Mädchen war.«

Was für eine Geschichte, ich versuche, mir Micha als Teenager vorzustellen. »Einen Abend lang war ich wütend auf Lilli, kam mir vor wie ein Trottel, wollte es natürlich nicht zeigen, irgendwie war es auch schon egal, ein Grund mehr, das ganze kindische Zeug endgültig loszuwerden.« Lilli fand es wohl nicht so wichtig, es ihm zu sagen. Vielleicht ließ sie es auch bewusst dabei, um den Kleinen nicht zu verwirren. Auch bei mir blieb nach dem Auerhahn-Treffen zunächst alles beim Alten. Im Gymnasium war ich zwar offiziell ein Mädchen, obwohl ich die Frisur und den Kleidungsstil beibehielt, aber Konstantin Kaiser fing erst an, von ›sie‹ zu sprechen, als Frau

Saueressig es tat, seit dem Tag meiner ersten Menses. Ob das Ganze in irgendeiner Weise erörtert wurde oder die beiden einfach so dazu übergingen, kann ich nicht sagen. Es war auf jeden Fall lange, nachdem Lilli und ich den Kontakt abbrechen mussten. »Aber wenn du es wusstest, wieso warst du so überrascht in der Eisdiele?« »Ich war ...« Er springt auf. »So total überrascht, dass ich in dem Moment nicht mehr daran gedacht habe. Für mich warst du eben ein Junge, so hatte ich dich zuvorderst im Gedächtnis.« Micha nimmt die Skulptur in die Hand, drückt die Eule aus dem Holz und hält sie mir lächelnd vor das Gesicht wie ein Zauberer das Ei, das er gleich verschwinden lässt. »Ich habe auf sie aufgepasst, damals und immer.« Eine kleine Verbeugung. Er steckt die Eule wieder zurück, stellt die Skulptur auf ihren Platz, zündet ein Teelicht an und stellt es davor. Seine Brust mit der langen Narbe im flackernden Licht. »An alles andere wollte ich nie mehr denken.« Vom geöffneten Fenster fächelt ein Windhauch die übersensible Haut. Ein Falter verzicht in der Flamme. Mit beiden Händen streicht Micha sich die Haare zurück, lehnt sich an die Wand und verschränkt die Arme. »Und wie war ich, Frau Doktor?« Wir prusten los. Ich setze mich auf, starre das Fußmonster an, wackle ein bisschen mit den Zehen, die herausschauen wie Zwerge auf einer Galerie. »Einen Moment, ich befrage die Kampfrichter. Psst, sonst kann ich sie nicht verstehen. Aha, hmhm, korrekt, ja so gebe ich das weiter. Nun ...«, ich wende mich wieder an Micha. »Also: Kampfgeist, Fairness und Spielfreude ausgezeichnet, Selbstvertrauen und Konzentration ausgezeichnet, Technik und Ausdauer bestens.« Mit keck vorgestreckten Hüften schlenkert er den erschöpften Schwanz hin und her, will gerade etwas sagen, da wackeln die Zwerge wieder. »Moment, sie sind noch nicht fertig, ah ja, Rhythmisierung und Schlagarbeit – einwandfrei!« »Du meinst, ich habe die volle Punktzahl erreicht?« Unglaublich, was für einen Ausdruck biederen Stolzes er auf sein Gesicht zaubern kann. Ich strecke die Hand nach ihm aus. »Wissen Sie, Mister Laun, ich war immer der irrigen Meinung, Zungenkunst hätte mit schmutzigem Sex nichts zu tun, sondern wäre eine Gesangstechnik, wie bei Bobby McFerrin und Al Jarreau.« Er schlüpft wieder zu mir und murmelt, indem er mich überall küsst. »Das ist oben und unten und hier und da nur eine Frage des guten Geschmacks!«

Und schon ist er wieder weg, legt eine Platte auf. Leiser als Zimmerlautstärke, für mehr ist es zu spät, oder zu früh, jedenfalls zu tief in der Nacht. Ein großes Orchesterwerk. Gerade noch über der Hörschwelle, dennoch klingt es für mich, als dehne der Raum sich aus und im Dunkel der Werkstatt säßen lebendige Musiker. Ich nehme die trockene Kontur jedes einzelnen Tons wahr. Mit dem ganzen Körper spüre ich die warme Transparenz der sich fortbewegenden Klänge, die allmähliche Prachtentfaltung der Komposition. Akustisch und nicht digital. Micha hat recht, das bringt keine CD hervor. Selbst das feine Knistern kitzelt mir das Gehör. Wir tauchen ein, schwingen mit. Die umwerfende Eröffnung, die schwellende, brausende Polyphonie der Bläser und Streicher, der Tasten- und Schlaginstrumente. Der sinnliche Tanz um den Gips in wechselnden Tempi. Das Adagio nach dem ersten Höhepunkt, Innigkeit fast bis zum Schmerz. Das bezaubernde Menuett, getanzt in der Horizontale, den Gips ignorierend. Das Rondo nur scheinbar final. Seine Arme schon wieder um mich und wieder vibrieren die Saiten. Ich habe schon Männer umarmt, ich bin zweiunddreißig, doch so pathetisch es klingt, alles Bisherige scheint nur Probe gewesen zu sein, Vorspiel für die – ›Symphonie dieser Nacht‹. Liebkosender Halbschlaf. Für einen Moment Michas Schattenriss vor dem Licht im Bad, nackt, die Haare abstehend. Sein Lächeln nur zu erahnen. Dann ist er wieder nah, sein Atem in meinem Ohr. »Ich weiß nicht, wie ich es bis jetzt ohne dich ausgehalten habe.« »Ich auch nicht.«

Sechs Wochen nach meinem Sturz, drei Wochen nach unserer ersten Liebesnacht, der Gips ist ab, der Fuß noch steif, zum ersten Mal sitze ich wieder am Steuer, es ruckelt beim Gasgeben. Ein prächtiger Spätsommertag streift an den heruntergekurbelten Fenstern vorbei. Wie Pablo in Frankfurt weiß Lilli heute nicht, dass ich Micha begleite, dass wir uns wiederbegegnet sind und wie es um uns steht. Auch sie wird sich sicher schwertun, mich zu erkennen. Micha grinst und zwinkert mir zu. Ich bin schon ewig nicht mehr Landstraße gefahren. Das große Steintor am Ende der Zufahrt steht allein, keine Mauer, nur mächtige Bäume und Büsche umgeben den weitläufigen Hof. Ich parke den Wagen im Schatten einer Platane, wo schon ein paar andere Autos stehen. Umständlich aussteigen, weniger wegen des Fußes als der Aufregung wegen. Etwas unbeholfen ohne die Krücken humple ich neben Micha über das Pflaster. In den symmetrischen Fensterreihen des Haupthauses spiegelt sich das Nachmittagslicht. Vor der Scheune, die offenbar auch als Wohnraum genutzt wird, bläht eine mannshohe Königskobra aus Holz ihren riesigen, rissigen Hals. In Steintrögen wuchern Petunien, Löwenmäulchen und Gräser. Am Rand einer Sandkuhle zwei Bobby Cars, Förmchen, ein Eimer und eine Barbie mit Halbglatze. Micha steuert auf eines der Nebengebäude zu. Auf der anderen Hofseite klappt eine Fliegengittertür auf, ein Junge mit Hockeyschläger im

Rucksack rennt ins Freie, schnappt sich ein Fahrrad und saust Richtung Tor. Als ich mich wieder umdrehe, steht Lilli neben der Haustür. Sie begrüßt mich, hält inne, ihr Blick verändert sich. »Bist du das, Toni?« Ihr gebräuntes Gesicht, leicht verwittert. Das vertraute Stirnband heute in Türkis, dazu Blaugrüntöne, allerlei dünne Stofflagen übereinander, hier und da ein wenig Orange und Violett. Sie schlingt die Arme um mich, sie duftet wie früher, nach Holz und Blüten. Mit alterslosen, türkisblauen Augen sieht sie mir ins Gesicht. Dann umarmt sie Micha. Ihre Locken am Hinterkopf, grau durchsträhnt, zu einem losen Knoten geschlungen. Wie alt wird sie sein? Mitte, Ende 50. Wir haben ihr zwei Flaschen Navarra-Wein mitgebracht. »Kommt rein, kommt rein! Kaffee oder Tee? Toni, ich freue mich. Wie geht es dir? Was machst du? Was ist mit deinem Bein?« Sie will in die offene Küche eilen, doch Micha fasst sie am Arm. »Lilli, Mama, ich ...« Er schaut kurz zu mir, dann wieder in ihr Gesicht. »Wir, also Toni und ich, wir lieben uns. Wir sind ein Paar.« Sie tritt einen Schritt zurück, lässt sich langsam auf einen Sessel sinken, während ihr Blick uns nicht loslässt, springt wieder auf. »Also, Champagner! Wie gut, dass ich einen Verehrer habe und noch eine Flasche im Kühlschrank.«

Der große Wohnraum ist sparsam möbliert, bequeme Sofas, geschnitzte Tische, ein karminroter Kelim, am Fenster ein großer Schreibtisch voller Papiere. Über eine Wand gehen bis zur Decke quadratische Fächer, kobaltblau hinterlegt, mit Dingen aus aller Welt, wie ein überdimensionaler, stehender Setzkasten. Als Erstes fällt mir eine Malerpuppe ins Auge, mit weit geöffneten Armen, einem schwarzen, zylindrischen Hut ohne Krempe auf dem seitwärts geneigten Kopf. Die Füße in Drehbewegung nah beieinander in der Luft, ein kleiner drehender Derwisch, ein Sufitänzer. In den anderen Abteilungen Hüte und Kappen, Gefäße und Statuetten, Schmuckstücke unterschiedlicher Stile, kolumbianisch, indisch, modern, ein Paar zerfetzte Seiden-Ballettschläppchen, Bildbände, eine Collage aus bunten Fächern und, ziemlich im Zentrum, zwei Bilder: ein großes Kinderporträt von Micha und, tatsächlich, ein Foto von Micha und mir, zwei Jungen, ein kleiner, ein großer, in einem roten Blechauto.

Lilli ist ganz wie in meiner Erinnerung. Ihre angenehm modulierte Stimme, ihre aufmerksame Gelassenheit. Die Bewegungen flüssig und leicht, nicht mehr so energisch wie früher. Später geht sie mit uns ums Haus, zeigt uns den Blick über die Hügel, wo morgens die Sonne aufgeht, die beiden Esel, den Gemüsegarten. Während Micha die Gießkanne schwingt, fragt sie mich aus und erzählt, wie in den Jahren aus der ›Landkommune ein zivilisiertes Projekt‹ mit einzelnen Wohneinheiten wurde. »Weniger Diskussionen, mehr Rückzugsmöglichkeiten, trotzdem mehr Gemeinschaft als in der Stadt und natürlich viel mehr Natur.«

Zum sonntäglichen Hof-Essen werden zwei große Tische vor das Hauptgebäude getragen. Lilli stellt mich jedem Einzelnen ihrer rund zwei Dutzend Hof-Mitbewohner vor. Der Hockeyjunge macht Fotos mit einer Kompaktkamera. Wir tafeln in großer Runde, während die Abendsonne alles vergoldet.

Auf der Heimfahrt von diesem ersten Besuch bei Lilli im Autoradio die Nachricht von einer Schießerei zwischen der GSG 9 und dem RAF-Terroristen Wolfgang Grams im Bahnhof Bad Kleinen. Ich höre nicht richtig zu, weil ich in Gedanken noch bei den vergangenen Stunden bin. Da dreht Micha mit einem Mal leiser, streckt sich ein wenig, schaut rechts aus dem Fenster und fragt wie nebenher, ob wir nicht auf dem Hof seiner Mutter unsere Hochzeit feiern sollten. »Unsere Hochzeit? Wie meinst du das?« Er schweigt, und mich trifft das ganze Gewicht seiner Frage. Das Auto ruckelt. Ein kurzer Seitenblick. Micha rührt sich nicht, sein Ausdruck naiver Harmlosigkeit – unverschämt. Meine Antwort, nicht ganz so beiläufig, wie ich es gerne hätte. »Da würde ich nicht nein sagen.« Wir lachen los. Vollbremsung, rein in den Feldweg, ausholpern lassen zum Stopp, ein Kuss muss sein, zur Besiegelung.

Von diesem Tag an haben wir jeden freien Moment miteinander verbracht. Neunzehn Jahre, drei Monate und zwölf Tage lang.

Frau & Mann

Oktober 2016, Odenwald
Dieser Tag bei Lilli mit dem Heiratsantrag am Abend sollte nicht nur das Ende meiner Einsamkeit werden, sondern auch der Anfang einer Versöhnung mit der Vergangenheit. Neue, heitere Eindrücke legten sich über die ungenauen, festgefrorenen Bilder eines freudlosen Dorflebens. Erstaunt nahm ich wahr, welche inneren Vorbehalte ich im Laufe der Jahre gegen alles entwickelt hatte, was außerhalb der Stadtgrenzen lag. Eine regelrechte Abneigung. Ohne je wieder hingesehen zu haben, dort gewesen zu sein, auf dem Land.

Natürlich war mir bewusst, dass die Leute um Lilli keine Bauern waren, die meisten kamen aus der Stadt, verdienten dort auch ihr Geld und gärtnerten nur im Privaten. ›Der Hof‹, wie sie es nannten, war inzwischen eine Art ländlicher Hausgemeinschaft, gestärkt und verschworen durch die gemeinsame Zeit als Kommune und Selbstversorger-Experiment. Nicht weit von der nächsten Ortschaft gelegen, zwischen Feldern, Wiesen, Laubwäldchen, mit viel Platz draußen und drinnen: Werkstätten, Proberaum, Fotolabor, Bastel- und Meditationsraum, Tischtennis, Boule-Bahn, Baumhaus. Der Hof und das Drumherum, sie öffneten mich für den Raum jenseits der Mauern und Straßen. Es war, als hätte das Land seine Arme für mich ausgebreitet. Und nicht nur das Land.

Ich bin Stadtmensch geblieben, auch wenn Heidelberg im internationalen Vergleich eher ein Städtchen ist, ein Großstädtchen. »Zu klein, zu verschnarcht, zu wissenschaftlich«, hat einer von Cleas Freunden aus Hamburg einmal gesagt, als sich die ganze Bande bei uns zum Ausgehen getroffen hatte. Prompt ging eine Art Stegreiftheater los, mit den Stimmen der Simpsons, Homer, March, Lisa: »Und das schöne Wetter? Das beste in ganz Deutschland! Friesennerz überflüssig.« »Und das Schloss? Also, bitte schön!« Gönnerhaft tätschelten sie dem Hanseaten die Wangen. Lisa: »Und was hast du gegen Wissenschaft einzuwenden, hm?« »Wir haben nun mal das Privileg, in der Vorzeige...« »Jawohl, im romantischsten, beliebtesten und coolsten Teil der Metropolregion leben zu dürfen!« Und plötzlich, wie einstudiert, nahmen sie Aufstellung in unserer Diele, der lange Ben hob die Hände, klopfte mit einem imaginären Taktstock gegen ein imaginäres Pult, der Junge neben ihm setzte ein imaginäres Blasinstrument an den Mund, trötete die ersten Töne und die anderen stimmten ein: »Hmmmhmmm, du faheine, du Stadt an Ehren reich, am Neckar und am Rhaheine, kein andre kommt dir gleich.«

Ein schneller Kringel mit dem Taktstock, Ben ließ die Hände sinken und alle redeten weiter, als wäre nichts gewesen. Cleas Clique und ihre Riten.

Jedenfalls, ich brauche den Trubel der Altstadt, den Lärm, und sei es vom Fenster aus. Aber seit diesem Tag bei Lilli konnte ich mich immer wieder in die ausgebreiteten Landschaftsarme hineinfallen lassen. Ich liebte die kurvige Fahrt mit Micha durch Äcker und Wäldchen, die Gerüche nach Erde und Holz, die Ankunft am Tor. Und natürlich auch Lillis ungekünstelte Art, ihre alte, neue Zuneigung, die Begegnungen mit den anderen Bewohnern, einige wurden Freunde. Auch für Clea sollte der Hof eine zweite Heimat werden.

Erinnerungsbilder, mehr gibt es nicht von dem Heiratsantrag im Auto, dafür umso mehr von der Hochzeit. Es ist sehr lange her, dass ich mich vor die Kommode gekniet und die große, schwergängige Schublade mit unseren Fotokartons aufgezogen habe. Es strengt mich an, nicht nur körperlich, vielleicht sollte ich es lassen. Aber der Blick auf Michas saubere Jahreszahlen, seine Handschrift auf den Kuverts. ›5. September 1993, Hochzeits-Festival‹. Ja, es war mehr als ein Fest, dafür hatte Pablo gesorgt. Ich nehme meinen Mut zusammen, mache es mir einigermaßen bequem, betrachte das erste Foto und prompt lacht mich Pablo an, der Riese, einen Kuchenteller in seiner Linken, die Rechte zum Victory-Zeichen erhoben.

Seine Absage auf unsere Einladung ›bedauere sehr, ein Konzerttermin, der Ticketverkauf läuft bereits‹ hatte Micha tief enttäuscht. Auch ich fand es schade, ihn nicht dabeizuhaben. Nur Lilli war eingeweiht, hielt aber dicht und weidete sich an unserem Erstaunen, als Pablo am Tag der Feier mit einem Kleinbus in den Hof des ›Hofes‹ einbog. Seine

Mitbringsel, eilig auf einer Holzplatte aufgebaut, sahen aus wie das Angebot einer Bodega. Mehrere Kisten Champagner und Ribera del Duero, zwei Dutzend Chorizos, die würzigen Paprikawürste, ein ganzer Serrano-Schinken, Anislikör und natürlich Tourron in allen Variationen, hart und weich, mit Mandeln und Eigelb, mit Nüssen und mit kandierten Früchten. Doch all das war nicht das eigentliche Geschenk. Das waren seine Begleiter und ihr Talent. Sechs jugendliche Salmantinos, drei Jungen und drei Mädchen, sprangen aus dem Wagen wie junge Hunde, entschlossen, das ›Abenteuer Hochzeit in Deutschland‹ voll auszukosten. Auch Pablo stürzte sich in die Gesellschaft, als habe er schon immer dazugehört. Charmant küsste er meiner Mutter die Hand, was sie entzückte. Der Abend im Auerhahn lag zweiundzwanzig Jahre zurück, seitdem hatten sie sich nicht mehr gesehen. Dasselbe galt für Frau Kimura-Baum. Und obwohl die Begrüßung in ihrem Fall eher förmlich ausfiel (Pablos Gespür für den jeweils angemessenen Umgang), merkte ich doch, wie bewegt die Japanerin war. Pablos Musik, die sie natürlich kannte, entsprach nicht ihrem Geschmack, aber ich wusste, dass sie ihn als großen Könner verehrte. Sie war in Begleitung ihres Großneffen Jun, eines schüchternen Jungen, der für die Zeit seines Studiums bei ihr eingezogen war. Endlich konnte ich den Riesen auch meinen Geschwistern vorstellen, Gina und Mann, Gitte und Freddy, der eigens aus Indonesien angereist war. Für sie war Pablo im Laufe der Jahre zu einer Art Mythos geworden, der berühmte Pianist, der Mary, die Ausreißerin, von der Straße aufgelesen und bei einer Art Mäzen-Opa untergebracht hat.

Nach den Vorspeisen wurden mit einem Mal zwei Scheinwerfer auf das Scheunentor gerichtet. Im Licht der improvisierten Bühne erschienen die Spanier, die Jungen in schwarzen Samtumhängen und Kappen, die Mädchen mit farbigen Schultertüchern. Mit Gitarre, Flöte und Tamburin führten sie eine Charrada auf, den Tanz der Region Salamanca. Mit heiligem Ernst für die Tradition und einem Schuss Übermut. Zwischendurch tanzten zwei aus der Reihe nach vorne und animierten zum Mittanzen. Frau Saueressig war ausgelassen wie nie. Ausnahmsweise ohne ihren Klaus-Dieter hatte sie schon beim Kaffee einen einsamen Gast für sich entdeckt und nach ein paar Gläschen, ›So jung kommen wir nicht mehr zusammen‹, tanzten und turtelten die beiden, dass es Spaß machte zuzusehen. Ich weiß noch, wie sie lauthals erklärte: »Wir tun immer so, als wäre feiern irgendetwas Unanständiges, dabei ist es das Anständigste überhaupt! Der Herrgott, wenn es ihn gibt, schaut herunter und will sehen, wie wir feiern! Das kannst du mir glauben, Toni, glaub's mir, ich weiß es.«

Nach dem Hauptgang spielten zwei der Jungen präzise und ausdrucksvoll ein Gitarrenduett. Beim Digestif schließlich trat Pablo vor und erklärte: »Was jetzt folgt, ist nicht aus unserer Heimat, sondern aus Andalusien, aber das haben die jungen Künstler natürlich auch im Repertoire!« Und im Fackelschein zu Gitarre, Cajon und komplizierten Klatschrhythmen tanzte ein Pärchen Flamenco, sie im roten Vestido de Cola, er im klassischen engen Anzug mit hüftkurzer Jacke. Ich war hin- und hergerissen zwischen den trotzig geschmeidigen Figuren der perfekt harmonierenden Tänzer auf der Bühne und den zwei pummeligen Gestalten am Rand: Frau Saueressig und ihr neuer Verehrer, die auf ihre Art mitmachten und sich mit viel Olé und Tamtam feurige Blicke zuwarfen. Auf dem Foto sieht man sie nur undeutlich im Dunkeln, doch der köstliche Anblick wird sofort lebendig.

Zum Abschied übergab Frau Kimura-Baum Micha ein kunstvoll in Seide gebundenes Päckchen. Darin eine zierliche Teekanne mit einer größeren Tasse für den Mann und einer kleineren für die Frau, wie sie erklärte. ›Im Großen Übereinstimmung, im Kleinen Verschiedenheit‹ stand auf der Karte im Hochzeitsgeschenkkuvert (500 Mark!). Wehmütig sah ihr Neffe und Chauffeur hinter den Spaniern her, die kichernd und feixend mit den Kids vom Hof in der hintersten Ecke verschwanden. Mit hängenden Schultern, schicksalsergeben folgte er der Tante zum Auto.

Nach Mitternacht, als das große Feuer neben dem Tor fast heruntergebrannt war und Micha und ich gegen ein baldiges Ende nichts einzuwenden gehabt hätten, da gingen plötzlich die Lichter aus. Ein Kurzschluss? Elektronisches Brummen und Klingeln erklang, schwarz angemalte Figuren, die Spanier, sprangen mit brennenden Feuerpois auf die Bühne und schleuderten Lichtlinien in die Schwärze der Nacht, Kreise und Achten und neue Kreise, die aufschienen und verloschen, während neue aufschienen in anderen Winkeln. Wieder wilder Applaus und wieder streunten die Kids hinters Haus, mit gefüllten Gläsern und krautigen Zigaretten. Es war noch lange nicht Schluss. Als gegen Morgen nur noch ein standhaftes Häuflein im Gemeinschaftszimmer beisammensaß und einen Rückzug der Brautleute gewiss nicht als Unhöflichkeit oder Desinteresse empfunden hätte, platzten plötzlich die Künstler herein und wollten unbedingt noch etwas Eigenes spielen. Das Stück, Ska oder Punk, katapultierte nicht nur die Anwesenden, sondern auch alle anderen überall im Haus von ihren improvisierten Lagern zurück ins Leben. Auf den Fotos sieht man die Band in Jeans, mit verschwitzten Gesichtern, ringsum auf Teppichen, Kissen und Sofas desolate Grüppchen in

Pyjamas, barfuß und ungeschminkt, mit aufgerissenen Augen. Die letzten Schnäpse, die ersten Kaffees, die letzten und ersten Champagner. Für ein, zwei Stunden flammte die Stimmung noch einmal auf, es wurde sogar getanzt. Das letzte Foto: Micha und ich engumschlungen im Türrahmen – Micha und ich engumschlungen, Micha und ich … Jetzt ist Schluss! Genug mit Erinnerungen, sonst tropfe ich noch auf die Bilder. Zurück in den Karton. Da fällt mir ein, wie aufgekratzt ich ganz am Ende versuchte, Pablo und seiner Truppe auf Spanisch zu danken. Mit Händen und Füßen und den paar Brocken, die Micha mir beigebracht hatte. Kurzerhand schnappten sie uns beide, wuchteten uns auf die Schultern, trugen uns johlend aus dem Haus und über den Hof, wo die Sonne schon hell durch Stämme schien, die Nachtkühle aber noch deutlich zu spüren war. Pablo lief applaudierend nebenher. Wie Sandsäcke ließen sie uns im duftenden Hochzeits-Schlafzimmer auf das blütengeschmückte Bett plumpsen, zogen energisch die Vorhänge zu und knallten die Tür ins Schloss, noch immer lautstark palavernd. Eine Erschöpfungssekunde verging, dann schleuderte ich die Schuhe von den geschwollenen Füßen und schmiss mich an meinen Mann.

Jetzt ist aber wirklich Schluss. Den Kartondeckel drauf, die Schublade zu. Es tut gut, es tut weh. Adelante.

Teil 3

November 2016, Heidelberg, Marktplatz & Neuenheimer Feld

Die Nerven verloren

»Das hättest du mir auch früher sagen können! Verdammt noch mal! Diese Scheißfahrradtouren. Als wäre das wichtig!« Erik sieht mich entgeistert an. »Ist doch wahr. Seit zwanzig Jahren dieselbe dämliche Clique, strampeln und fressen, das kotzt mich an, merkst du eigentlich nicht, wie … Ach, egal. Mach, wie du meinst! Ich habe keine Lust mehr.« Ich lasse ihn mitten in unserem Spaziergang kurz vor der Skaterbrücke stehen und gehe in die andere Richtung, ich will nur noch nach Hause. Soll er doch abhauen, wenn ihm das über alles geht. Sollen sie sich doch den Arsch wund radeln. Er und seine Seniorengang. In diesen grauenvollen Idiotentrikots. Durch die beknackten Vogesen! Ich komme ausgezeichnet allein zurecht, eine läppische Stammzelltransplantation, wieso sollte man … Fast knalle ich an einen Mauervorsprung, kann gerade noch stoppen, ein paar Zentimeter davor. Mein Herz klopft, mein Kopf ist leer, ich höre mich keuchen. Erst jetzt merke ich, wo ich bin. Nur ein paar Meter noch bis zu meiner Tür. Mit zittrigen Händen schließe ich auf, durch das Treppenhaus in die Wohnung. Ich öffne die Fenster und lasse mich aufs Sofa fallen. Einfach nicht mehr dran denken.

Wo sind die Krähen? Ich sehe und höre sie nicht mehr. Verstummt die abendlichen Konzerte. Nach krächzenden Versammlungs-Getösen in grünen Kronen stehen die Bäume jetzt schweigend, die Blätter werden schon gelb, die ersten segeln zu Boden. Auf dem First gegenüber wird nicht mehr um Würmer gezankt. Nur das Gurren der Ratten der Lüfte ist allgegenwärtig.

Ich habe die Nerven verloren. Ich muss Erik anrufen.

»Schwan.« »Ich bin's. Ich will mich bei dir ent…« »Toni! Geht es dir besser?« »Es tut mir so leid, ich habe mich danebenbenommen, selbstverständlich geht deine Radtour völlig in Ordnung, Erik. Ich habe kein Wort ernst gemeint. Ich meine … – Du nimmst es mir also nicht übel?« »Du bist im Ausnahmezustand, Toni!« Seine Stimme klingt nah, eindringlich und warm. Mein Bauch entkrampft sich. Die Schultern auch. »Du hast recht, danke. Ja, du hast recht. Ich bin doch wohl angespannter, als ich mir eingestehen wollte.« »Weißt du was, ich habe mir überlegt, dass ich die Tour absage und …« »Bloß nicht! Kommt gar nicht infrage!« »Ich bleibe hier und begleite dich, soweit möglich. Ich tue es gern, ganz bestimmt.« Es bedarf meiner ganzen Überredungskunst, ihn dazu zu bewegen, seine Reise doch anzutreten. Es ist sein Urlaub! Im Übrigen werde ich ohnehin die ganze Zeit auf Isolierstation sein. Und als medizinischer Beistand ist er inzwischen außen vor. Endlich gibt er nach. »Ich rufe dich jeden Tag an und in genau einer Woche bin ich ja schon wieder da.« »Genieße es, mein Lieber, und vergiss die Intertrigo-Prophylaxe nicht, du weißt schon, juckende, nässende Hautfalten, ich empfehle Calendula.« Wir lachen.

Was für ein unwürdiger Ausbruch. Und Erik hat unsere Freundschaft nicht einen Moment infrage gestellt, im Gegenteil!

Sollte ich mir zu Geschehnissen wie diesem vielleicht auch Notizen machen, nur so für mich? Mein Leben ist nicht nur Vergangenheit.

Zeitgeist

Pablo hat eine E-Mail geschickt, die längste, die ich jemals erhalten habe, fast ein Roman.

Salamanca, 26. September 2016
Meine liebe Toni,

mit Bestürzung habe ich von deiner Krankheit gehört. Ich denke, Lilli hat in deinem Sinne gehandelt, als sie mich angerufen hat. Ich hoffe mit ihr, dass du bald gesund wirst. Ich besuche dich gern, wann immer du möchtest. Gib einfach Bescheid. Und natürlich bist du wie immer hier in Salamanca willkommen, oder in Cadaqués. Beide Häuser stehen dir jederzeit offen. Wenn ich selbst nicht da sein sollte, kein Problem, du brauchst nur zu kommen! Ich würde mich freuen.

Wir hätten uns schon viel früher treffen sollen. Das eine Mal seit Michas Beerdigung! Weißt du noch, dass wir uns vorgenommen hatten, uns jedes Jahr zu besuchen, weiterzumachen wie früher?

Es war übrigens sehr schön mit Clea in Barcelona. Sicher hat sie dir von meiner Stippvisite erzählt. Sie ist eine wunderbare ... Ach, das weißt du ja selbst am besten, nicht wahr?

Lilli sagte, du verbringst viel Zeit mit Erinnerungen. Das verstehe ich, schließlich bin ich immer noch elf Jahre älter als du, meine Liebe! Auch bei mir gibt es lange, gedankenvolle Abende. Die meiste Zeit verbringe ich allerdings noch immer mit Musik, in der Gegenwart also. Wenn man spielt, ist man ganz im Moment, nur im Jetzt und für Jetzt. Es gibt keine Zeit und kein Ziel darüber hinaus, es entsteht kein bleibendes Werk, es gibt nur den Klang. Musik und Tanz sind Gegenwartskünste, die einzigen, die ...

Jetzt komme ich schon wieder ins Schwärmen, du kennst mich ja. Natürlich fordert auch die Zukunft von meiner Zeit, Pläne für Konzertreisen, soziale Projekte, eine neue CD ist in Arbeit. Aber ja, auch die Erinnerung greift inzwischen recht häufig nach mir, ausgelöst durch ein Bild, einen Geruch, ein Gesicht, vielleicht nur eine Stimmung im Raum. Die mich irgendwohin zurückbringt, meistens zu meiner Zeit als Student. Dann schwelge ich ein bisschen im Jugendrausch, hänge unseren Ideen nach, erfreue mich an unserer Unsterblichkeit, der Begeisterung für uns selbst, an der Aufbruchsstimmung von damals. Einig gegen die Väter. Für Freiheit und Liebe, oder wie wir es nannten: Selbstverwirklichung und Lustprinzip. Wie zutiefst überzeugt waren wir davon, beseelt, geradezu besessen. Und das Schönste daran: Für einen Moment schienen innen und außen nicht auseinanderzuklaffen, der Elan, die Aufmüpfigkeit und Genusssucht der Jugend prägten tatsächlich den Zeitgeist. Schade, dass wir gerade zurzeit die Phase der Abrechnung haben: Die Revolte sei maßlos überbewertet worden, was hätten sie schon zustande gebracht, die Unangepassten? Aber das musste ja kommen. Nach der Verklärung folgt unvermeidlich der Fall. Ist dir mal aufgefallen, dass man heute schon als bekifft oder hoffnungslos einfältig gilt, wenn man auf der Straße jemanden grundlos anlächelt? Das Ausbrechen aus Konventionen, die Experimentierfreude, was uns so inspiriert hat, für die Heutigen scheint das nichts weiter zu sein als Energieverschwendung auf dem Weg zum Eigenheim. Korrigiere mich, wenn du einen anderen Eindruck hast, aber mir scheint, als würden kritisches Denken und sozialer Widerstand inzwischen als kindischer Humbug betrachtet. Der Wunsch nach Eigenermächtigung, Wildheit und Rausch nichts als Sand im digitalen Getriebe. Shitstorms statt Protestsongs, Selbstdarstellung statt Wir-Gefühl. Die Kinder der Hippies, mittlerweile selbst in der Mitte des Lebens gelandet, berichten in Magazinen und Büchern von ihrer leidvollen Kindheit. Junge Frauen rümpfen die Nase über Vorkämpferinnen wie Alice Schwarzer und Germaine Greer. Utopie? Antiquiert und verschroben. Man könnte denken, wir hätten gar nichts erreicht, wir hätten es rundum verkackt, wie mein kleiner Nachbar Rafi sagt, wenn er mit seiner Fußballmannschaft verliert. Vergeigt, hätten wir gesagt. Natürlich gab es fatale Irrtümer, unsere Mao-Verehrung zum Beispiel, mein Gott, wie konnten wir nur! 1,5 Mio. Tote in der sogenannten Kulturrevolution. Oder der blinde Glaube an die Sozialisierung. Als käme der Mensch als leeres Blatt auf die Welt.

Trotzdem, wie groß die Denkfehler gewesen sein mögen, wie immer man heute das Ganze beurteilt, je mehr Zeit vergeht, umso mehr komme ich zu dem Schluss, dass wir verdammtes

Glück hatten, in den Siebzigern jung gewesen zu sein. Saumäßiges Glück sogar. Auch unsere Reisen, heute unvorstellbar, monatelang unterwegs zu sein, per Anhalter, in verbeulten Bussen und Feuerwehrautos, bis oben bepackt mit nichts als Fernweh und Gottvertrauen durch die Türkei nach Afghanistan, manche sogar bis Tibet (Kathmandu your strange bewildering time, kanntest du den Song? Cat Stevens, dann Yusuf Islam, jetzt wieder Cat Stevens). Eine gesegnete Generation, ja, so würde ich uns nennen. Keine Achtundsechziger, keine zornigen Revoluzzer mit Marx im Gepäck und im Dauerclinch mit dem System. Ich sowieso nicht, ich war nie ernsthaft politisch, immer Musik. Und doch war ich Teil dieses flackernden Bündnisses aus Naiven und Aggressiven, Träumern, Freaks und Kreativen, Hippies, Phantasten und Ideologen, teils in brisanten Mischformen. Unter den langen Haaren klafften die Ideen weit auseinander. Eine fiktive Gemeinschaft im Grunde, eine trügerische Bewegung, wäre da nicht diese eine Einigkeit, dieses tiefe Wissen gewesen, das uns alle verband: Das Alte muss weg!

Heute weiß ich, dass wir zwar furchtbar rebellisch, aber auch recht komfortabel auf den Ausläufern des Wirtschaftswunders surften. Generationen in weniger prosperierenden Zeiten, mit schärferem Konkurrenzdruck verfolgen andere Ziele, beziehen ihre Kraft nicht daraus, dagegen zu sein, sehen im ›System‹, Industrie, Staat, Polizei, nicht ihren natürlichen Feind. Und ihre Bestimmung nicht darin, sich zu verweigern und die Gesellschaft neu zu erfinden. Aber wir, wir waren so, wir wollten alles verändern, uns ausleben und wir haben es getan. Die Sechzigerjahre-Protestler hatten den Weg bereitet. Die Umstände haben es zugelassen. Und …

Liebe Toni, ich langweile dich doch hoffentlich nicht? Ich bin einfach überzeugt, dass – ich denke, es war ein, wie soll ich sagen, ein ›funkelnder Augenblick im Schicksalsrad der Zeit‹. So ungefähr. Ein berauschendes Alles-ist-Möglich. Nicht zuletzt durch die Erfindung der Pille, der licence to love! Und dem Versuch der Frauenbewegung, die Geschlechter zu vermenschlichen. Ich glaube, dass die Impulse dieses Augenblicks positiv waren und positiv nachwirken. Auch wenn sich das System als flexibler erwies als gedacht, einerseits. Andererseits auch als machtvoller. Erinnerst du dich an das brutale Ende des CA, des Collegium Academicum? Morgens um fünf stürmte ein Sondereinsatzkommando aus mehr als siebenhundert schwer bewaffneten Uniformierten das Gebäude und trieb knapp dreihundert Schlaftrunkene auf die Straße, übrigens fast allesamt undogmatische Spontis, nicht gewaltbereite Ideologen oder zersetzende Drogenbarone. (Auch wenn es ein paar Typen gab, die für einen Knirps wie dich kein geeigneter Umgang waren, nicht um Botengänge mit illegalen Päckchen zu erledigen!) Die martialische Truppe zerstörte das gesamte bescheidene Mobiliar, um eine Rückkehr der Bewohner unmöglich zu machen. Es traf uns alle. Das brachiale Vorgehen war das eine, dazu kam das abrupte Verschwinden eines riesigen Angebots gesellschaftskritischer und künstlerischer Aktivitäten. Sie waren es in erster Linie gewesen, die das CA zu einem kulturellen Brennpunkt gemacht hatten, einem Kommunikationszentrum, würde man heute sagen. Wusstest du, dass diese Räumung im März 1978 in Heidelberg allgemein als der Endpunkt der Studentenbewegung in ganz Deutschland gilt?

Mitte der Achtzigerjahre war es dann sowieso vorbei, auch mit der freien Liebe. Als diese unbekannte, tödliche Seuche um sich griff. Und mit ihr wieder das Misstrauen, die Angst, der Zwang, sich zu schützen. Aids, ein Albtraum.

Trotzdem: Zwanzig Jahre Tralala, das war schon was, das ist nicht jeder Generation vergönnt!

Liebe Toni, du siehst, auch bei mir ist was los, wenn ich der Erinnerung Raum gebe. Ich hoffe, ich komme nicht zu onkelhaft rüber. Eigentlich wollte ich nur sagen, wie froh ich bin, dabei gewesen zu sein. Und ich denke, auch du hast mit deinen elf Jährchen einiges davon mitgekriegt, oder? Vom Positiven, meine ich.

Jetzt ist es schon fast zwei Uhr nachts, ich lege ein frisches Scheit in den Kamin, nicht weil es kalt wäre, sondern aus Freude am Feuer.

Bevor ich Schluss mache, ich habe es ja oben schon angekündigt, würde ich nämlich gerne noch etwas loswerden. Bis zum heutigen Tag habe ich noch nie mit jemandem darüber gesprochen, außer mit meinem Bruder und einem Detektiv, nicht mal mit Lilli.

Als ich nach dem Abitur, 1969, aus Spanien kam zum Studium, habe ich ein schwangeres Mädchen zurückgelassen. Ich bin einfach abgehauen, weißt du. Unerklärlich heute. Ich war besessen von der Musik, unreif – läppische Ausflüchte, ich weiß. Ich habe es getan. Und ich habe es dabei belassen. Jahrelang. Erst viel später habe ich nach ihr gesucht, mich erkundigt, meinen Bruder gebeten zu helfen, den Privatdetektiv engagiert. Aber nichts. Ich weiß nicht einmal, ob sie das Kind bekommen hat oder nicht. Sie war unauffindbar und ist es noch, genau wie ihre Familie.

Inzwischen würde ich sie sicher nicht einmal mehr wiedererkennen, und sie mich ebenso wenig, nach siebenundvierzig Jahren. Und das Kind – entweder seit damals im Himmel oder ein wildfremder 47-jähriger Mensch.

So, jetzt ist es gesagt.

Vielleicht war das auch ein Grund, weshalb ich von Anfang an das tiefe Bedürfnis hatte, mich um Lilli und Micha zu kümmern, aus einer unbewussten Loyalität diesem Mädchen gegenüber und meinem unbekannten Kind. Lilli und Micha waren immer meine Familie. Und später du. Und Clea. Ich leugne nicht, dass die Musik für mich an erster Stelle stand. Aber ihr seid meine Familie, obwohl oder gerade weil Lilli und ich nie ein Paar waren, was ich mir so gewünscht hätte.

Und mir im Stillen immer noch wünsche.

Liebe Toni, tu mir den Gefallen, komm, wenn du kannst. Lass mich dich ein bisschen verwöhnen. Halte mich auf jeden Fall auf dem Laufenden.

*Mit den allerbesten Genesungswünschen
Dein alter Pablo*

PS: Anbei sende ich dir eine MP3-Datei meines sehr geliebten Chopin-Klavierkonzert Nr. 2 mit Samson François. Ich hoffe, du magst es.

Pablo, mein lieber Riese, mein Retter der ersten Stunde, was für ein Segen, dass er es war, dem ich begegnet bin in der neuen Welt und nicht irgendein Kinderschänder! Schlaksig und bärtig sehe ich ihn vor mir im dämmrigen Treppenhaus, wie er sich über mich beugte, dass mir die Luft wegblieb vor Schreck. Sein Erstaunen, seine Großzügigkeit, ›Schneckennudel oder Streusel? Beides!‹ Wie er im Team mit Lilli das Monster Nickel austrickste, mir einen Job bei Alfons verschaffte, einen legalen, wenn man so will, Frau Kimura-Baum becirzte.

Und wie elegant er die Bühne betrat, zwanzig Jahre danach, 1993 in Frankfurt, im Anzug, das schwarze Haar nach hinten gegelt, ein erfolgreicher Jazzmusiker, fast ein Star. Trotzdem hat er uns regelmäßig besucht, und wir ihn in Cadaqués und Salamanca. Es waren die alljährlichen Ferien bei ihm, die in Clea diese eigenartige Leidenschaft für die schaurigen Osterprozessionen weckten. Lilli war nur zweimal dort, beide Male mit uns. Obwohl Pablo sie regelmäßig, nachdrücklich einlud. Haben wir geahnt, dass er Gefühle hegte, die sie nicht erwiderte? Wenn ich jetzt daran denke – mit etwas mehr Aufmerksamkeit hätte man durchaus etwas merken können. Die beiden gaben sich freundschaftlich, aber, ja doch, Pablo war immer extrem darauf bedacht, dass Lilli sich wohlfühlte, er neckte sie gerne mit scherzhaften Komplimenten. Sie dagegen war trotz aller Zugewandtheit stets einen Hauch distanziert. Es fiel nicht auf, weil es der Wesensart beider entsprach, etwas vereinfacht: der spontane, extrovertierte Gastgeber und die besonnene, rätselhafte Frau. Ich war zu der Zeit sehr mit Micha und Clea beschäftigt, Familienurlaub, ich machte mir nicht groß Gedanken über Lilli, die wunderbare Schwiegermutter, und Pablo, den väterlichen Freund. Ich nahm das Glück einfach hin.

Dass er sogar Clea und mich seine Familie nennt? So habe ich es nie gesehen, trotz der Verbundenheit. Und nun sitzt er, sechsundsechzigjährig, nachts vor dem Kamin und schreibt mir sein halbes Leben und eine Beichte.

Kamin habe ich zwar keinen, aber eine lange Nacht, eine große Badewanne, Duftöle und einen Kerzenhalter, dessen von Blüten und Ranken verziertes Silber schwarz angelaufen ist, weil ich das Putzen immer wieder verschiebe. Während das Wasser einläuft, lese ich die entwaffnende E-Mail noch einmal. Wie könnte ich Pablo verurteilen für ein Vergehen, das fast ein halbes Jahrhundert zurückliegt, eine Schuld, die er an Micha und Lilli, an uns allen abzutragen versucht hat? Bei ausgeschaltetem Licht steige ich ins Wasser, lausche im Kerzenschein Chopin und vergesse meine böse Freundin, die Leukämie.

Unter hundert Arzneien die beste

Ich weiß nicht, wie sie es erfahren hat, aber gestern rief Frau Kimura-Baum an und fragte, ob ich nicht vorbeikommen wolle, sie habe gehört, ich müsse ins Krankenhaus. Heute gehe ich zu ihr. In zwei Tagen beginnt die Chemo.

Als Erstes fällt mir ein Foto in ihrer Diele auf, das ich selbst vor ein, zwei Jahren hier in der Wohnung gemacht habe. Der gelungene Schnappschuss einer ungewöhnlichen Freundschaft: Ilona Kiss, mit der die Japanerin schon bei unserer ersten Begegnung unterwegs war. Die ›lustige Witwe‹ eines ungarischen Opernsängers, auch schon seit den Fünfzigerjahren in Deutschland, steht mit Notenblatt und weit geöffnetem Mündchen am Flügel. Eriko Kimura-Baum sitzt dahinter und spielt. Ein Lichtstreifen vom Fenster verbindet die beiden in einer Diagonale. Die eine mollig und lebhaft, die andere zierlich und achtsam. Die eine wogend, blonde Löckchen um das weiche Gesicht mit den hellblauen Augen, die andere anmutig reduziert, das weiße Haar mittig gescheitelt, straff zurückgesteckt, die Lider gesenkt. Ich höre noch die zwitschernde Stimme der ehemaligen Soubrette, als sie plötzlich mitten im Lied unterbrach, die Händchen mit den lackierten Nägeln zu Fäusten ballte, die Kulleraugen zu teuflischen Schlitzen verengte und rief: ›Mirr kocht derr Blutt! Hat mich diesär ungäschickte Tölpäl am Marrkt doch zweimal angärämpelt, da kocht mirr der Blutt!‹

Übergangslos sang sie weiter, und Frau Kimura-Baum fand stolperfrei in den richtigen Takt zurück.

Mit einem vollen Tablett, scheinbar ohne Bewegung der Beine, fast als würde sie rollen, kommt sie durch die Küchentür. »Ah, dein Bild, es bereitet mir große Freude.« Die süßen Reisbällchen mit roter Bohnenpaste hat sie schon früher für Konstantin Kaiser gebacken. Ihr Wohnzimmer, wie immer blitzsauber und wohlgeordnet, die Spitzendeckchen auf den schimmernd polierten Holzoberflächen, die Teppichfransen kerzengerade gekämmt. Sie gießt grünen Tee ein, lächelt und kommt überraschend direkt zur Sache. »Toni, mein Kind, wie steht es um deine Gesundheit? Was fehlt dir?« Wer wird mit fünfundfünfzig nicht gerne ›mein Kind‹ genannt? Ich berichte, spiele aber alles ein bisschen herunter, was mir selbst auch ganz gut tut. Aufrecht auf ihrem zierlichen Polsterstuhl hört sie mir zu und reagiert auf ihre unnachahmliche Art. »Wie beruhigend, dass die Unikliniken dieser Stadt zu den angesehensten Europas gehören, dass das Deutsche Krebsforschungszentrum eine der ehrwürdigsten Institutionen seiner Art ist.« Sie hat die Arme ein wenig geöffnet, eine ungewöhnliche Geste. Mit den weiten Ärmeln ihrer Bluse sieht sie aus wie ein kleiner Engel. »Kommen Patienten nicht von überallher? Sogar Scheichs aus Saudi-Arabien nehmen das kühle Wetter in Kauf, hat man mir berichtet.« Wie schön ist es, mit ihr zu sprechen, auch wenn ich mir ziemlich sicher bin, dass die Scheiche eher zur Beautybehandlung kommen als zur Krebstherapie. Aber natürlich stimme ich ihr zu und als das gar nicht peinliche Schweigen sich doch etwas hinzieht, frage ich zum ersten Mal, ob sie heute nicht einmal von sich selbst erzählen mag. »Wir kennen uns jetzt schon so lange. Sie wissen praktisch alles von mir. Und ich so wenig von Ihnen. Natürlich möchte ich nicht unhöflich sein, aber wer weiß ...« Ich erschrecke bei meinen eigenen Worten. »... wer weiß, wann wir wieder zusammensitzen und Tee trinken können.« Ich höre es, als käme es nicht von mir. Einen Moment schaut sie ernst zu der kleinen Fotogalerie ihrer Familie auf dem Tischen gegenüber, dann wieder das Lächeln der tausend Falten. Sie steht auf, schiebt mir einen Fußhocker hin, ich wehre mich, doch keine Chance, ich sei schließlich nicht ganz gesund, da stünde mir etwas Bequemlichkeit zu. Sie selbst drückt sich ein Kissen am anderen Ende des Sofas zurecht und fängt an.

Auf der Suche nach Freiheit jenseits der steifen Verhaltensvorschriften ihres Landes ist sie 1950 mit einundzwanzig Jahren nach Deutschland gekommen, um Musik zu studieren. Die Eltern waren nicht glücklich, als die einzige Tochter vier Jahre später, kurz vor dem Examen, Gustav Baum heiratete, einen lebhaften, ehrgeizigen Jungen aus ›gutem Hause‹. Während Eriko anfing, Klavierunterricht zu geben, machte Gustav eine Blitzkarriere zum Vertriebschef eines großen Verlages und war fortan ständig auf Reisen, zu Geschäftspartnern, Kunden, Kongressen. Trotzdem sei er immer, sie kichert, ein untadeliger Ehemann gewesen. Als sich nach drei Jahren Ehe noch immer kein Kind ankündigte, ging sie zum Arzt. »An mir lag es nicht.« Sie schaut in ihre Tasse und nimmt einen Schluck. Gustav sei nicht ›der Typ‹ gewesen, sich untersuchen zu lassen, wenn es nicht dringend erforderlich war. Einem Test seiner Zeugungsfähigkeit, einem Männlichkeitstest sozusagen, hat er sich entzogen. Sie hat nicht insistiert. Und so blieb es dabei. Ein Ehepaar ohne Kinder. Dass sie ihr ganzes Leben Klavierstunden gegeben habe, und zwar gerne, das wisse ich ja. Sie hat sogar heute noch einen Schüler, selbst schon ein älterer Herr. »Er wird nie ein Klavierspieler sein. Doch ehrenhaft ist sein Bemühen um die Musik und groß seine Liebe zu ihr. Beinah so groß wie zu meinem Tee und zu meinen Reisbällchen.« Wieder das Kichern. »Komm, nimm noch eins, Tonichan.« So nennt sie mich oft, -chan bedeutet etwa dasselbe wie unser -chen.

Sie habe es bedauert, nicht auch mich unterrichten zu können, weil es bei Konstantin Kaiser kein Instrument zum Üben gab. Sie steht auf, zupft an einer Gardine, als brauche sie Zeit, um ein neues Kapitel aufzuschlagen.

»Ja, Herr Dr. Kaiser.« Sie nimmt wieder Platz. 1957 hat sie ihn kennengelernt, in der Pause des ersten und einzigen Konzerts, Gustav Mahler, zu dem ihr Mann sie begleitete. »Konstantin Kaiser und Gustav Baum, zwei Welten so unterschiedlich wie ein Zengarten und – ein Zirkus. Daher mein höchstes Entzücken, dass sie sich doch vom ersten Moment an so zugetan waren.« Gustav war froh, dass seine Frau einen Begleiter gefunden hatte für alles, wozu ihm die Zeit und, ›wenn man ehrlich ist‹, auch der Bezug fehlte. »Ein großer Vertrauensbeweis meines Mannes und eine große Freude für mich, dass ich mit Herrn Dr. Kaiser so viel Schönes erleben durfte.« Wie auf ein Stichwort erscheint in der Tür die Katze. Das rot getigerte

Fell ein bisschen zerzaust, schreitet sie lautlos übers Parkett und über den Blumenteppich auf Frau Kimura-Baum zu. Sie sieht zu ihr auf, springt hoch, schmiegt sich an und beginnt zu schnurren. »Wir pflegten uns im Park zu treffen, im Café oder direkt im Konzert. Besuche zu Hause wären uns beiden nicht passend erschienen. Ein wenig waren wir Heimatlose, Dr. Kaiser genauso wie ich. Unsere gemeinsame Heimat war die Kultur.« Ich erinnere mich, dass er mit vierzehn, wie ich das dritte von sechs Kindern, von seiner bitterarmen Südtiroler Bergbauernfamilie weggelaufen war zu entfernten Verwandten nach Deutschland.

»Er war in seinem dreiunddreißigsten Lebensjahr, als der Krieg ausbrach. Mit siebenunddreißig ist ihm das Unglück widerfahren, seine Beine …, aber das weißt du ja.« Sie schweigt einen Moment. »Seine Bürden waren zahlreich, das Kindbettfieber, das ihm die Frau entriss, der eigenwillige Sohn, den er allein aufziehen musste. Neun Jahre war Alfons alt, als ich ihn kennenlernte, ein, nun ja, dickliches Kind, er gab mir artig die Hand, sah aber anderswo hin. Für ihn gab es nur Bücher, immer nur Bücher.« Auch das hat Konstantin Kaiser mir einmal erzählt: Am Anfang habe er sich gefreut, dass der Junge die langen Regale zu Hause systematisch abgearbeitet hat. Von der Studienliteratur des Vaters, Germanistik, Geografie und Latein, bis zur Sammlung klassischer und neuerer Belletristik. Aber als er dann mit der gleichen Intensität die alten Pflegehandbücher der Mutter und selbst die Gebrauchsanleitungen für Fernsehgerät, Kühlschrank und Föhn durchpflügte, habe ihn das doch etwas befremdet. Ich selbst habe Alfons als Erwachsenen auch nicht anders erlebt, ein Büchermensch durch und durch, auch wenn er sein Geld mit anderem verdiente.

Frau Kimura-Baum beugt sich vor und gießt Tee nach. Die Katze maunzt ungehalten, dreht sich im Kreis, rollt sich wieder zusammen und schnurrt weiter. »Dr. Kaiser liebte es, wenn ich japanisch sprach. Er mochte den Klang, aber auch die Schriftzeichen. Er versuchte sogar, es zu lernen.« Ich sehe meinen Mentor vor mir, wie er Zeichen aus einem Japanisch-Buch in ein altes Schulheft schreibt, während ich über den Hausaufgaben brüte. Das schwierigste Schriftsystem der Welt, das drei Schriftarten umfasst, konnte ihn nicht entmutigen. Bis zum Schluss übte er täglich. »Für mich hat Dr. Kaiser das Tor zum Abendland geöffnet, zur Kultur und zur Sprache natürlich.« »Für mich auch.« Plötzlich kichert sie wieder. »Und irgendwann habe ich sogar das LR aussprechen können.«

Wir tragen die Tassen in die Küche, die Katze schleicht hinterher. »Was war das Schwierigste für Sie hier in Deutschland? Außer dem R meine ich.« »Die Religion war schwierig. Weißt du, im Shinto gibt es nicht einen Gott oder drei, wir haben unsere Kami, und zwar unendlich viele. Sie können sich in Menschen zeigen, in Vögeln und anderen Tieren, in Gras und Bäumen, Meeren und Bergen, eigentlich in allem, was Ehrfurcht auslöst. Auch in Ahnengeistern und Zauberwesen sind Kami. In gewissem Sinne sind sie heilig, aber nicht allwissend oder allmächtig. Im Shinto gibt es keine absoluten Werte. Die Kami können sogar Fehler machen und Sünden begehen. Es geht immer um Harmonie.« Wir stehen am Fenster. Ein leuchtender rötlicher Streifen trennt den blauen Himmel unten und die dunkle, geschlossene Wolkendecke darüber. Als stehe der Horizont auf dem Kopf. Eine einzelne Krähe fliegt wie ein Schattenriss über das Bild und verschwindet hinter dem Kirchturm. »Hast du die Kami gespürt?« »Ja.«

»Weißt du, es war nicht leicht für mich, mitanzusehen, wie viel Kummer du deiner Mutter gemacht hast, als du einfach weggelaufen bist. Im Sinne von Shinto war das eine – schlechte Handlung. Sie hat die gegebene Harmonie beschädigt.« »Aber ...« Reflexartig wehrt sich alles in mir. ›Gegebene Harmonie‹? Kann sie sich vorstellen, wie es in meiner Familie zuging? »Wenn der Regen den glatten See aufpeitscht, kann man nicht mehr hinabsehen.« Es gelingt mir, meine Empörung niederzukämpfen. »Die Angst deiner Mutter. Dann die – Unwahrheit, dass du ein Junge wärest. Wie hat Dr. Kaiser einmal mit Aristoteles gesagt: Einen Fehler durch eine Lüge zu verdecken heißt, einen Flecken durch ein Loch zu ersetzen.« »Aber Sie haben mir trotzdem geholfen!« »Im Shinto ergibt sich der Wert oder Unwert einer Handlung aus der Gesamtheit der Situation. Aber deine Mutter ...« Als sie nicht weiterspricht, sage ich leise: »Ich weiß, dass ich sie verletzt habe und was sie für mich getan hat. Ich wusste es von Anfang an. Aber wie ...« Ich muss einen Kloß im Hals niederkämpfen. »... schmerzhaft es für sie gewesen sein muss, auf mich zu verzichten, das kann ich erst jetzt nachempfinden, seit Clea in Spanien ist.« Die Katze windet sich wie ein weicher Schal um meine Beine, gleitet weiter zu ihrer Herrin und zurück zu mir. »Die Liebe der Eltern ist hundertmal größer als die Liebe der Kinder«, sagt Frau Kimura-Baum. »Am Ende war ja alles zum Segen für alle Beteiligten, nicht wahr?« Sie sieht mich an, lächelt wieder. »Aber ohne Sie ...!« Mein plötzlicher Eifer hat die Katze erschreckt, sie springt zur Seite und auf die Fensterbank neben uns. »Wenn Sie nicht gleich beim ersten Treffen auf dem Werderplatz eine Lanze für mich gebrochen hätten, und später im Auerhahn ...« »Was für ein schwieriger Abend, die Spannung am Tisch wie die Saite des Bogenschützen. Der Anstand gebot mir, eine Weile hinauszugehen.«»Trotzdem haben Sie mir geholfen! Auch danach in der Eisdiele, als es darum ging, ob Kon…, ob Herr Dr. Kaiser mich bei sich aufnimmt. Ich habe Ihnen so viel zu verdanken!« Kaum merklich weicht sie ein wenig zurück, senkt die Lider. Die Katze duckt sich, die Nase dicht an der Scheibe, im Baum gegenüber ein Spatz. »Weißt du, Toni, ich glaube, es war nicht nur für dich, sondern auch für Dr. Kaiser ein Geschenk. – Dich bei sich zu haben, meine ich. Das war es sogar ganz bestimmt.« Ich kann das Gefühl nicht beschreiben, es ist, als hätte ihr letzter Satz ein fehlendes Stück an meinen Körper gesetzt, seitlich, auf Brusthöhe etwa. Als würde eine offene Stelle, von der ich nicht wusste, dass es sie gab, plötzlich aufgefüllt mit Substanz, eine Wunde geschlossen. Als wäre mit einem Mal alles an seinem Platz, wie soll ich sagen – vollständig. Erst jetzt wird mir bewusst, wie stark das Gefühl war, in Konstantin Kaisers Schuld zu stehen. Wie ungleichgewichtig mir unser Verhältnis immer erschien. Sein Zögern in der Eisdiele hatte sich mir eingebrannt. Überdeutlich hatte ich gespürt, dass ihm die Idee, mich, ein fremdes Kind, bei sich aufzunehmen, keineswegs zusagte. Und dass nur Frau Kimura-Baums sanfte Intervention ihn umzustimmen vermochte. Obwohl er mir in all der Zeit kein einziges Mal das Gefühl gab, unerwünscht oder lästig zu sein, und trotz des Vertrauens, das ich in ihn setzen durfte und das er nicht ein einziges Mal enttäuschte, habe ich die Rolle der Bittstellerin innerlich nie abgestreift. Mein Bestreben war damals einzig darauf gerichtet, ihm zu beweisen, dass seine Entscheidung zu meinen Gunsten richtig, dass ich ihrer würdig war. Ein Verhältnis auf Augenhöhe setzte für mich immer voraus, dass ich Wort halten und studieren und ihm eines Tages als Ärztin auf einer neuen Stufe begegnen würde. Sein unerwarteter Tod noch vor meinem

Abitur stürzte mich nicht nur ins Bodenlose, er machte auch diese Hoffnung endgültig zunichte und ließ mich auf ewig in seiner Schuld zurück. Frau Kimura-Baums Bemerkung rückt all das in ein neues Licht. Plötzlich sieht es so aus, als wäre der Kern nicht die Leistung gewesen, die ich nicht mehr hatte erbringen können, sondern einfach nur, dass es mich gab. Auf ihre besondere Art war die Situation ausgewogen. Konstantin Kaiser war ein Geschenk für mich, und ich ein Geschenk für ihn. Mit verschwommenem Blick sehe ich die Krähe von der Kirche zurückfliegen, während der Katzenschwanz wie eine Federboa um meine Schulter zuckt.

Zum Abschied knotet sie mir eine Flasche Reiswein in ein blaugrünes Seidentuch und lächelt. »Sake wa hyaku-yaku no chō. Sake ist unter hundert Arzneien die beste.«

Un abrazo fuerte

Lieber Pablo,

was für eine E-Mail! Ich freue mich sehr, dass du an mich denkst und dir die Zeit genommen hast, die halbe Nacht mit mir zu verbringen. Du wirst es nicht glauben, aber auch ich bin gerade dabei, meine Erinnerungen schriftlich festzuhalten. Nicht so schön ausformuliert wie du es getan hast, ich notiere mir nur Stichwörter, hier und da ein paar Zeilen mit Ortsangabe und Datum, soweit ich sie noch zusammenbekomme. Und es geht mir, anders als dir, weniger um das Resümee einer bestimmten Zeit. (Glückwunsch zu deiner Hymne an die wilden Siebziger! Und Glückwunsch, dass du dabei warst ;-) Vielmehr habe ich mir einzelne Schlüsselsituationen meines Lebens vorgenommen,

Wendepunkte, Erfolge, Verluste. Ursprünglich waren sie als kleine Geschichten für Clea gedacht, inzwischen ist das Ganze beinah eine Obsession. Ich notiere sogar aktuelle Ereignisse. Und je mehr mir ein- und auffällt, desto mehr fällt mir ein und auf. ;-) Die fünf Wochen in der Unteren Straße mit dir und Lilli und Micha gehören, wie du dir vorstellen kannst, zum Wichtigsten überhaupt. Sag mal, weißt du eigentlich, was aus deinen Mitbewohnern geworden ist? Nickel, mein Erzfeind, der verquollene Rollo, seine Uschi, oder war es gar nicht seine? Und dann dieser Blonde, wie hieß er noch, Heinzi? Hast du noch Kontakt? Seltsam eigentlich, dass wir nie mehr von ihnen gesprochen haben.

Gesundheitlich habe ich nicht viel zu vermelden … Ich will dir nichts vormachen, Pablo, gut geht es mir nicht. Ich werde mich einer Stammzelltransplantation unterziehen. Glücklicherweise hat sich ein passender Spender gefunden, meine Schwester Gitte.

Für dieses Jahr habe ich noch achtzehn Tage auf der Urlaubskarte. Wenn das alles überstanden ist, besuche ich dich, versprochen!

Lass bald wieder von dir hören oder lesen!

Ganz liebe Grüße

PS: Der Chopin hat mir sehr gut gefallen, vielen Dank und toi, toi, toi für die neue CD.

Noch am selben Tag kommt Pablos Antwortmail. Sehr launig sein Bericht auf meine Frage nach den Mitbewohnern von damals, den Spießgesellen, wie er sie nannte. Außerdem wollte er der ›Begeisterung für die wilden Jahre‹ aus seiner ersten

E-Mail unbedingt seine ›Begeisterung für das digitale Zeitalter hinzufügen‹. Er sei nicht nur Autor bei Wikipedia, er experimentiere auch mit den unendlichen Möglichkeiten der elektronischen Klangerzeugung. ›Ich frickele da an Samples, Sounds und synthetischen Vocals herum‹. Am Schluss musste er dann noch etwas ›anderes, Unausgesprochenes‹ loswerden, das ihm sehr am Herzen läge, er schreibt:

Weißt du, genau in dem Jahr, als Micha gegangen ist, hatte ich mir vorgenommen, mit ihm zu sprechen, ihm zu sagen, dass ich seine Mutter liebe. Nicht, um irgendetwas zu bewirken, schon gar nicht, um ihn womöglich in irgendetwas hineinzuziehen. Es schien mir nur einfach so – unnatürlich, dass er es nicht wusste. Kannst du das nachvollziehen? Als er fünf war, in dem Sommer, als du bei uns im Haus gewohnt hast, bevor sie aufs Land zogen, hat er mich einmal ganz unvermittelt gefragt, ob Lilli und ich uns küssen. Und im gleichen Atemzug wollte er wissen, warum wir nicht verheiratet wären, dann hätte er endlich richtige Eltern. Wie du dir vorstellen kannst, hat er bei mir offene Türen eingerannt, Öl ins Feuer gegossen. Ich habe Lilli noch am selben Tag gefragt, ob sie meine Frau werden will. Ich schwöre, ich hätte sie wirklich geheiratet, ohne ein einziges Mal mit ihr geschla…, entschuldige, Toni, ich wollte nicht, ich hoffe, du hältst das nicht für geschmacklos. Es ist auch gar nicht der Punkt, um den es geht. Der Punkt ist, dass ich so verliebt war in Lilli, so begeistert, entbrannt, dass ich auch zum Islam übergetreten wäre oder so etwas, um sie für mich zu gewinnen. Wenn sie mich bisher noch nicht erhört hat, dann gehe ich eben aufs Ganze, dachte ich verwegen und zweifelte keinen Moment daran, dass sie ja sagen würde. Einen Korb zu bekommen, lag jenseits meiner Vorstellungskraft. Dafür war ich zu sehr von mir selbst über-

wältigt, von meinem Entschluss, meiner Chuzpe. Als sie dann vollkommen überraschend doch ablehnte, kam ich mir tief gedemütigt vor. Wütend, verletzt. Ich sagte nichts, aber innerlich verfluchte ich sie. Ich wollte sie nie mehr sehen. Ich mied den Laden, den Heumarkt, wenn sie zu uns in die WG kam, stürmte ich ohne Ansage aus dem Haus. Aber da gab es immer noch Micha, vor dem ich nicht weglaufen konnte, seine kindliche Zuneigung, sein bedingungsloses Vertrauen. Na ja, wahrscheinlich hätte ich meine Haltung auch ohne ihn aufgegeben, etwas später vielleicht. Ich konnte Lilli einfach nicht loslassen, ich war froh, sie überhaupt erleben zu dürfen, irgendeine Beziehung zu ihr zu haben. Und so habe ich mich mit ihrer Freundschaft begnügt.

So, meine Liebe, jetzt kennst wenigstens du die ganze Geschichte, wenn ich sie Micha schon nicht mehr erzählen konnte. Was bestimmt weniger ausführlich ausgefallen wäre, denn wie gesagt, es ging mir nicht um Details, sondern darum, dass er um mein Verhältnis zu seiner Mutter weiß.

Und jetzt muss ich schleunigst ans Klavier, nächste Woche sind wir im Studio. Sobald die neue CD fertig ist, schicke ich sie dir.

Wir könnten auch mal telefonieren. Wenn dir danach ist, ruf einfach an, du störst nie, und wenn ich nicht dran bin, rufe ich zurück. Ich denke an dich, Toni. Lass mich auf jeden Fall wissen, wie es dir geht.

Danke, dass du mich nicht verurteilst.

Un abrazo fuerte
Pablo (dein Möchtegern-Schwiegervater)

Mit letzter Kraft

Heute Morgen hatte ich eine Idee: Sollte ich die Transplantation überstehen und wiederhergestellt werden, dann suche ich mir jemanden, der meine Notizen ausformuliert. Einen Ghostwriter oder noch besser eine Ghostwriterin. Gegen Bezahlung müsste es doch möglich sein, das Ganze zu ein paar verständlichen Kapiteln ordnen zu lassen. Dann könnte ich Cleas Wunsch nach einem Erinnerungsbuch doch noch erfüllen. Wenn auch nicht so wie in diesem ›Mama, erzähl mal‹ mit seinen Miniaturlücken. Vielleicht sollte ich es sogar selbst versuchen, eine kleine Geschichte meines Lebens zu schreiben. Ein gutes Projekt! Eigentlich. Wenn alles gut geht.

Meine Dinge sind geordnet, die Art Dinge, die man ordnen kann, Versicherungsunterlagen, Mietvertrag, die Liste mit den Passwörtern, auch das für die biografischen Erinnerungsnotizen, und ein kurzes handschriftliches Testament. Clea erbt alles. Bis auf ein Paar antike Granatohrringe, die Lilli immer so sehr gefallen haben. Außerdem liegt ein Kuvert mit einer Summe in bar für Frau Saueressig bereit. Sie ist zweiundsiebzig Jahre alt, lebt in Ludwigshafen, wo sie sich um zwei Enkel kümmert, wenn die Eltern arbeiten. Klaus-Dieter, stolzer Ersatzopa, Kleinwagen-Besitzer und trotz des Abstieg-Desasters unbeirrbarer FCK-Fan, holt Großmutter und Enkel pünktlich zu jedem Heimspiel ab und gibt die Hoffnung auf die 1. Bundesliga nicht auf. Mich wundert die Nüchternheit, mit der ich das alles erledige. Nur Vorsichtsmaßnahmen, nichts weiter. So wie man eine Unfallversicherung abschließt, ohne einen Unfall im Entferntesten für sich selbst in Betracht zu ziehen. Nun, der Vergleich hinkt ein wenig, die Wahrscheinlichkeiten sehen in den beiden Fällen schon sehr unterschiedlich aus, nicht jeder Zweite hat einen tödlichen Unfall. Galgenhumor.

Morgen gehe ich ins Krankenhaus. Bevor ich sie sichere, schaue ich mir die Notizen noch einmal an. Erstaunlich, wie viel Geschehen in ein paar hingeworfenen Stichwörtern steckt. Alles Wichtige, wenn auch in sprunghafter Chronologie, beinah mein ganzes Leben, auch das Verschüttete, Dunkle. Mit dem Gefühl einer beruhigenden Vollständigkeit klappe ich den Laptop zu, als plötzlich zwei Bilder aufblitzen und ich schlagartig weiß, dass noch etwas fehlt, vielleicht das Wichtigste. Eine Erinnerung, nein zwei, lauernd hinter der Angstschwelle. Die Amnesie des 12. August 2012. Nicht Amnesie. Im Gegenteil, lange Zeit waren diese beiden Bilder das Erste, das mir beim Aufwachen erschien, mich tagsüber mit quälender Hartnäckigkeit überfiel, egal, was ich tat, wo ich war. Nachts riss mich ihr Anblick aus dem Schlaf, ohne dass ich in eine andere, weniger albtraumhafte Wirklichkeit aufgewacht wäre.

Micha liegt auf dem Boden im Wohnzimmer. Von der Tür aus sehe ich ihn neben dem Sessel, ausgestreckt, auf dem Rücken, den Kopf zur Seite, die Augen geschlossen, ein Arm unter dem Körper. Das ist das Bild, mehr sehe ich nicht, auch jetzt nicht, nur diesen einen Moment. Nicht, wie ich zu ihm renne, seinen Puls prüfe, ihn anspreche, nicht, wie ich den Notruf wähle, während ich neben ihm knie. Nur seinen reglosen Körper. Ein kristalliner Moment ohne Davor und Danach, herausgerissen aus allen Zusammenhängen. Diesmal wehre ich mich nicht, diesmal schaue ich hin. Plötzlich begreife ich, warum ich das Bild nicht aushalten konnte. Welche Schuld darin steckt, welches Tabu. Denn in dem Moment, als ich Micha entdeckte, war eigentlich alles noch offen. Es hätte ein unbedeutender, harmloser Zwischenfall sein können. Trotzdem mein Gedanke glasklar: ›Das ist das Ende.‹ Sofort eine tiefe Scham, als hätte der Satz einen anderen, glücklichen Ausgang unmöglich gemacht, als hätte ich Michas Sterben mit diesem Satz erst herbeigeführt. Magisches Denken.

Dabei bin ich nicht einmal sicher, ob es wirklich so war, ob der Gedanke tatsächlich unmittelbar mit dem Bild verknüpft war. Oder ob ich in dem Moment nur Angst hatte, dass es das Ende sein könnte, und der konkrete Gedanke erst hinterher kam, zwanzig Stunden später – mit der Gewissheit: Micha lebt nicht mehr.

Auch das andere Bild bin ich jetzt bereit anzusehen. Nur Minuten später vor dem Haus auf der Straße. Micha liegt auf der Trage, die hinteren Türen des Krankenwagens stehen schon offen, der Notarzt und ich daneben, bereit einzusteigen, sobald die Johanniter ihn auf seinen Platz geschoben hätten. Da hebt er den Kopf, schaut sich um, ein suchendes Flackern in den Augen. Zum ersten Mal wehre ich mich nicht dagegen, widerstehe dem Reflex wegzusehen und lasse die Szene bewusst ihre Wirkung entfalten. Sein mühevolles Heben des Kopfes, die Drehung, sein erregtes, wehrloses Gesicht, der umherirrende Blick, der Abstand zwischen uns, keine zwei Meter, mein Schritt auf ihn zu, bis er mich endlich gefunden hat, unsere Blicke sich treffen. Sein Zurücksinken, Augen schließen. Wie er verschwindet in sich. Ich atme. Ich warte auf einen verbotenen Gedanken, der meine Abwehr erklärt. Aber es ist kein Gedanke, der aufscheint, es ist – Schmerz. Michas letzter wacher Moment, seine letzte Kraft, aufgebracht – für uns.

Ausgeweint, aufgeweicht, unter der Wolldecke finde ich zurück in die Gegenwart, setze mich auf. Im Fenster ein milder Herbstabend. Bewusst lasse ich die beiden Bilder noch einmal vor meinem geistigen Auge entstehen. Und mit einem Mal sind es nur noch kraftlose Kopien von Kopien, abgenutzt von der ewigen Wiederkehr.

Wie frisch erscheinen dagegen meine Micha-Erinnerungen der letzten Tage und Wochen. An den kleinen Kerl, mit dem ich im roten Blechauto über den Heumarkt gestrampelt bin, an die wundersame Wiederbegegnung im Eisladen zwanzig Jahre später, an das Konzert in Frankfurt mit Pablo, an den verleugneten Magnetismus unserer Körper, an die erste Liebesnacht mit dem verflixten Gips, an die vielen Nächte, die Hochzeit, die Zeit mit Clea. Michas Klarheit, seine ruhige Lebensentschlossenheit, seine Liebe – alles, was von ihm bleiben wird, solange ich lebe und mich erinnere.

Medizinisch war es im Grunde ein einfacher Fall. Man hat damit rechnen müssen. Bei einem Menschen mit schwerem angeborenem Herzfehler kann man auch nach operativer Behandlung nie wirklich sicher sein. Wir waren uns des Risikos bewusst. Aber niemand kann Tag für Tag, Jahr für Jahr mit dem Schlimmsten rechnen. Wir haben gelebt und wie alle versucht, glücklich zu sein. Und wir waren überzeugt, es ziemlich gut hinzukriegen. Bis zu dem Tag, an dem sein Herz nicht mehr mitmachte.

Emma Peel bei Game of Thrones

»Hast du das eigentlich mitgekriegt? Emma Peel spielt bei Game of Thrones mit!« Lilli lächelt, man sieht nur ihre Augen, weil sie wie jeder, der diesen Raum betritt, Mundschutz und Kittel trägt. Die Konditionierung ist abgeschlossen. Sechs Tage hat es gedauert, mein Knochenmark so weit zu schädigen, dass es keine Blutzellen mehr bilden kann, auch keine kranken. Die Immunabwehr liegt darnieder. Ich befinde mich in der sogenannten kritischen Phase. Eine Infektion zum jetzigen Zeitpunkt würde nahezu unausweichlich zum Exitus führen. Mein einziger Schutz ist die Schleuse, ein Einzelzimmer in einem abgegrenzten Krankenhausbereich. Spezielle Filter reinigen die Raumluft, es gelten extreme Hygienevorschriften. Einmalwaschlappen und -handtücher, täglich frische Bettwäsche und Kleidung, keine Pflanzen, strenge Restriktionen für die Nahrung. Erlaubt sind konservierte Lebensmittel. Obst und Gemüse müssen geschält werden, Rohmilchprodukte und Nüsse sind verboten, alles muss gekocht, gegart, gebraten oder frisch zubereitet sein. Der kleine Kühlschrank, den ich neben TV und Computer in meinem Zimmer habe, ist so gut wie leer. Angebrochenes Essen darf nicht länger als zwei Stunden aufbewahrt werden. Was auf den Boden fällt, wird weggeworfen.

Lilli hat sich in meiner Wohnung einquartiert, um es nicht so weit zu haben. Sie besucht mich jeden Tag und findet tatsächlich jedes Mal irgendetwas, über das wir plaudern können. »Tatsächlich? Ich dachte, du guckst keine Serien. Bist du sicher? Emma Peel muss inzwischen doch – wann war ›Mit Schirm, Charme und Melone‹? Sechzigerjahre? Weißt du noch, wie sie im schwarzen Catsuit jeden Gangster zur Strecke brachte?« »Ja, genau die meine ich, Diana Rigg, und jetzt ist sie Olenna Tyrell, Lady von Rosengarten und Wächterin des Südens, Mutter von Maes Tyrell, dem Oberhaupt eines der mächtigsten Häuser in Westeros. Und sie ist in der Rolle so clever und scharfzüngig wie damals als Privatdetektivin.« »Wir sind uns doch einig, dass Lara Croft gegen Emma Peel nur ein müder Abklatsch war, oder?« So kichern wir, Lilli und ich, in meinem hermetischen Raumschiff, das ich nicht verlassen darf, bis die transplantierten Stammzellen die Blutbildung wieder in Gang gebracht haben. Nach sechs Tagen Chemo folgt jetzt eine Pause von achtundvierzig Stunden. Am Freitag ist der Termin, ich bekomme Gittes Stammzellen. Wenn es gut läuft, das bete ich mir wieder und wieder vor, wenn es gut läuft, setzt innerhalb von vier Wochen wieder eine Blutbildung ein. Erste Anzeichen, dass das Transplantat angegangen ist, lassen sich schon nach sieben bis vierzehn Tagen an der Menge der Leukozyten ablesen. Bei den Thrombozyten dauert es etwas länger. Die Wiederherstellung eines intakten Immunsytems nimmt etwa ein Jahr in Anspruch, möglicherweise auch mehr. Spätestens dann müsste ich wieder arbeiten können. Wenn es gut läuft.

Nach Lillis Besuch, als der echte oder nur eingebildete Sandelholzduft verflogen ist, frage ich mich, was sie bewogen haben mag, Pablos Heiratsantrag abzulehnen. Ihre Verbundenheit mit ihm war so offensichtlich. Seine Liebe zu ihr und zu Micha, der ihn so gerne als Vater gehabt hätte. Ich glaube nicht, dass Michas leiblicher Vater dabei eine Rolle spielte oder dass es in Lillis Leben einen anderen gab. Später ja, sie hatte ihre Beziehungen, genau wie Pablo. Geheiratet hat sie genauso wenig wie er. Am liebsten würde ich sie fragen. Und dann würde ich ihr sagen, dass Pablo, ihr alter Verehrer und Freund, noch immer dasselbe für sie empfindet wie damals.

Aber steht mir das zu, wäre es fair? Pablo hat sich mir offenbart, weil es Micha gegenüber nicht mehr möglich war. Er hat nichts von ›vertraulich‹ geschrieben oder an meine Verschwiegenheit appelliert. Aber heißt das, dass ich eingreifen darf in eine Beziehungsgeschichte, die so viel komplexer und gefühlsgeladener war, als ich je ahnte? Andererseits: Was hat Pablo bewogen, mich einzuweihen? Hofft er bewusst oder unbewusst, dass ich etwas anstoßen könnte, das er selbst nicht wagt, aus Angst, noch einmal enttäuscht und verletzt zu werden? Spekulationen. Ich denke, es ist an der Zeit, dass er selbst eingreift, es ihr sagt, sich zeigt. Vielleicht einen neuen Anlauf nimmt, eine neue Epoche einleitet? Das sollte er tun, das werde ich ihm schreiben, ihn einladen und ermutigen! Sobald ich mich danach fühle. Jetzt geht es erst mal um Clea.

Silvester 2050

Meine liebe Clea,

ich schreibe dir, weil du ein Recht hast, es zu erfahren. Ich bitte dich jetzt schon, mir zu verzeihen, dass ich es nicht gesagt habe, als du hier warst. Aber ich wollte die Zeit mit dir einfach genießen, ein unbeschwertes Wochenende. Und das war es ja. Ich weiß, dass es anders auch gut gegangen wäre, wenn du es gewusst hättest. Ich weiß, du bist stark. Aber für mich ist jetzt der richtige Zeitpunkt.

Es ist so: Ich bin nicht gesund, ich habe eine chronische myeloische Leukämie, CML. Morgen bekomme ich Stammzellen von Tante Gitte. Wenn alles gut geht, könnte ich schon bald vollständig geheilt sein.

Und ich habe einen Wunsch. Ich wünsche mir, dass du die Zeit in Barcelona in Ruhe zu Ende bringst, mit Rashid und deinen

Freunden und Kommilitonen. Dass du weiter so ernsthaft studierst wie bisher. Und dass wir uns hier wieder umarmen, wenn dein Jahr um ist, so wie geplant. Ist das okay für dich?

Du weißt, wie sehr ich mich auf dich freue, aber es gibt keinen Grund, etwas zu überstürzen. Ich bekomme jede Hilfe, in jeder Hinsicht. Lilli besucht mich jeden Tag. Erik kümmert sich um mich. Ich bin in Kontakt mit den Yoga- und Tanzmädels und mit Frau Kimura-Baum. Und du und ich, wir mailen weiter, wir simsen, whatsappen und telefonieren. Was gerade am besten passt. Einverstanden?

Ich drück dir die Daumen, dass alles gut läuft im Studium und mit Rashid. Wir sehen uns – wenn du zu Weihnachten kommen willst, schenke ich dir das Ticket, okay? – sonst im Mai, zu deinem Geburtstag.

Das Buch ›Mama, erzähl mal‹ hat mich übrigens sehr inspiriert. So sehr, dass ich es leider nicht ausfüllen kann, dafür sind meine Geschichten zu lang und zu vielschichtig. Aber ich habe mir Notizen gemacht, damit ich dir alles erzählen kann, wenn du es hören möchtest.

Bleib, wie du bist. Ich hab dich lieb.
Deine M.

Jetzt sind es nur noch ein paar Minuten. In der Frühe habe ich lange am Fenster gestanden. Es war, als ob der Tag nicht preisgeben wolle, was in ihm steckt. Noch lange nach dem Morgengrauen hielt sich der Himmel bedeckt, erst gegen neun Uhr lösten sich einzelne Wolken heraus, gaben lichtblaue Felder frei, die größer, dann kleiner wurden. Es war nicht zu erkennen, ob es in Richtung Regen oder Schönwetter ging. An normalen Tagen bin ich um diese Uhrzeit schon seit einer Stunde im Dienst, keine fünfhundert Meter Luftlinie von hier, jenseits des Parkplatzes, zwei Straßen weiter. Im Wechsellicht wirkte das Neuenheimer Feld leblos wie ein Architekturmodell. Und plötzlich musste ich an einen zweiten Weihnachtstag denken, an dem wir, Micha, Clea und ich, das ganze Neubauviertel durchsteiften. Die Tour war Teil einer Erkundungsserie einzelner Stadtteile, unser Projekt im Jahr 2005 oder 06, ich weiß es nicht mehr genau, Clea war elf oder zwölf. Wir nannten es ›Launiges Heidelberg‹. Dummerweise hatten wir diesmal das Spannendste, nämlich den Zoobesuch, an den Anfang gelegt, ein strategischer Fehler. Es fing schon damit an, dass Clea sich von der letzten Station, dem Eisbärengehege, kaum loseisen ließ. Ich sehe sie vor mir, die ganze Person ein einziges Missvergnügen. Beim Rundgang jede Bewegung Ausdruck unendlichen Überdrusses. Giftig huschten ihre Blicke über jede Fassade der naturwissenschaftlichen Fakultäten, der Kliniken und der Studentenwohnheime. Mit ihren klobigen Schuhen, dem roten Dufflecoat und den rosigen Wangen sah sie im fahlen Winterlicht aus wie auf einer Kinderbuchzeichnung, einfach entzückend, obwohl oder weil sie so hinter uns her schmollte. Dabei war ich gut vorbereitet, hatte Spannendes zu erzählen. Doch jeder Versuch, ihre Neugier für die Forschungen des DKFZ, des Südasien- und der Max-Planck-Institute zu wecken, perlte wie Wasser an Lotos ab. Ausdruckslos stierte sie ins Leere, und mit der Stimme ermatteter Hoffnungslosigkeit, die Kids in diesem Alter in Vollendung beherrschen, erklärte sie den unterbelichteten Eltern: »Uninteressant.« Irgendwann wäre die Stimmung beinah gekippt, denn Micha interessierte es schon. Ich blieb stehen und griff zurück auf den Trick aus der Kleinkindzeit: Wie Balu, der Bär, fing ich an zu singen und kreiste die Hüften ›Probier's mal mit Gemütlichkeit, mit Ruhe und Gemütlichkeit …‹ Micha grinste. Cleas Gesicht blitzte kurz auf, doch sie riss sich zusammen und sah störrisch woandershin. Als ich mich wieder bei Micha einhängte, trödelte sie weiter Steinchen kickend hinter uns her. Der Abstand wuchs. Ich fing an, ein bisschen die Lust zu verlieren. Es war kalt. Und mit einem Mal, wie auf Kommando, und ohne uns abzusprechen, rein telepathisch, machten Micha und ich auf dem Absatz kehrt, rannten zurück, fassten sie bei der Hand und zogen sie mit uns wie eine Puppe. Aus den Augenwinkeln sah ich, dass sie den Spaß daran kaum mehr verbergen konnte, obwohl sie die Lippen tapfer zusammenpresste. Den ›offiziellen‹ Umschwung bescherte dann zum Glück der Botanische Garten. In der feuchten Wärme des Tropenhauses im wuchernden Grün zwischen Ananas und Papaya taute unser dickköpfiges Kind wieder auf. Regelrecht eifrig wurde sie auf dem Rückweg Richtung Ernst-Walz-Brücke, als ich von den kilometerlangen Gängen erzählte, in denen unter der Erde eine fahrerlose Elektrohängebahn Essen und Wäsche von einem Gebäude zum anderen transportiert. »Hier direkt unter uns, wo wir gerade laufen, echt, Mama?« Auch über das unterirdische Rohrpostsystem wollte sie alles wissen. Zu Hause verschwand sie wortlos in ihrem Zimmer. Micha und ich lagen ermattet, aber auch atemlos vor einem Thriller, als sie mit einem selbstgemalten Bild wie ein Nummerngirl wieder erschien und sich kokett genau vor den Fernseher stellte. Natürlich ließen wir uns die Komposition ihres Werkes genau erklären und wehe, wir wagten es, zwischendurch einen kurzen Blick auf den Bildschirm zu werfen, wo der Agent gerade ... Sie schnappte die Fernbedienung und stellte auf lautlos. Für die obere, überirdische Hälfte der Zeichnung hatte sie nur Bleistift und Lineal benutzt: dunkelgraue, symmetrische Kästen ragten düster und starr in einen hellgrau schraffierten Himmel. Dafür tobte darunter in einem knallbunten Wirrwarr von Gängen und Höhlen das Leben umso fröhlicher. Drollige Roboter hatten sich kurzentschlossen von ihrer Raumstation (einem winzigen blauen Punkt am oberen Bildrand) durch die Erdkruste gebeamt und tanzten mit allen möglichen Tieren, Zebras, Eseln, Eisbären, Schmetterlingen. Die Maulwürfe hatten einen Zugang zum nahegelegenen Zoo gegraben. Auch zum Neckar gab es ein Rohr, damit man im Sommer schwimmen gehen konnte. Unterirdisch feierte man gemeinsam Silvester 2050. »Und wir feiern mit! Glaubt ihr nicht? Ich habe es ausgerechnet: Papa ist dann 84, doppelt so alt wie jetzt plus vier. Du bist 89, doppelt so alt wie jetzt plus eins. Und ich – 56! Fünfmal so alt wie jetzt!« Meine kleine, eigenwillige, phantasiebegabte und zahlenbegeisterte Clea, kein Thriller der Welt konnte ihr das Wasser reichen.

Ultima Ratio

Lilli trägt ein himbeer-orange-türkisblaues Kleid, der hübscheste Anblick weit und breit auf dem Flur des Isolierbereichs. Vor der letzten Schleuse sieht sie mir in die Augen, hält den Blick, nimmt gleichzeitig meine Hand, legt etwas hinein und schließt meine Finger darüber. Umarmen ist nicht erlaubt. Sie lächelt. »Ich warte da vorne.« Die Eule, meine, Michas, unsere Eule! Ein Pfleger drückt sich an mir vorbei, hält

mir die Tür auf. »Lilli, Moment!« Sie dreht sich noch einmal um. »Du weißt nicht, was die Eule sagt, oder?« »Doch.« Ihr überrascht-überlegener Gesichtsausdruck, der Pfleger schaut irritiert. »Sie sagt: Erkenne das Glück!«
Beim Desinfizieren behalte ich sie heimlich, desinfiziere sie mit und lasse sie in die frische Kitteltasche gleiten. Ich betrete den fensterlosen, antiseptischen Raum. Schwester Claudia lehnt mit Haube, Mundschutz und Handschuhen am Instrumentenschrank und wartet mit mir auf den Hämatoonkologen. Etwa vierzig Minuten lang werden Gittes Stammzellen in den zentralen Venenkatheder an meinem Hals gegeben. Wenn es gut läuft, finden die Zellen ihren Weg und wachsen in meinem Knochenmark an. In sieben bis vierzehn Tagen zeigt sich das Engraftment. Über mir das Deckenlicht, weiß und rund wie ein milchiges Auge. Oder es zeigt sich das Non-Engraftment, die Abstoßung des Implantats. Fachtermini, Expertenjargon. Fakten der Zell- und Organebene. Aber was passiert jenseits davon? Auf der anderen Seite der Medizin? Worauf läuft das hier wirklich hinaus? Lieber Gott, so einfach: Entweder bin ich bald schon bei Micha. Bei Konstantin Kaiser, bei Romy und meiner Mutter. Ein paar Jahre früher als geplant. Aber doch genau da, wo es letztlich, letztendlich auf jeden Fall hinführt. – Oder, wenn es denn sein soll, spiele ich noch ein bisschen mit, gehe noch ein Stückchen mit Clea. Und Lilli. Und mit mir selbst. Erlebe, wie meine Tochter sich weiterentwickelt, schicke noch eine Reihe Patienten so sicher und schonend wie möglich in die Schmerz- und Bewusstlosigkeit und von dort wieder zurück, koche ein paar Gläser Quitten ein, atme und tanze, spüre die Jahreszeiten am Neckar, Regen, Sonne und Wind auf der Haut. Vielleicht nehme ich mir meine Notizen vor und schreibe die Geschichten ins Reine? Wäre

schon schön. Das Seufzen der automatischen Tür, der Hämatoonkologe betritt den Raum. Die Infusion beginnt. Jetzt fällt es mir wieder ein: *Minimax trixitrax, und ein Atemzug tief in den Bauch.*

Dank

Mein besonderer Dank geht an Viviane Willig, Dr. Birgit Giloy und Andrea Rehberger für das konstruktive und ermutigende Feedback, ebenso an Esther Grau, Arnhilt Kuder, Dr. Friederike Holthausen, Jana Erdmann, Dr. Marion Herz und Dr. Rolf Benitz.

Andrea Gaisser danke ich für die Klärung medizinischer Fragen, Eriko Kopp-Makinose für die Einführung in die Kultur Japans und Lutz Berger für die Heidelberger Erinnerungen.

Mille Grazie Bettina Saglio für die doppelte Initialzündung und Olaf Schlippe für die Konzeptionshilfe. Danke Brigitte Ley für das Networking.

Ich danke meinem Verlag für den Mut zum Sprung ins Literarische – Luca Siermann, Tobi Wolf, Anika Tisken und Eva Maria Thürmer für die kompetente und angenehme Zusammenarbeit, ebenso Frank Bölzle.

Und von Herzen Danke Peter M. für alles.